Objekt und Begierde

Roman

AMÉLIE DUVAL

IMPRESSUM

Objekt und Begierde

Covermotiv:

SelfPubBookCovers.com/Shardel

Umschlag:

Amélie Duval

ISBN-13: 978-1511909839
ISBN-10: 1511909838

Dieses Buch
widme ich den
Schmetterlingen
in Ihrem Bauch.

Amélie Duval

INHALT

Begegnung mit einem Phantom

Der Lichtstrahl seiner winzigen Taschenlampe wanderte über ihr ebenmäßiges Gesicht, blieb einen Augenblick an den vollen Lippen haften, bevor er weiter über die sanfte Wölbung ihres Rückens fuhr und den Schwung ihres Hinterns nachzeichnete. Ihre Haltung hatte etwas Beherztes an sich, das ihn faszinierte, in ihrer schmalen Hand hielt sie einen Langbogen. Ihre nackten Brüste waren klein und hoch angesetzt. Beim Anblick der harten Knospen musste er lächeln. Der Künstler war für seine Detailverliebtheit berüchtigt gewesen. Die jungfräuliche Jägerin aus Bronze, die 1926 erschaffen worden war, besaß einen Wert von hundertfünfzigtausend Dollar, doch das war nicht der Grund, warum seine behandschuhten Finger sie zielsicher und dennoch behutsam umschlossen. Sie stand schon seit langem auf seiner Wunschliste, und ihr würde ein besonderer Platz zuteilwerden, von wo aus er sie bewundern konnte, wann immer ihm der Sinn danach stand. Er verband selten Arbeit mit Vergnügen, aber in diesem Fall machte er eine Ausnahme. Sein eigentlicher Auftrag lag bereits säuberlich eingepackt in seinem Rucksack. Die diamantenbesetzte Schatulle aus dem späten 19. Jahrhundert war protzig, ungemein wertvoll und würde ihm ein hübsches Sümmchen einbringen.

Leise öffnete er das Fenster und griff nach dem Seil, um den gleichen Weg zu nehmen, den er kurz zuvor benutzt hatte. Er kletterte auf das Fensterbrett und schwang sich hinaus. Die Geräusche der Stadt empfingen ihn. Einer Stadt, die ihm nach wie vor fremd war, außer nachts, wenn er auf den Dächern unterwegs war und auf den wimmelnden Ameisenhaufen hinunterblickte, der ihm derzeit Zuflucht bot. Obwohl New Yorks Vorliebe für Anonymität ihn zu einem willkommenen Gerücht schrumpfen ließ, würde er dem Big Apple schon bald den Rücken kehren. Ein Bild blitzte vor seinem inneren Auge auf, von einem sonnendurchfluteten Haus mit weiß getünchten Mauern und blühenden Hortensien. Für einen Moment glaubte er, den Ozean zu riechen …

Mit den Beinen stützte er sich an der Hausfassade ab, während er mühelos nach oben kletterte. Kraft und Eleganz bestimmten seine Bewegungen. Sein Puls schlug gleichmäßig, eine tödliche Ruhe hatte von ihm Besitz ergriffen, wie stets, wenn seine Pläne aufgingen. Was meistens der Fall war. Der Nachthimmel über seinem Kopf war nicht mehr als eine Ahnung, von den Lichtern der Großstadt nahezu verschluckt. Oben angekommen zog er sich über den Dachvorsprung, holte das Seil ein, um es in seinem Rucksack zu verstauen. Es gab kein Zaudern, keine Unsicherheit. Er war lautlos und unsichtbar. Ein Schatten in der Nacht.

„Polizei! Stehen bleiben!“, rief eine weibliche Stimme in seinem Rücken.

Scheiße.

„Halten Sie Ihre Hände so, dass ich sie sehen kann.“ Während sein Herz ruhig weiterschlug, spielten sich in seinem Kopf diverse Szenarien ab. Schließlich hob er die Arme, den Rucksack hatte er noch in der Hand. „Gut, und jetzt drehen Sie sich langsam um“, forderte die Frau weiter.

Er gehorchte. Sie stand keine fünf Meter von ihm entfernt, mit der rechten Hand hielt sie die Waffe auf ihn gerichtet, während sie ihm mit der linken ihre Polizeimarke entgegenstreckte. Sie trug eine Jeans, ein Top und darüber ein blaues Männerhemd, das dem launigen Wind ausgesetzt war, der übers Dach fegte. Auch ihre rötlich braunen Haare, die sie zu einem Pferdeschwanz zusammengebunden hatte, flatterten wild hin und her. In ihrem Blick las er Entschlossenheit. Ihr Gesicht mit den hohen Wangenknochen und leicht schräg stehenden Augen wies auf indianische Vorfahren hin. Ohne ihren Blick von ihm abzuwenden, steckte die Polizistin ihre Marke weg und fischte aus ihrer Gesäßtasche ein paar Handschellen, dann trat sie zwei Schritte vor.

Komm ruhig näher, Schätzchen.

„Setzen Sie den Rucksack ab, aber langsam."

Wieder tat er, was sie verlangte, während sie jede seiner Bewegungen aufmerksam verfolgte. Er musste unter seiner Maske lächeln. Sie hatte gegen ihn keine Chance. Nachdem er den Rucksack mit äußerster Vorsicht auf dem Boden abgestellt hatte, schließlich wollte er seine Beute nicht beschädigen, machte er eine Bewegung auf sie zu.

„Keinen Schritt weiter!", rief sie.

Zum ersten Mal hörte er einen Hauch Unsicherheit in ihrer Stimme, und er konnte spüren, wie sie gegen den Instinkt ankämpfte, zurückzuweichen. In seiner schwarzen Montur und gleichfarbigen Sturmhaube bot er einen bedrohlichen Anblick, erst recht für jemanden, der zwei Kopf kleiner war als er. Sein Mitgefühl hielt sich in Grenzen. Schließlich war sie ein Cop.

„Ich will, dass Sie sich die Handschellen anlegen", befahl sie weiter.

Er konnte den Triumph in ihren grünen Augen sehen.

„Und wenn nicht?"

„Dann schieße ich Ihnen ins Knie. Keine Fassadenkletterei mehr, *Breeze*!"

Sie spuckte den Spitznamen verächtlich aus, den ihm die Medien verpasst hatten, weil er O-Ton „bei seinen Raubzügen wie eine Brise vorüberzog und wieder verschwand, ohne eine Spur zu hinterlassen". Er selbst wusste nicht, ob er den Namen schmeichelhaft oder albern finden sollte. Wahrscheinlich etwas von beidem.

„Also gut, Sie haben mich." Er machte eine hilflose Geste. „Nur bitte, schießen Sie nicht."

Du bist so was von erledigt.

Sie schien einen Moment lang zu zögern, vermutlich hatte sie mit größerem Widerstand gerechnet, dann warf sie ihm die Handschellen zu. Die Pistole hielt sie weiterhin auf ihn gerichtet, trotzdem reichte diese kurze Sekunde der Unachtsamkeit aus. Im Nu schätzte er Windrichtung und -stärke ab, dann vollführte er eine blitzschnelle Bewegung seines rechten Handgelenks, gleichzeitig machte er eine Rolle seitwärts für den Fall, dass ihre Waffe losging. Doch die Polizistin kam nicht mehr dazu, ihre Glock abzufeuern. Ihre Augen verdrehten sich, die Pistole fiel klirrend zu Boden, und sie brach mit einem leisen Ächzen zusammen. Es gab ein hässliches Geräusch, als ihr Hinterkopf hart auf dem Beton aufschlug.

Schon sprang er wieder auf die Füße. Mit zwei Schritten war er bei ihr, kickte die Glock weg und beugte sich über sie. Vorsichtig zog er den Wurfpfeil aus ihrer Schulter heraus, dann legte er einen Handschuh ab, um nach ihrem Puls zu tasten. Dieser schlug langsam, aber gleichmäßig. In fünf Minuten würde die betäubende Wirkung des Gifts nachlassen, und sie würde aufwachen. Bevor er sich wieder aufrichtete, besah er ihren Hinterkopf. Kein Blut. Das Einzige, was das emsige Vögelchen zurückbehalten würde, wären eine schmerzhafte Beule und jede Menge verletzten Stolz.

Nachdenklich blickte er auf die Polizistin hinunter. Detective Felicity Nolan vom 23. Revier. Seit fast einem Jahr war sie ihm auf den Fersen, doch so nah wie heute war sie ihm noch nie gekommen. Allmählich entwickelte sie sich zu einem echten Ärgernis! Ihm kam ein Gedanke, und er verzog das Gesicht zu einem hämischen Lächeln. Er hob die Handschellen vom Boden auf, zog ihre Arme nach hinten und fesselte sie. Dann suchte er ihre Jeanstaschen nach dem Schlüssel ab. Seine Fingerspitzen fanden ein Handy und eine Geldbörse. Letztere zog er heraus und wurde fündig. Kurz überlegte er, dann wurde sein Grinsen breiter, und er warf den winzigen Schlüssel im hohen Bogen weg. Strafe musste sein! Abschließend steckte er die Geldbörse an ihren Platz zurück.

Das lauter werdende Geräusch eines kreisenden Hubschraubers schreckte ihn auf. Er schulterte seinen Rucksack, eilte im Laufschritt zur Stahltür, die ihn zurück in den wimmelnden Ameisenhaufen führen würde, und war kurz danach verschwunden.

„Ich hatte ihn, Bobby!“, brach es aus Felicity hervor. „Ich hatte ihn. Der Schweinehund stand direkt vor mir, so wie du jetzt vor mir stehst.“

Ihr Partner brummte etwas in seinem buchstäblichen Bart, während er ihr die Handschellen abnahm.

„Danke, dass du so schnell gekommen bist“, fügte sie hinzu und rieb sich die Handgelenke. „Richte deiner Frau bitte aus, dass es mir leidtut.“

Bobby Rivera fuhr sich mit der Hand über den Nacken, das tat er immer, wenn er nervös war. „Das ist das allerletzte Mal, dass ich dir mitten in der Nacht aus der Patsche helfe! Eileen wird mir deswegen die Hölle heißmachen, das weiß ich jetzt schon.“

„Ich habe mich doch entschuldigt“, antwortete Felicity kleinlaut.

„Sollte der Leutnant von deiner neuen Eskapade erfahren, kriegst du mächtigen Ärger“, setzte dieser fort, als ob er sie nicht gehört hätte.

Sie wurde kreidebleich. „Du wirst mich doch nicht verpfeifen?“ Als ihr Partner eisern schwieg, griff sie nach seinem Arm. „Bitte, Bobby. Ich stehe so knapp vor der Suspendierung.“ Sie hob zwei Finger, die sich beinahe berührten. „So knapp!“

„Ja, und gerade deshalb kapiere ich nicht, warum du dich immer wieder in die Scheiße reitest.“ Während sich ihr Partner in Rage redete, wurde sein rundes Gesicht knallrot. „Und immer hängt es mit diesem Kerl zusammen. Du bist echt besessen!“

„Besessen?“ Sie stieß ein kleines zittriges Lachen aus,

das selbst in ihren Ohren wenig überzeugend klang. „Das scheint mir doch etwas übertrieben. Dieser Gauner gehört in den Knast. Punkt. Gerade du müsstest das doch verstehen!"

„Auf dem Revier bekommst du tagtäglich die Chance, Kriminelle einzubuchten. Das ist das Schöne an New York. Es wird für Cops wie uns nie langweilig." Er sah sie aus seinen braunen Augen eindringlich an. „Es ist Sache des FBI, Breeze zu fassen. Lass es endlich gut sein."

Felicity biss sich auf die Unterlippe. Auch wenn sie es ungern zugab, wusste sie, dass Bobby Recht hatte. Vor einem Jahr waren ihr Partner und sie auf Breeze angesetzt worden, nachdem er eine Galerie in der 79. Straße um zwei Bilder von Pollock erleichtert hatte. Dann hatte das FBI den Fall an sich gerissen, was Felicity bis heute nicht akzeptieren konnte. Breeze war nicht nur clever und schwer zu fassen wie ein Aal, sondern auch anmaßend. Diese Mischung war es, die sie rasend machte! Sie sollte diejenige sein, die ihn festnagelte, nicht irgendwelche Anzug tragende Lackaffen aus Washington. Zu allem Überfluss war er vor ein paar Wochen dazu übergegangen, die *New York Post* mit Leserbriefen zu beglücken, die immer den gleichen Tenor hatten, nämlich die Unfähigkeit des NYPD. Seine abfälligen Texte ließen die Cops der New Yorker Polizei wie Idioten aussehen, was in der Öffentlichkeit erschreckend viel Anklang fand. Gern bezeichnete er sie als Clowns in blauen Strampelanzügen, einmal war sogar die Rede gewesen von einer hysterischen Squaw auf dem Kriegspfad. Jeder auf dem Revier hatte gewusst, wer damit gemeint war ... Sie war stinkwütend gewesen! Einziger kleiner Trost: Das FBI kam in diesen Schmähbriefen ebenso schlecht weg.

Heute Nacht war sie nah dran gewesen, ihm endlich die Selbstgefälligkeit aus dem Gesicht zu wischen – und hatte es gründlich vermasselt.

Nach der Blamage war sie oben auf dem Dach aufgewacht, mit gefesselten Händen und entsetzlichen

Kopfschmerzen. Mit viel Mühe und Akrobatik hatte sie ihre Glock, die zum Glück noch gesichert gewesen war, in ihren Hosenbund gesteckt, dann war sie zum Ausgang gelaufen. Sie hatte eine gefühlte Ewigkeit gebraucht, um die schwere Stahltür zu öffnen und hindurchzuschlüpfen, weil diese immer wieder von allein zugefallen war. Wie ein Bierkutscher hatte sie geflucht, Breeze als Wichser, Schwanzlutscher und weiß Gott noch was alles tituliert. Ihre verstorbene Großmutter, eine Cherokee und die würdevollste Person, die Felicity jemals gekannt hatte, hätte sich im Grab umgedreht!

Unten in der Lobby hatte sie den Nachtportier, dessen alkoholisierter Atem ihr schrecklich zugesetzt hatte, unter Androhung einer Gratisübernachtung in der Ausnüchterungszelle genötigt, ihren Partner anzurufen. Es war halb zwei morgens gewesen, und Bobby hatte am Telefon entsprechend begeistert geklungen. Nichtsdestotrotz war er keine zwanzig Minuten später aufgetaucht. In kurzen Hosen und einem schief geknöpften Hawaiihemd. Seit fünf Jahren arbeiteten sie als Team, und Felicity hätte sich keinen besseren Partner wünschen können. Auch wenn er in diesem Moment fuchsteufelswild war. Wobei „fuchsteufelswild" ein relativer Begriff war. Während andere Tobsuchtsanfälle bekamen, ließ sich Bobbys Wut daran messen, wie viele Male er seinen imposanten Schnurrbart pro Minute zwirbelte. Er war der friedfertigste Mensch, den Felicity kannte. Viel zu gutmütig für einen Bullen. Kaum vorstellbar, dass er den Job schon fünfzehn Jahre machte, während sie erst seit acht Jahren bei der Truppe war.

„Hast du zufällig eine Kopfschmerztablette dabei?", fragte sie, als sie durch die Glastür hinaustraten, die ihnen der Nachtportier dienstbeflissen und mit einer unübersehbaren Erleichterung im Gesicht aufhielt.

Bobby schüttelte den Kopf. „Sollen wir bei einem Drugstore vorbeifahren?"

„Nicht nötig. Zu Hause habe ich alles, was ich

brauche."

„Wie du willst."

Er aktivierte die Zentralverriegelung eines dunkelblauen Dodge Chargers, der vor dem Eingang parkte, und Felicity stieg ein. Es fühlte sich seltsam an, auf der „falschen" Seite Platz zu nehmen, denn gewöhnlich saß sie am Steuer des zivilen Streifenwagens. Sie fuhr leidenschaftlich gern Auto, was bei den meisten männlichen Kollegen zu endlosen Debatten geführt hätte. Bobby hingegen genoss es, entspannt daneben zu sitzen, während sie sich mit den durchgeknallten New Yorker Autofahrern herumplagte und dabei wie ein Rohrspatz schimpfte.

Seufzend lehnte sie sich zurück, versuchte den pochenden Kopfschmerz zu ignorieren. Vielleicht sollte sie tatsächlich auf Bobby hören und die Sache auf sich beruhen lassen. Statt einem Geist nachzujagen, würde sie Dienst nach Vorschrift machen und sich wieder mehr ihrem Privatleben widmen. Ihr erster und zugleich letzter One-Night-Stand lag zwei Jahre zurück, die letzte Beziehung sechs Jahre. Sie war bereits Anfang dreißig und weit davon entfernt, ihren Mister Right zu treffen. Ihr Job nahm sie zeitlich zu sehr in Anspruch, und was ihre männlichen Kollegen betraf: Entweder waren sie verheiratet oder zynische Ekelpakete. Oder beides. Sie klappte die Sonnenblende herunter und blickte in den kleinen, beleuchteten Spiegel. Blutunterlaufende Augen in einem fahlen Gesicht starrten zurück.

„Das Licht in dem Auto ist echt beschissen!", murrte sie. „Noch schlimmer als in der Umkleide bei Century 21." *Century 21* war ein Billigkaufhaus in Manhattan Downtown. „Da sehe ich aus wie Doris' linke Arschbacke!"

Ein amüsiertes Glucksen war die Antwort, und sie fiel erleichtert in Bobbys Lachen ein. Ihr Plan, ihn aufzuheitern, war aufgegangen. Die Erwähnung seiner Schwiegermutter in den unpassendsten Momenten war zwischen ihnen zu einem Running Gag geworden, seit

Felicity vor drei Jahren das zweifelhafte Vergnügen gehabt hatte, sie kennenzulernen. Doris wog fast zweihundert Kilo und hatte im Gesicht genauso viele Haare wie auf den Zähnen. Ein Glück für Bobby, dass seine Frau weder die Boshaftigkeit ihrer Mutter noch deren Neigung zu Auswüchsen jedweder Art geerbt hatte.

Ihr Partner legte eine CD mit dem Soundtrack von „Ocean‘s Thirteen“ ein, und während die minimalistische Gitarre aus David Holmes „Zippo’s“ den lässigen Takt vorgab, blickte Felicity aus dem Fenster. Es hatte zu regnen begonnen. Der warme Sommerschauer verwandelte den Asphalt in einen Spiegel, und weil sich die Stadt auch um diese Uhrzeit keinen Schlaf gönnte, fuhren sie durch ein Meer aus Lichtern. Als Bobby an einer roten Ampel anhielt, sah Felicity durch den nassen Vorhang, wie eine junge Frau, die unter dem Vordach eines Restaurants Schutz gesucht hatte, in den Regen hinaustrat. Sie versuchte, ihren Begleiter hinter sich her zu ziehen, doch der weigerte sich. Statt zu schmollen, ließ sie ihn los, breitete die Arme aus und drehte sich übermütig um die eigene Achse, das Gesicht nach oben gestreckt. Ihre langen blonden Locken wirbelten wie goldene Schlangen um ihren Kopf, im Nu klebte das nasse knielange Kleid an ihrem schlanken Körper wie eine zweite Haut, offenbarte kleine feste Brüste und Pobacken zum Reinbeißen. Felicity musste lächeln, als sich der junge Mann von seinem trockenen Platz löste, die Circe in seine Arme riss und sie leidenschaftlich küsste.

Schon schaltete die Ampel auf Grün, und die schemenhafte Szene zog vorüber. Felicitys Lächeln verblasste. Wie lang war es her, dass ein Mann sie mit einem solchen hungrigen Blick angesehen hatte? Nicht einmal bei ihrem One-Night-Stand vor zwei Jahren hatten die Funken gesprüht. Es war bei der Hochzeit ihrer Cousine gewesen. Freunde und Teile der Familie hatten sie bekniet, ihre Arbeit für einen Moment zu vergessen und sich endlich zu amüsieren. Also hatte sie sich betrunken und war mit einem Freund des Bräutigams im Bett gelandet. Am Ende war aus dem vermeintlichen Vergnügen ein mechanisches Rein und Raus geworden, gefolgt von betretenen Blicken und einem überstürzten Abschied. Nicht, dass der Auserwählte, der im Übrigen Daniel geheißen hatte, unattraktiv gewesen wäre … Aber irgendwie hatte das gewisse Etwas gefehlt: die flatternden Schmetterlinge im Bauch, wenn man ihm in die Augen sah, das lustvolle Ziehen im Unterleib, weil man ihn tief in sich spüren wollte. Seitdem hatte sie keinen weiteren Versuch unternommen, sich auf diese Weise zu „amüsieren".

Ihre Gedanken kehrten gewaltsam zu Breeze zurück, pumpten das nötige Adrenalin durch ihre Adern, damit sie nicht in Selbstmitleid verfiel. Wo verkroch er sich in diesem Moment? In einem rattenverseuchten Drecksloch sicher nicht. Viel wahrscheinlicher war es, dass er in einem durchgestylten Penthouse hockte, einen zwanzig Jahre alten Whiskey in der Hand, und sich über sie ins Fäustchen lachte. Doch so frustrierend das Treffen auch verlaufen war, zumindest hatte sie einen kleinen Durchbruch erzielt. Das Phantom, das er bis dahin gewesen war, hatte eine menschliche Form angenommen. Breeze war größer als sie, – was nicht schwer war, jeder Zwölfjährige war größer als sie –, schätzungsweise 1,85 Meter. Athletischer Körperbau. Die schwarze Einloch-Sturmhaube hatte zwar einen Einblick auf seine Augenpartie gewährt, doch weil er das Gesicht immer leicht abgewandt hatte, konnte sie nicht sagen, ob er große oder kleine Augen hatte, von der Farbe ganz zu schweigen. Sie wusste nur, dass er hellhäutig war. Am Aufschlussreichsten war sein Akzent gewesen. Obwohl die Stimme unter dem Stoff dumpf geklungen hatte, war Felicity überzeugt, dass Breeze kein US-Amerikaner war.

„Er hat einen seltsamen Akzent, weißt du …", murmelte sie.

„Was?" Bobby blickte sie irritiert von der Seite an.

„Breeze. Ich glaube, er ist kein Amerikaner." Sie

ignorierte das resignierte Seufzen ihres Partners. „Da ist so ein musikalischer Singsang in seiner Stimme, die Vokale klingen irgendwie … nasal. Ach, es ist schwer zu beschreiben."

„Ein Brite vielleicht?"

„Glaub ich nicht. Es klang irgendwie anders." Sie biss sich nachdenklich auf die Unterlippe und richtete ihren Blick erneut nach draußen.

„Das erinnert mich an einen Klassenkameraden, den ich mal hatte", sagte Bobby. „Der kam aus Auckland und redete ein bisschen wie Russel Crowe. Damals haben wir uns über seinen Akzent lustig gemacht. Kinder können ganz schön grausam sein."

„Russel Crowe? Hmm … ich weiß nicht." Etwas fahrig kramte sie ihr Smartphone hervor.

„Was machst du jetzt?"

„Ich schau mal auf youtube."

Kurz darauf erfüllten männliche Stimmen das Innere des Wagens, während sich Felicity ein Video zur Verleihung der British Academy Film Award von 2012 ansah.

„Wer sind die?", fragte Bobby neugierig nach, während er in die Straße einbog, in der sie wohnte.

„Pssst", warf sie ein. Dann, als Applaus erklang, fügte sie hastig hinzu. „Stephen Fry, Russel Crowe und Jack Hughman."

"Clever. Da kannst du drei verschiedene Akzente direkt miteinander vergleichen."

Als Hugh Jackman seine Rede fortsetzte – es ging um die Prämierung des Besten Films – wies Felicity ihren Partner an, still zu sein. Mit gerunzelter Stirn starrte sie auf den gutaussehenden Schauspieler, der in Sidney geboren war, dann huschte ein breites Lächeln über ihr Gesicht.

„Bobby?" Ihre Stimme zitterte leicht vor Aufregung.

„Hm?"

„Breeze ist Australier."

Am Rande der Legalität

Eine Schießerei zwischen zwei verfeindeten Gangs, ein Überfall auf einen Lebensmittelladen, eine Vergewaltigung in einer Tiefgarage, ein Leichenfund im Thomas Jefferson Park … Felicity nahm einen großen Schluck aus ihrem Becher. Ein neuer sonniger Tag im 23. Polizeirevier! Bobby und sie kamen gerade aus der morgendlichen Einsatzbesprechung und spülten wie immer die Neuigkeiten mit der widerlichen Brühe hinunter, die hier als Kaffee bezeichnet wurde.

„Detective Nolan! Detective Rivera! In mein Büro", ertönte es plötzlich vom anderen Ende des Raums.

Einige der Detectives, die bereits zu ihren Schreibtischen zurückgekehrt waren, blickten kurz auf, bevor sie sich wieder ihrer Arbeit zuwandten. Felicity warf Bobby einen alarmierten Blick zu.

„Du hast doch nichts erzählt?", flüsterte sie.

„Nein!" Er wirkte beleidigt. „Wofür hältst du mich?"

Kurz darauf betraten sie das gläserne Büro von Leutnant Olivia Kwan. Ihr Boss war eine Frau, was an sich schon recht ungewöhnlich war, noch ungewöhnlicher aber war die Tatsache, dass sie asiatischer Herkunft war. Die etwas kantige Frau mit Kurzhaarfrisur und Jadeohrringen hatte es durch Fleiß, Selbstdisziplin und Integrität nach oben geschafft und war das Vorbild aller weiblichen Detectives, nicht nur des 23. Reviers. Felicity bewunderte ihre Vorgesetzte vor allem dafür, dass sie sich gegen rassistische Vorurteile und männliche Eitelkeit hatte durchsetzen können. Ein Kampf, den sie jeden Tag aufs Neue ausfechten musste. Und noch eins zeichnete ihren

Boss aus: absolute Ehrlichkeit. Etwas, das sie auch von ihren Detectives erwartete. Felicity wurde bei dem Gedanken flau im Magen. Als Bobby und sie Anstalten machten, auf den einfachen Stühlen Platz zu nehmen, hielt ihr Leutnant sie zurück.

„Nicht nötig, Detectives. Es dauert nicht lange", sagte sie freundlich. Sie hatte eine leicht raue Stimme. „Ich will, dass Sie den Überfall auf den Lebensmittelladen in der 2nd Avenue aufklären."

„Aber, Leutnant", widersprach Bobby, bevor es Felicity tun konnte. „Wir ermitteln doch schon im Fall Horowitz."

Der jüdische Juwelier war drei Tage zuvor in der Nähe seines Ladens tot aufgefunden worden. Ein zwanzig Zentimeter langes Schlachtmesser hatte in seiner Brust gesteckt.

„Wie Sie wissen, sind wir unterbesetzt, Detective Rivera", erwiderte Kwan ruhig, aber bestimmt. „Sie schaffen das schon." Dann richtete sie ihren dunklen Blick unvermittelt auf Felicity. „Sofern Sie sich nicht ablenken lassen."

Der jungen Frau trat der Schweiß auf die Stirn. Es war klar, worauf ihr Boss anspielte. Ihr Ehrgeiz, Breeze zu fassen, war ein offenes Geheimnis, und der Leutnant hatte ihr deswegen schon zweimal mit Suspendierung gedroht.

„Danke auch", zischte Bobby, kaum dass sie die Bürotür hinter sich geschlossen hatten.

„Was?", blaffte Felicity zurück.

„Dir ist schon klar, dass wir die zusätzliche Arbeit deiner Obsession verdanken, oder?"

„Bullshit! Das hat rein gar nichts damit zu tun!", erwiderte sie und stürmte zu ihrem gemeinsamen Schreibtisch am Fenster, bevor Bobby das schlechte Gewissen von ihrem leicht geröteten Gesicht ablesen konnte.

Beschämt ließ sie sich auf ihren Bürostuhl fallen und schaltete ihren Rechner ein. Während dieser hochfuhr, linste sie rechts am Bildschirm vorbei und traf den Blick ihres Partners.

„Tut mir echt leid", flüsterte sie.

„Schon gut", brummte er. „Unsere Nachbarn führen zurzeit Umbauten durch. Da wird bis spät in den Abend gehämmert und gesägt. Überstunden kommen mir gerade Recht. Ich frag mich nur, wie Eileen das den ganzen Tag aushält." Er grinste schief. „Vielleicht bringe ich ihr heute ein paar Blumen mit."

Unvermittelt spürte Felicity einen Kloß im Hals. „Du bist der beste Partner, den man sich vorstellen kann, Bobby."

„Ich weiß", sagte er mit einem hochnäsigen Gesichtsausdruck, der sie zum Lachen brachte.

Sie machten sich an die Arbeit. Während er Informationen über den Lebensmittelhändler sammelte, einem Armenier namens Levon Maloumian, der bereits zum zweiten Mal innerhalb von fünf Monaten überfallen worden war, überflog Felicity die Liste der gemeldeten Verbrechen der letzten zwölf Stunden im Raum Manhattan und stutzte. Kein Wort über einen Einbruch am Rockefeller Plaza. *Eigenartig*. Nervös kaute sie auf ihrem Daumennagel herum. Breeze hatte einen Rucksack bei sich gehabt, und sie hätte ihr Jahresgehalt darauf verwettet, dass sich darin Diebesgut befunden hatte. Was hätte er sonst auf dem Dach des Auktionshauses *Christie's* zu suchen gehabt? Dass sie ihm dort aufgelauert hatte, war kein Zufall gewesen. Sie hatte per E-Mail einen anonymen Tipp bekommen. Leider hatte das Zurückverfolgen der IP-Adresse nichts ergeben, dafür war der Tipp Gold wert gewesen.

„Können wir?", riss Bobby sie aus ihren Gedanken.

Aufgeschreckt blickte sie hoch. Mit der Jacke überm Arm stand er vor ihr und blickte sie erwartungsvoll an.

„Noch einen Moment", bat sie. „Ich muss nur kurz etwas überprüfen."

Er zuckte mit den Achseln. „Ich warte unten."

Es war anzunehmen, dass er die Zeit nutzen würde, um

draußen eine Zigarette zu rauchen. Felicity hatte also maximal fünf Minuten, bevor er wieder hochkam, um sie von ihrem Stuhl zu zerren. Rasch fischte sie aus ihrer Schreibtischschublade eine blaue Mappe mit Unterlagen, die sie vor einigen Tagen zusammengestellt hatte, dann rief sie die Website von *Christie's* auf, suchte dort nach dem 34-seitigen Katalog und drückte auf Drucken. Bevor einer der Kollegen einen Blick darauf werfen konnte, war sie schon beim Drucker und ließ die Seiten nach und nach in ihrer Mappe verschwinden. Anschließend ging sie nach unten zu Bobby.

Als er sie sah, schnippte er seine Zigarette weg. „Eileen meint, ich rauche zu viel."

„Du fährst", sagte Felicity statt einer Erwiderung und warf ihm den Schlüssel zu, den er automatisch auffing. Der verblüffte Ausdruck auf seinem Gesicht ließ sie schmunzeln. „Ich möchte die Fahrt nutzen, um ein paar Unterlagen durchzusehen", fügte sie hinzu.

Kaum saßen sie im Auto, schlug Felicity ihre blaue Mappe auf. Der Laden in der 2nd Avenue befand sich nur fünf Blocks entfernt, sie hatte also nicht viel Zeit. Bitte Gott, schick mir eine rote Welle, dachte sie inbrünstig, oder noch besser einen Stau! Ein Taxi mit qualmendem Motor, das die rechte Spur blockierte, war ihr schließlich gnädig. Während Bobby mit finsterem Blick auf den schleichenden Verkehr starrte, verglich Felicity ihre alten Ausdrucke mit denen, die das Gerät eben ausgespuckt hatte. Ihre Augen weiteten sich, aufgeregt wischte sie sich die feuchten Handflächen an ihren Hosen ab. Um ganz sicher zu gehen, ging sie die beiden Versionen des Auktionskatalogs noch einmal durch und unterdrückte einen kleinen, triumphierenden Schrei. Es gab keinen Zweifel! In der aktuellen Version fehlten zwei Exponate. Und weil die Exponate aus dem vorliegenden Katalog erst in einem Monat versteigert werden sollten, sah sich Felicity in ihrer Annahme bestätigt. Breeze hatte heute Nacht bei *Christie's* zugeschlagen, infolgedessen hatten die

Verantwortlichen die fehlenden Stücke aus dem Online-Katalog entfernt.

Übermütig klappte sie die Mappe zu. Der leise Knall brachte ihr einen vorwurfsvollen Blick von Bobby ein.

„Du wirkst zufrieden", brummte er.

„Ja." Ihr Lächeln wurde breiter.

„Darf ich fragen, worum es geht?"

„Nein, darfst du nicht. Das ist besser so, glaub mir."

„Felicity …"

Zum Glück trafen sie in diesem Moment vor Maloumians Lebensmittelladen ein, und ihr blieben vorerst weitere unangenehme Fragen erspart. Was dann folgte, war Routine: ein kreidebleiches Opfer, das um 650 Dollar erleichtert worden war, zwei vermummte Täter mit Pistolen auf einem pixeligen Überwachungsvideo und natürlich niemand, der etwas gesehen haben wollte. Nachdem Felicity und Bobby den Ladenbesitzer befragt und die Nachbarläden nach möglichen Zeugen abgeklappert hatten, ließen sie die Spurensicherung ihre Arbeit machen und fuhren zurück ins Büro, um ihren Bericht zu schreiben. Mit Felicity am Steuer nahmen sie die 3rd Avenue, doch statt weiter nach Norden zu fahren, bogen sie unerwartet auf die 96. Straße.

„Zum Revier geht's dort lang", bemerkte Bobby.

„Weiß ich", erwiderte sie, bevor sie auf die Lexington Avenue nach Süden einschwenkte.

„An einem solch' wunderschönen Tag würde ich natürlich gern mit dir im Central Park Händchen halten", witzelte er. „Aber dir ist schon klar, dass ein Arsch voll Arbeit auf uns wartet, oder?"

„Natürlich."

Sie zwinkerte ihm verschmitzt zu, und ihm entgleisten die Gesichtszüge. „Oh, Mann! Ich habe da so eine düstere Vorahnung …"

Als Felicity New Yorks grüne Lunge hinter sich ließ und schließlich nach Westen fuhr, fluchte ihr Partner leise in seinem Bart. Deutlichere Worte fand er, als er das

Fahnenmeer vor dem Rockefeller Plaza erblickte.

„Waren wir nicht erst heute Nacht hier?", knurrte er. „Was soll die Scheiße? Der Rockefeller Plaza fällt nicht in unsere Zuständigkeit."

Sie lächelte ihm zu, obwohl ihr Magen vor Nervosität rumorte. In der 49. Straße, nicht weit von ihrem Ziel entfernt, fand sie einen Parkplatz. Als Bobby mit finsterem Gesicht Anstalten machte, die Tür zu öffnen, hielt Felicity ihn auf.

„Du bleibst im Wagen."

„Ich habe zwar keine Ahnung, was du vorhast, aber das kommt nicht infrage!"

Felicity sah ihn einen Moment lang an, bevor sie ruhig antwortete, als wöge sie jedes Wort genau ab. „Bobby, das ist mein Ernst. Je weniger du mitbekommst, desto besser für dich. Sollte etwas schief gehen, kannst du immer noch sagen, ich hätte gelogen und behauptet, eine Besorgung im *La Maison du Chocolat* machen zu wollen."

Sie deutete auf den Feinkostladen hinter ihnen, woraufhin Bobby den Kopf schüttelte. Er wirkte ehrlich betrübt.

„Mach dir keine Sorgen", fügte sie eindringlich hinzu. „Ich will jemandem nur ein paar Fragen stellen, mehr nicht. In zwanzig Minuten bin ich zurück."

„Bau bloß keinen Mist!", rief er ihr hinterher, als sie über den Vorplatz lief, dem *Christie's* Logo entgegen, das groß und golden über dem Eingang eines mehrstöckigen Gebäudes thronte.

Ein ernst blickender Portier bewachte die Drehtür zum Allerheiligsten. Als Felicity ihm ihre Marke zeigte, informierte er jemanden übers Handy.

„Sie werden erwartet, Detective", sagte er kurz darauf wichtigtuerisch und gewährte ihr Einlass.

Felicity, die sich innerlich zu ihrem dunkelblauen Hosenkostüm und der spießigen weißen Bluse beglückwünschte, blickte sich neugierig um. Die weitläufige Vorhalle war wie ausgestorben. Keine

Menschen, Möbel oder anderer Nippes durchbrach die nüchterne Linie. Einzig die wellenförmigen, quietschbunten Wandzeichnungen des Künstlers Sol LeWitt boten Nahrung für die Augen. Während Felicity den Raum durchquerte, die Absätze ihrer Pumps hallten auf dem Marmorboden unangenehm laut wider, suchte sie nach einem Hinweis, welche Richtung sie einschlagen musste. Schon wollte sie kehrtmachen, um den Portier danach zu fragen, als wie aus dem Nichts eine elegant gekleidete Frau auftauchte, die sich als Phoebe Perkins vorstellte. Blond und groß war sie, mit perfekt gezupften Augenbrauen und rot lackierten Nägeln. Eine etwas in die Jahre gekommene Barbiepuppe aus der Upperclass.

Felicity zückte erneut ihre Marke. „Ich möchte mit einem Verantwortlichen reden."

„Darf ich fragen, worum es sich handelt, Detective?", fragte Mrs Perkins in einem Tonfall, der keinen Zweifel darüber ließ, wie wenig es ihr behagte, ihre kostbare Zeit mit einer Polizistin in billigen Schuhen zu vergeuden.

Entsprechend reserviert fiel ihr Lächeln aus. Botox, fuhr es Felicity unwillkürlich durch den Kopf.

„Es geht um Dianas Vorliebe für russische Schatullen", antwortete sie.

Die Barbiepuppe verlor für einen kurzen Moment die Contenance. „Was? Ich verstehe nicht."

„Natürlich nicht." Jetzt war es an Felicity, die arrogante Schnepfe heraushängen zu lassen. „Deshalb will ich ja mit einem Verantwortlichen reden."

Sie unterdrückte ein Grinsen. Ihre harsch vorgebrachten Worte zeigten Wirkung. Zu Beginn ihrer Polizeiausbildung hatte sie viele Stunden vor dem Spiegel verbracht, um genau diesen Tonfall mit genau diesem Gesichtsausdruck zu trainieren. Als Kind hatte man ihr eingebläut, freundlich und rücksichtsvoll zu sein. Entsprechend schwer war es ihr gefallen, den Kotzbrocken zu mimen. Bis sie irgendwann festgestellt hatte, dass das Tragen einer Polizeimarke die Sache ungemein erleichterte.

Die Blondine holte ein schmales Handy aus ihrer Rocktasche, gleichzeitig rückte sie etwas von Felicity ab.

„Sir“, hauchte sie in den Hörer. „Ein Detective des NYPD ist hier. Es geht um …“ Sie zögerte kurz. „… Dianas Vorliebe für russische Schatullen. Ich weiß zwar nicht, was es zu bed… Ja, Sir, natürlich.“

Die sichtlich irritierte Mrs Perkins deutete mit ihrem Handy auf einen silbernen Aufzug am anderen Ende der Lobby. „Fahren Sie in die oberste Etage. Eliah Johnson wird Sie dort empfangen.“

„Und wer ist Eliah Johnson?“

„Der stellvertretende CEO.“

„Gut, danke.“

Im Aufzug riskierte Felicity einen kurzen Blick in die spiegelnden Edelstahlwände. Eine lange Strähne hatte sich aus ihrem Pferdeschwanz gelöst. Schnell richtete sie ihre Frisur wieder her, setzte eine ernsthafte Miene auf. Eine Cherokee hat würdevoll auszusehen, dachte sie, stolz und unergründlich. Wie ihre Großmutter eine gewesen war, trotz ihrer 1,55 Meter. *Sie hatte aber auch nicht diese unsägliche Nase!* Felicity seufzte. Schon als Kind war sie wegen ihrer Stupsnase gehänselt worden, und später auf der Polizeiakademie waren Attribute wie süß und putzig nicht wirklich hilfreich gewesen. Also hatte sie doppelt so viel geschuftet wie alle anderen, um sich bei ihren vorwiegend männlichen Kollegen Respekt zu verschaffen. Am Ende hatte sie die Prüfung zum Detective mit Auszeichnung bestanden – und die bittere Erfahrung gemacht, dass ganz gleich, wie sehr man sich anstrengte, Menschen ungern ihre vorgefassten Meinungen änderten.

Sie drehte den Kopf ins Halbprofil, schielte auf die vermaledeiten fünf Millimeter, die einer Bedienung auf der Jagd nach Trinkgeld besser zu Gesicht gestanden hätte als einer Polizistin, und zog eine Grimasse.

„Detective Nolan?“, fragte eine männliche Stimme.

Erschrocken wirbelte sie herum, dabei wäre sie beinahe

über ihre eigenen Füße gestolpert. So viel zum Thema Würde. Sie hatte nicht bemerkt, dass der Aufzug inzwischen angehalten hatte und die Türen lautlos aufgegangen waren. Draußen auf dem Flur stand ein hagerer Mann in den Vierzigern im grauen Anzug und Weste. Die dunkelblonden Haare waren nach hinten gekämmt, die Hände manikürt. Aus jeder Pore verströmte er den Duft des Harvard-Absolventen.

„Eins zu null für Sie", antwortete Felicity.

Er hob eine Augenbraue. „Ich hatte einen Mann erwartet."

Natürlich hattest du das.

Die Polizistin setzte ein honigsüßes Lächeln auf. „Tut mir leid, dass ich Sie enttäuschen muss."

„Wer sagt denn, dass ich enttäuscht bin?"

Aha, ein aalglatter Typ. Doch sie würde ihn schon noch zum Schwitzen bringen.

„Sie sind Eliah Johnson, nehme ich an?", sagte sie in einem geschäftigen Tonfall.

„Ja. Es ist mir eine Freude". Er schüttelte ihr kurz die Hand, dann deutete er auf eine offene Tür direkt gegenüber. „Bitte, hier entlang, Detective."

Das Büro, in das er sie geleitete, war feudal eingerichtet. Der Parkettboden glänzte mit den rotbraunen Möbeln um die Wette, und die bodentiefe Fensterfront nahm die gesamte Raumbreite ein. Obwohl Bildende Kunst nicht Felicitys Steckenpferd war, mutmaßte sie, dass die Gemälde an den Wänden ein kleines Vermögen kosteten.

„Nehmen Sie doch Platz", forderte Eliah Johnson sie auf, bevor er sich hinter seinen riesigen Schreibtisch setzte.

Der Sessel, den er ihr zugewiesen hatte, war äußerst komfortabel, und sie versank förmlich darin. Als sie mit ihren Fingerspitzen über das weiche Leder fuhr, fragte sie sich unwillkürlich, wie es sich wohl auf der nackten Haut anfühlte.

Ihr Gegenüber räusperte sich. „Meine Assistentin erzählte etwas von einer Diana und einer Schatulle,

Detective. Es klang doch alles etwas wirr." Er zupfte an seinem Ärmel, eine sehr gelassene Geste. „Sicher hat sie da etwas missverstanden."

Wäre ich sonst hier?

Sie verkniff sich die Bemerkung. „Eigentlich nicht", erwiderte sie stattdessen im Plauderton, ohne ihn aus den Augen zu lassen. „Ich bin hier, weil heute Nacht bei Ihnen eingebrochen wurde und ich mir die Frage stelle, warum Sie nicht Anzeige erstattet haben."

Verdutzt blickte er sie an, solche deutlichen Worte hatte er offenbar nicht erwartet, doch er hatte sich schnell wieder im Griff. „Nun, Detective. Da müssen Sie falsch informiert sein." Er schenkte ihr ein Lächeln, das so falsch war wie die Perlenbrosche an ihrem Revers „Es fehlt nichts. Alles ist vollzählig."

Felicity erlaubte sich im Gegenzug ein breites und sehr ehrliches Lächeln. „Soso." Sie wartete einen Moment, ließ ihn etwas schmoren. Obwohl er ihrem Blick regungslos standhielt, konnte sie den dünnen, glänzenden Schweiß auf seiner Stirn sehen. „Halten Sie mich für eine Idiotin, Mister Johnson?"

Er machte eine abwehrende Geste. „Mitnichten! Ich fürchte nur, dass Sie sich umsonst hierher bemüht haben …"

„Das denke ich nicht!", unterbrach ihn Felicity mit scharfer Stimme. Nur ihrer jahrelangen Routine bei Verhören und Gesprächen mit Zeugen verdankte sie, dass sie nach außen hin ruhig wirkte, obwohl ihr Puls fast durch die Decke ging. Mit ihrer Befragung bewegte sie sich am Rande der Legalität. „Ich weiß, dass ein Dieb namens Breeze Ihnen heute Nacht einen Besuch abgestattet hat, Sir! Falls es nicht so ist, beweisen Sie es mir. Zeigen Sie mir hier und jetzt die *Nackte Diana* von Gaston Lavigne und die diamantenbesetzte Schatulle aus der Grigori-Sammlung."

Ihrem Gegenüber wich das Blut aus dem Gesicht.

„Hören Sie", setzte sie im beschwichtigenden Tonfall

fort. „Mir geht es nicht darum, Ihre Reputation zu zerstören. Ich will nur diesen Verbrecher ein für allemal hinter Gitter bringen."

„Ich weiß wirklich nicht, wovon Sie sprechen, Detective", krächzte Eliah Johnson, dem der Hemdkragen offensichtlich zu eng geworden war.

Er braucht nur noch einen kleinen Schubs. Zeit, die Samthandschuhe auszuziehen!

„Sie wollen doch nicht, dass diese Geschichte an die Öffentlichkeit dringt?"

Das Herz drohte Felicity aus der Brust zu springen. In dieser Sekunde hatte sie den Rand der Legalität verlassen.

„Sie würden doch nicht …?"

„Ich?", tat sie empört. „Ich bin Ihr Freund, Mister Johnson, nicht Ihr Feind." Dann setzte sie alles auf eine Karte. „Ich will ehrlich zu Ihnen sein. Offiziell ermittelt das NYPD nicht mehr in diesem Fall." Sie blickte ihm tief in die Augen. „Ich hingegen habe ein sehr persönliches Interesse daran, Breeze das Handwerk zu legen. Helfen Sie mir dabei, und ich versichere Ihnen, dass alles, was Sie sagen, diese vier Wände nicht verlassen wird."

Statt einer Antwort öffnete Eliah Johnson eine Schublade, holte eine Flasche Bourbon und ein Glas heraus, die er auf den Schreibtisch stellte. Seine Hand zitterte leicht, als er sich etwas von der goldbraunen Flüssigkeit eingoss.

„Möchten Sie auch?", fragte er in ihre Richtung.

„Nein, danke. Ich bin im Dienst."

„Natürlich." Er trank das Glas in einem Zug leer, anschließend blickte er sie an. „Habe ich Ihr Wort, Detective Nolan?"

Der Stein, der ihr in diesem Moment vom Herzen fiel, hätte nicht nur sie beide, sondern auch das ganze Gebäude unter sich begraben, doch sie versuchte, sich ihre Erleichterung nicht anmerken zu lassen.

„Das haben Sie, Mister Johnson", antwortete sie mit feierlichem Ernst.

„Also gut.“ Er seufzte und lockerte seine Krawatte. „Was wollen Sie wissen?“

Als Felicity eine Stunde später in den Wagen stieg, blickte ihr Bobby ungeduldig entgegen. Auf seinen Knien lag eine Schachtel Trüffelpralinen aus dem *La Maison du Chocolat*.

„Falls der Leutnant Verdacht schöpft“, sagte er leicht mürrisch und zeigte auf die braune Edelpackung.

„Oh, Bobby!“ Felicity drückte ihm spontan einen Kuss auf die Wange, was ihn prompt erröten ließ. „Wärst du nicht in festen Händen, würde ich dich vom Fleck weg heiraten!“

„Lass das bloß Eileen nicht hören.“ Ihr Partner grinste schief. „Wie war’s?“

Sie warf ihm ein strahlendes Lächeln zu.

„Oh, nein“, stöhnte er. „Und ich hatte so sehr gehofft, dass es hier und heute ein Ende nimmt.“

„Ein Ende?“ Sie stieß ein helles, übermütiges Lachen aus. „Es fängt gerade erst an.“

Unbewaffnet und gefährlich

Patrick Dempsey lächelte zu ihr herüber, doch an diesem Abend verfehlten seine blauen Augen ihre schmelzende Wirkung. Mit einem herzhaften Gähnen drückte Felicity auf die Fernbedienung, und der Bildschirm wurde schwarz. Für sie hatten sich die Türen des Grey Sloan Memorial Hospital frühzeitig geschlossen.

Ein erfolgreicher Tag lag hinter ihr. Tatsächlich hatte sie für ein paar Stunden Breeze aus ihrem Kopf verbannen können, um sich dem Überfall auf den Lebensmittelladen zu widmen. Bald waren Bobby und sie zu der Vermutung gelangt, dass Maloumians vorbestrafter Neffe etwas mit dem Überfall zu tun haben könnte. Er war schon dreimal wegen Drogenbesitz verhaftet worden und hatte möglicherweise den Laden seines Onkels überfallen, um Crystal Meth zu kaufen. Also waren sie zum Hafen gefahren, um den Neffen zu befragen, der dort arbeitete. Dessen Alibi hatte sich als sehr löchrig herausgestellt. Nun würde alles seinen normalen Weg gehen. Felicity ging davon aus, dass sie bereits morgen den Fall an die Staatsanwaltschaft übergeben würden.

Vor dem Schlafengehen wollte sie sich noch einmal ihrem ganz speziellen Freund widmen. Sie klappte die Akte auf, die auf dem Couchtisch lag, und schaltete ihr Diktafon ein, mit dem sie ohne Eliah Johnsons Wissen ihre Unterredung aufgenommen hatte. Noch etwas, das ihr jede Menge Ärger einbringen würde, sollte es jemals herauskommen. Sie verdrängte den Gedanken, konzentrierte sich auf das Gespräch. Nachdem sie alle Informationen zu Papier gebracht hatte, löschte sie die

Aufnahme. Kurz schloss sie die Augen, bis sich ihr Herzschlag wieder etwas beruhigt hatte. Anschließend überflog sie alles, was sie über Breeze zusammengetragen hatte.

Geschätztes Alter: 25 bis 45 Jahre

Hautfarbe: weiß

Größe: zwischen 1,85 und 1,90 Meter

Gewicht: 80 bis 100 Kilo

Nationalität: Australier

Aktenkundig seit 2010

12 Einbrüche in vier Jahren

Länder: USA, Spanien, Italien, Großbritannien

Markenzeichen: schnell, effizient, hinterlässt keine Spuren

Vorgehensweise: unterschiedlich, wird meistens nachts aktiv

Waffe: keine

Bis vor drei Monaten hatte sich Breeze hauptsächlich an der amerikanischen Ostküste ausgetobt, vorzugsweise in Museen und Galerien. Dann hatte er plötzlich seinen Reisepass bemüht und eine ausgedehnte Kulturreise durch Europa unternommen. Von dem Guggenheim Museum in Venedig, dem Prado-Museum in Madrid und Sotheby's in London hatte er eine goldene Spieldose, ein Ehrenpokal und ein mit Rubin besetztes Diadem als Andenken einbehalten. Eine Tatsache, die von den geschädigten Häusern geheim gehalten wurde. Zwar hatten sie Privatermittler auf Breeze angesetzt, so Eliah Johnson, bisher aber ohne Erfolg. Die drei gestohlenen Gegenstände wie auch die Emaillenschatulle von *Christie's* waren Teil einer wertvollen Sammlung aus der Zeit des russischen Zaren Alexander III. Breeze fehlte nur noch das Prunkstück: ein edelsteinbesetztes Fabergé-Ei aus dem Jahr 1887, das für sich allein genommen über zehn Million Dollar wert war und im Pariser Louvre ausgestellt wurde. Es war anzunehmen, dass Breeze im Auftrag von jemandem handelte, vielleicht eines wohlhabenden

Sammlers.

Und dann war da noch die *Nackte Diana*, eine Bronzeskulptur des franco-amerikanischen Künstlers Gaston Lavigne. Laut der Aussage von Eliah Johnson war sie im Vergleich zur russischen Grigori-Sammlung lediglich Peanuts wert und passte nicht ins Bild. Ein weiteres Rätsel, das es zu lösen galt. Selbstvergessen blickte Felicity aufs Papier. Sollte Breeze seiner bisherigen Vorgehensweise treu bleiben, würde er innerhalb der nächsten vier Wochen zuschlagen. Sie hatte Eliah Johnson beschworen, die Verantwortlichen im Louvre zu warnen. Am Ende hatte sich dieser sehr kooperativ gezeigt und sie nach ihrer Handynummer gefragt, für den Fall, dass er etwas erführe, das für ihre Ermittlungen wichtig wäre.

Als sie sich ausgiebig streckte, knackte es laut in ihrem Rücken. Sie wusste einiges über Breeze, doch offensichtlich gab es jemanden, der noch mehr wusste. Die anonyme Quelle, die sie über den bevorstehenden Einbruch bei *Christie's* informiert hatte. Vielleicht ein ehemaliger Komplize? Oder eine rachsüchtige Geliebte? Felicity massierte sich die Schläfe. Ihr schwirrte der Kopf, und sie entschied, das Grübeln erst einmal zu vertagen. Sie brauchte ihren Schlaf. Etwas schwerfällig stemmte sie sich hoch, um ihr Schlafsofa aufzuklappen. Ihr kleines Apartment lag im fünften Stock eines alten Backsteinhauses auf der Upper West Side zwischen Central Park und Hudson River und war überraschend erschwinglich, sofern man in Kauf nahm, dass das Schlafzimmer zugleich Wohnzimmer und Arbeitszimmer war.

Nachdem Felicity ihre Unterlagen weggepackt und ihr Bett bezogen hatte, musste sie sich förmlich dazu zwingen, ins Bad zu gehen, um sich die Zähne zu putzen. Als sie auf dem Weg dorthin an der Küche vorbeischlurfte, zog ein fauliger Geruch herüber, und sie verzog angewidert das Gesicht. Der Mülleimer neben der Spüle schrie geradezu danach, geleert zu werden. Am Morgen hatte sie es erledigen wollen und glatt vergessen. Sie seufzte. Noch war sie nicht ausgezogen, trug ein kurzärmeliges Hemd und weiße Shorts. Am besten, sie brachte es gleich hinter sich.

Mit dem vollen Beutel in der Hand verließ sie ihr Apartment, um ihn im Müllschlucker zwei Etagen tiefer zu entsorgen. Das leise Tap-Tap ihrer Sandalen war das einzige hörbare Geräusch im menschenleeren Treppenhaus. In unregelmäßigen Abständen erweckte das flackernde Licht der Neonröhren, von denen nur jede zweite funktionierte, die Graffitis auf den Wänden zum Leben. Das ideale Ambiente für einen blutigen Thriller, dachte Felicity und grinste. Das Haus mochte zwar schon bessere Tage gesehen haben, doch die direkte Nachbarschaft bestand aus normalen, freundlichen Menschen, vor denen man sich beileibe nicht fürchten musste. Gerade als sie ihren stinkenden Beutel in den Müllschlucker warf, ging das Licht aus. Murrend suchte sie nach dem Schalter und betätigte ihn. Ein leises, weit entferntes Klicken ertönte, dennoch weigerten sich die Neonröhren eisern, ihre Pflicht zu tun. Wieder drückte Felicity den Schalter. Mit dem gleichen Ergebnis. Einen Fluch unterdrückend tastete sie sich vorsichtig nach oben. Nachdem sich ihre Augen an die Dunkelheit gewöhnt hatten, bemerkte sie den schmalen Lichtstreifen, der aus ihrem Apartment trat. Mehr brauchte sie nicht. Forscheren Schrittes ging sie weiter, den Blick nach oben gerichtet.

Der Angriff kam völlig überraschend. Bevor sie reagieren konnte, wurde ihr rechter Arm verdreht und auf den Rücken gezerrt. Gleichzeitig legte sich ein muskulöser Unterarm wie ein Schraubstock um ihren Hals. Der Griff war fest. Nicht so fest, dass sie erstickt wäre, aber fest genug, um sie am Schreien zu hindern. Sie versuchte, sich aus der stählernen Umklammerung zu befreien. Ohne Erfolg. Wütend über sich selbst, auf diese Weise überrumpelt worden zu sein, schossen ihr die Tränen in die Augen.

„Detective Nolan“, flüsterte eine gedehnte

Männerstimme. „Ich mache es Ihnen einfach. Entweder Sie halten sich aus meinen Angelegenheiten heraus oder es wird für Sie ernste Konsequenzen haben …“

Felicity rauschte das Blut in den Ohren, und sie brauchte einen Moment, um sich zu sammeln. Den ungewöhnlichen Akzent mit dem distinguierten Tonfall hatte sie schon einmal gehört. Letzte Nacht am Rockefeller Plaza, auf dem Dach. Ihr wurde vor Erleichterung fast schwindelig. Sie befand sich nicht im Würgegriff eines Vergewaltigers oder Mörders, sondern lediglich eines angepissten Diebes.

„Breeze“, flüsterte sie.

„Gut erkannt, Detective.“ Es klang beinahe amüsiert. „Was sind Sie doch für eine clevere Lady!“

Ihre Gedanken rotierten. Dieser Mistkerl wagte es doch tatsächlich hierherzukommen, um ihr zu drohen!

„Sie können mich mal!“, brach es aus ihr heraus.

„Ein reizvoller Gedanke. Vielleicht komme ich mal darauf zurück“, raunte er, bevor er mit harter Stimme fortfuhr. „Wir sind uns also einig?“

„In Ihren Träumen vielleicht.“ Sie schnaubte abfällig. „Früher oder später kriege ich Sie dran, Sie Wichser!“

War sie noch ganz bei Trost?

Auf der Akademie hatte sie alles zum Thema Deeskalation gelernt, und wilde Drohungen hatten definitiv nicht auf der Hitliste gestanden. Kurz erstarrte er, dann drückte er zu. Fast augenblicklich wurde die Luftzufuhr zu ihrer Lunge unterbrochen, ein lähmendes Gefühl ergriff von ihrem Körper Besitz, und das schemenhafte Treppengeländer begann vor ihren Augen zu verschwimmen.

„Bitte“, krächzte sie. „Bitte …“

Mehr bekam sie nicht heraus. Ihre Kehle brannte, sie wurde von Panik erfüllt. Alles, was sie über Selbstverteidigung wusste, war mit einem Schlag vergessen. Tränen rannen ihr übers Gesicht. Hätte sie doch nur auf Bobby gehört! Der Druck auf ihrem Hals ließ genau in dem Moment nach, als sie glaubte, in Ohnmacht zu fallen.

„Das ist kein Spiel, Detective", flüsterte er ganz nah an ihrem Ohr. „Ich habe in meinem Leben mehr Leute ins Jenseits befördert, als ich zählen kann. Da kommt es auf eine Polizistin mehr oder weniger nicht an." Seine Stimme war bar jeder Emotion und beängstigender, als wenn er sie angebrüllt hätte. „Sie hängen doch am Leben?"

Sie nickte kaum merklich.

„Schön."

Schon lockerte er seinen Griff, und sie japste gierig nach Luft wie ein Fisch auf dem Trockenen. Sie hatte Breeze falsch eingeschätzt. Bei keinem seiner Coups hatte es Tote oder Verletzte gegeben, nie war eine Waffe zum Einsatz gekommen, deshalb hatte sie ihn bis zu diesem Moment für einen Gauner mit Moralkodex gehalten – sofern es so etwas überhaupt gab. Ein verhängnisvoller Irrtum, wie sich eben herausstellte. Der Mann hinter ihr klang wie ein eiskalter Killer.

Ihr entfuhr ein leises Wimmern, und etwas veränderte sich. Mit einem Mal schien die Luft um sie herum zu vibrieren. Er ließ ihr rechtes Handgelenk los, sein Arm rutschte etwas tiefer, umschlang ihren Oberkörper und drückte sie fest an sich. Sie spürte seinen warmen Körper in ihrem Rücken, ein Körper wie ein Fels, hart und unerschütterlich. Muskulöse Beine pressten sich gegen ihren Hintern, und sie glaubte, etwas sehr Männliches an ihrem Unterrücken zu spüren. In ihrem Magen flatterte es. Offenbar reichten neuerdings Sauerstoffmangel und sexuelle Abstinenz aus, damit ihre Hormone verrücktspielten!

Sie zuckte erschrocken zusammen, als er mit dem nackten Handrücken federgleich über ihre Wange fuhr, eine brennende Spur hinterlassend.

„Es liegt mir fern, Ihnen etwas anzutun, Detective", flüsterte er mit nunmehr weicher Stimme. „Also zwingen Sie mich nicht dazu. Haben wir uns verstanden?"

Unfähig zu antworten, als hätte er sie mit einem Bann

belegt, nickte sie erneut.

„Gut."

Nur ein Atemzug später war sie frei. Und er verschwunden. Benommen torkelte sie einige Schritte rückwärts, bis die Wand in ihrem Rücken sie stoppte. Ihre Hand flog instinktiv zu der Stelle, wo normalerweise ihre Pistole steckte, und griff ins Leere. Natürlich. Ihr Kichern im leeren Treppenhaus klang beinahe irre. Nicht einmal eine Polizistin steckte eine Waffe ein, wenn sie den Müll hinausbrachte.

Kyle öffnete fluchend die Tür seines Chevrolet Camaro und pfefferte die Sturmhaube auf den Beifahrersitz. Welcher vernünftig denkende Mensch, nein!, welche vernünftig denkende Frau sprach dann noch Drohungen aus, wenn sie sich im Würgegriff eines Mannes befand, der fast doppelt so groß und locker doppelt so schwer war wie sie? Diese Polizistin war unglaublich dumm, wenn sie glaubte, dass er sie mit Samthandschuhen anfassen würde! Jeder, ganz egal, ob Mann oder Frau, der ihm in die Quere kam, bezahlte einen hohen Preis.

Er setzte sich hinters Lenkrad, knallte die Tür zu und startete den Motor. Einen kurzen Moment blickte er ins Leere. Er hatte ihr nicht weh tun wollen. Gewalt gegen Frauen verabscheute er aus tiefstem Herzen. Er hatte in seinem Leben genug davon gesehen, in jeder erdenklichen Form, und noch heute hatte er gelegentlich Albträume deswegen. Aber sie hatte ihm keine Wahl gelassen. Ihre Hartnäckigkeit gefährdete seinen nächsten Coup. Seinen vielleicht größten Coup.

Wie klein und zerbrechlich sie sich in seinen Armen angefühlt hatte …

Er verdrängte den Gedanken und verpasste sich bei der Gelegenheit auch gleich eine imaginäre Ohrfeige. Er hätte sie nicht streicheln dürfen, doch die Verlockung der zarten, vor Aufregung erhitzten Haut war zu groß gewesen. Solche Entgleisungen waren gefährlich, konnten ihn kurzzeitig aus der Bahn werfen. Was, wenn sie eine versteckte Waffe gehabt hätte? Eine Sekunde der Ablenkung hätte schon ausgereicht, um ihm ernsthaften Schaden zuzufügen. Missmutig ließ er den Motor aufheulen und fuhr, ohne zu blinken, ruckartig aus der Parklücke heraus. Ein Pickup bremste mit quietschenden Reifen ab, und der Fahrer zeigte ihm den Mittelfinger. Ja, genau, beschimpfte sich Kyle selbst. Mach ruhig so weiter, wenn du auffallen willst! Er biss sich fest auf die Unterlippe. Blieb nur zu hoffen, dass dieses kleine vorwitzige Geschöpf seine Drohung ernst nahm und ihn wieder vom Haken ließ.

Das hämische Lachen in seinem Kopf übertönte er, indem er das lahmarschige Taxi vor ihm mit lautem Hupen überholte.

Tagträume

„Glaubt … dieser … Arsch … wirklich … dass … ich … mich … von … ihm … einschüchtern … lasse?"

Der Sandsack baumelte wild hin und her, während Felicity jedes ihrer Worte mit einem wohl platzierten Schwinger unterstrich.

„Ganz … bestimmt … nicht!"

Bei dem letzten Wort holte sie noch einmal aus und verpasste dem Sandsack, der plötzlich eine Sturmhaube zu tragen schien, einen letzten wuchtigen Hieb. Sie wich dem schwankenden Gewicht gekonnt aus, hielt sich kurz an ihm fest, bevor sie sich nach einigen tiefen Atemzügen wieder aufrichtete und langsam ihre Boxhandschuhe abnahm.

„Welche Laus ist dir denn über die Leber gelaufen?"

Schnaufend drehte sie sich um. Bobby stand vor ihr, in einem verblassten T-Shirt und einer alten Trainingshose, die sich über seinen fülligen Bauch spannte.

„Keine", antwortete sie. „Hab nur ein bisschen Dampf abgelassen." Trotz ihres Ärgers gelang es Felicity nicht, ein Grinsen zu unterdrücken. „Viel interessanter ist die Frage, was du hier machst!"

Ihr Partner war dafür bekannt, die Sporthalle zu meiden wie der Teufel das Weihwasser. Im Gegenzug ging er jede Woche mindestens ein Mal auf den Schießstand. Bobby war ein exzellenter Schütze.

„Der Leutnant hat mich verdonnert, ein paar Runden zu laufen", brummte er. „Sie meint, meine Kondition lässt zu wünschen übrig." Er kratzte sich am Bauch. „Ich habe dich bei der morgendlichen Einsatzbesprechung vermisst. Wo warst du?"

„Beim Arzt. Nur eine Routineuntersuchung“, fügte sie hastig hinzu, als sie Bobbys besorgten Blick sah. In Wahrheit hatte sie ein zusätzliches Sicherheitsschloss an ihrer Apartmenttür anbringen lassen. „Ich gehe jetzt duschen. Viel Spaß noch!“, sagte sie noch, bevor sie ihm kameradschaftlich auf die Schulter klopfte. „Sehen wir uns nachher bei Gina?“

Bobby nickte eifrig. Die Aussicht, sich im *Gina's Diner* um die Ecke mit Kaffee und Cupcakes für die elendige Schinderei zu belohnen, hob seine Stimmung merklich.

Mit einem kleinen Lächeln auf den Lippen machte sich Felicity auf den Weg zu den Waschräumen. Schon nach wenigen Minuten stand sie unter der Dusche und genoss das warme perlende Wasser auf ihrem verschwitzten Körper. Die langen Haare hatte sie zu einem Knoten gebunden, den sie auf dem Kopf festgesteckt hatte, damit sie nicht nass wurden, was ziemlich albern aussah. Doch es war niemand da, der sie sehen konnte, insofern … Zuerst schäumte sie sich die Arme und Achseln ein, dann die Brüste. Sie hatte große, feste Brüste, die sich unter der Berührung wunderbar anfühlten. Zögernd fuhr sie mit ihren glitschigen Fingern über die Nippel, und die Szene vom Vorabend war schlagartig wieder da. Fluchend zog sie ihre Hände weg, dennoch blieb die Erinnerung in ihrem Kopf eingebrannt. Der stählerne Griff, die muskulöse Brust. Sie biss sich auf die Unterlippe. Und wie gebieterisch seine Stimme geklungen hatte ... Ihre Finger kehrten wieder zurück, rieben sanft über ihre harten Nippel. Was soll's?, dachte sie. In der Fantasie war alles erlaubt. Warum sollte sie nicht ihre Lust aus einer brenzligen Begegnung mit einem maskierten Fremden ziehen? Auch wenn er ein böser Junge war. *Ein sehr böser Junge.* Das Kribbeln zwischen ihren Beinen nahm zu. Die Beule in seiner Hose hatte sich durch den dünnen Stoff ihres Shirts groß und mächtig angefühlt. Gut, möglicherweise ging die Vorstellung gerade mit ihr durch, aber das war ihr gleich. Der feste Strahl der Dusche massierte ihre Haut, rann ihren Rücken hinunter bis zu den Pobacken und noch weiter. Was gäbe sie jetzt für einen abnehmbaren Duschkopf! Mit halb geschlossenen Augenlidern spritzte sie sich noch einmal Duschgel auf die Handfläche, rieb damit ihren Bauch ein und ließ ihre Hand langsam abwärts wandern ... In ihrer Vorstellung erteilte er ihr eine Lektion: Er riss mit seinen kräftigen Händen ihre Shorts in Stücke, packte ihre Hüften und fickte sie hart und rücksichtslos. Seufzend lehnte sie sich an die kalte Kachelwand, rieb ihren Kitzler erst sanft und dann immer fester. Wie sie es vermisste, einen Mann in sich zu spüren! Das Herz hämmerte hart in ihrer Brust, und sie biss sich auf die Lippen, um nicht laut aufzustöhnen ...

Da wurde die Tür der Dusche laut aufgeschlagen, und sie war nicht mehr allein. Wie von der Tarantel gestochen zog Felicity ihre Hand weg, cremte sich noch einmal ein, um die glitschige Nässe zwischen ihren Beinen zu entfernen, dann spülte sie sich ein letztes Mal ab und stieg hastig aus der Dusche.

„Hallo Bridget", begrüßte sie ihre Kollegin so gelassen wie möglich, darauf hoffend, dass ihr Gesicht nicht zu sehr gerötet war.

„Felicity", kam es freundlich zurück.

Während die andere Frau in eine der offenen Duschkabinen trat, hüllte sich Felicity in ein Handtuch. Brennende Scham überkam sie. Was stimmte nicht mit ihr? Er hatte ihr mit dem Tod gedroht. Mit dem Tod! Wie konnte sie nur diesen Vorfall in den Mittelpunkt ihrer sexuellen Fantasie stellen? Das war doch nicht normal. Energisch rubbelte sie sich mit dem Handtuch trocken. Vielleicht befand sie sich in einer Art Schockzustand? Allerdings war es nicht das erste Mal gewesen, dass sie massiv bedroht worden war. Aber das erste Mal, dass sie dabei so etwas wie Lust verspürt hatte. Sie barg ihr Gesicht in die Hände, schluckte die bitteren Tränen hinunter. Plötzlich fühlte sie sich schrecklich einsam.

Verblüfft schaute Bobby sie an, als sie den zweiten Blaubeer-Muffin in sich hineinstopfte.

„Was is?", brummte sie zwischen zwei Bissen.

„Hast du heute noch nicht gefrühstückt, oder was?"

Sie beschränkte sich auf ein Achselzucken. Ihre aufgeblähten Backen ließen sie vermutlich wie ein Hamster auf Droge aussehen, und wie eines dieser putzigen Tierchen hätte sie in diesem Moment nicht mehr als ein Quieken herausgebracht.

„Schon gut!", sagte Bobby und griff nach seinem Kaffee. „Ich bin der letzte, der dir deswegen einen Vorwurf machen würde."

Statt einer Antwort starrte sie mit hochgezogenen Augenbrauen auf seinen Waschbärbauch, woraufhin er in Lachen ausbrach, was sie mit einem Grinsen quittierte. Da vibrierte es in ihrer Jackentasche. Hektisch schluckte sie den viel zu großen Bissen hinunter und wischte sich über den Mund, bevor sie mit vollgekrümelten Fingern ihr Handy herausfischte.

„Hallo?", meldete sie sich etwas asthmatisch.

Mit wilden Gesten machte Bobby sie auf Blaubeerreste zwischen ihren Zähnen aufmerksam, also griff sie nach der Serviette, um diese möglichst unauffällig zu entfernen.

„Allô? Detective Nolan?"

„Ja?" Die Hand mit der Serviette erstarrte mitten in der Bewegung. Ihr Gesprächspartner hatte einen starken französischen Akzent.

„Hier spricht Frédéric Blanc. Ich bin der Direktor des Pariser Louvre. Eliah Johnson hat mir Ihre Nummer gegeben. Ich hoffe, ich störe Sie nicht …"

„Nein, natürlich nicht", nuschelte sie, während sie sich hastig die Zähne säuberte.

Im Anschluss verzog sie das Gesicht zu einem Haifischlächeln, damit Bobby das Ergebnis begutachten konnte. Er zeigte ihr den erhobenen Daumen, und sie lächelte ihm dankbar zu.

„Ich rufe Sie an, weil mich Ihre Meinung zu einem …

gemeinsamen Freund interessiert", redete der Franzose weiter.

Felicitys Herzschlag beschleunigte sich. „Gern, Sir. Einen Moment, bitte …“

Sie stand auf, warf ihrem Partner einen entschuldigenden Blick zu, dann stürmte sie durch das gut besuchte Diner, wich in letzter Sekunde Gina aus, die mit Bobbys Triple Cheese Burger beladen ihren Tisch ansteuerte, und trat durch die Tür neben den Toiletten nach draußen in den kleinen Hinterhof. Zum Glück war er menschenleer. Niemand, der den Abfall leerte oder eine Zigarettenpause einlegte. Dafür hing der Geruch von Frittierfett in der Luft.

„Ich bin ganz Ohr, Mister Blanc“, nahm Felicity das Gespräch wieder auf. „Was möchten Sie wissen?“

„Wir wollen unserem Freund eine Falle stellen, Detective, und je mehr wir über ihn erfahren, desto besser. Eliah Johnson beschrieb Sie als eine clevere Polizistin.“

„Das ist sehr freundlich von Mister Johnson. Nun …“ Felicity fasste in kurzen Worten zusammen, was sie über Breeze wusste. „Ich bin davon überzeugt, dass er Australier ist“, fügte sie abschließend hinzu.

„Wie kommen Sie darauf, Mademoiselle?“

Mademoiselle ... Felicity musste lächeln. Es klang irgendwie nett.

„Sein Akzent“, antwortete sie. „Als er vor mir stand und ge …“

„Sie haben ihn *gesehen*?“, unterbrach sie der Direktor des Louvre hörbar aufgeregt.

„Ja. Zweimal.“

„Zweimal“, wiederholte er beinahe ehrfürchtig. „Wissen Sie, was das bedeutet, Detective? Bis heute war Breeze nur ein Geist. Sie aber sind ihm begegnet … Würden Sie ihn wiedererkennen?“

„Ich denke nicht, Mister Blanc. Er trug beide Male eine Sturmhaube.“

Kurz war es still in der Leitung.

„Hallo?“

„Ich bin noch dran, Detective. Hm ... Das ist wirklich bedauerlich.“ Die Enttäuschung war dem Direktor des Louvre deutlich anzuhören.

„Ich könnte ihn an seiner Stimme wiedererkennen!“, preschte Felicity vor.

„Dann müssen Sie sofort hierher kommen.“

„Was meinen Sie mit hierher, Mister Blanc?“, fragte Felicity irritiert nach.

„Nach Paris.“

Paris! Oh, mein Gott!

„Das würde ich liebend gern, Sir, glauben Sie mir.“ Die Enttäuschung schnürte ihr beinahe die Kehle zu. „Nur fürchte ich, dass meine Vorgesetzten nicht einverstanden wären.“

„Wir werden sehen“, entgegnete Frédéric Blanc, und Felicity konnte ein Lächeln in seiner Stimme hören. „Ich melde mich wieder bei Ihnen, Detective. Au revoir.“

„Sir, ich denk… Hallo? … Hallo?“

Verblüfft starrte Felicity auf das Display. Ihr Gesprächspartner hatte aufgelegt. Wie in Trance steckte sie ihr Handy weg. Sie war noch nie in Europa gewesen, geschweige denn in Paris ... Die Stadt der Liebe. Einen verrückten Moment lang stellte sie sich vor, wie sie, Felicity Patricia Nolan, den berüchtigten Breeze dingfest machte. Natürlich würden sich in dieser schicksalhaften Nacht private Sicherheitsleute in der Pyramide des Louvre versteckt halten, doch letztlich wäre sie es, die ihn überlisten und in die Enge treiben würde! Sie würde ihm die Sturmhaube vom Kopf reißen, sein Gesicht mit einem verächtlichen Blick versengen, bevor sie ihn vor aller Welt in Handschellen abführen würde. Blitzlichtgewitter würde losbrechen, Journalisten würden durcheinanderrufen, in der Hoffnung, von ihr Details zu ihrem spektakulären Fang zu erhalten, und natürlich würde sie ruhig und gelassen reagieren. Ihr Konterfei würde die Titelseiten der *New York Times* und der *Post* zieren, vielleicht gäbe es eine

Belobigung oder gar eine Beförderung ...

Felicity seufzte. Ein wahrlich schöner Traum!

Auch wenn der Direktor des Louvre mit seiner letzten Bemerkung einen Keim der Hoffnung in ihr Herz gesenkt hatte, zwang sie sich, der Realität ins Gesicht zu sehen. Ihre inoffiziellen Ermittlungen in der Breeze-Sache waren ihrem Leutnant ein Dorn im Auge. Wie groß war also die Wahrscheinlichkeit, dass Olivia Kwan sie für ihren Eigensinn mit einer Reise nach Paris belohnen würde? Genau. Null Komma null. Abgesehen davon, wenn sie ganz ehrlich zu sich war: Was sollte sie im Louvre groß ausrichten? Vielleicht wäre sie wirklich imstande, Breeze an seiner Stimme wiederzuerkennen. Was aber, wenn er sie verstellte oder einen anderen Akzent annahm? Dann wären ihre Superkräfte nutzlos! Wahrscheinlich war es eh besser – und gesünder –, die ganze Sache zu vergessen. Außerdem wurde es Zeit, ins Diner zurückzukehren und Bobbys Neugier zu befriedigen.

Dass das Leben immer wieder für Überraschungen gut ist, erlebte sie nur wenige Stunden später, als ihr Boss sie über Funk kontaktierte, um sie ins Revier zu bestellen.

„Leutnant", entgegnete Felicity. „Detective Rivera und ich sind gerade auf dem Weg zu einem Bauunternehmer, der im Zusammenhang mit Horowitz' Tod stehen könnte ..."

„Gut. Erledigen Sie das, aber dann kommen Sie unverzüglich hierher."

„Ja, Leutnant."

Nervös trommelte Felicity mit den Fingern auf dem Lenkrad. Was wollte Olivia Kwan von ihr? Ob es mit dem Direktor des Louvre zu tun hatte? Zwei lange Stunden quälte sie sich mit Mutmaßungen und einer zähen Befragung herum, die zu keinen neuen Erkenntnissen führte, bevor sie mit Bobby zurück zum Revier fuhr.

„Machen Sie die Tür zu und setzen Sie sich, Detective!", warf ihr der Leutnant entgegen, als sie das Büro betrat. „Können Sie sich denken, warum ich Sie sprechen will?", fragte die ältere Frau weiter.

„Nein", antwortete Felicity mit unschuldiger Miene.

Leutnant Kwan sah sie einen Moment eindringlich an, dann verschränkte sie ihre Hände ineinander, die auf dem Tisch lagen. „Offenbar haben Sie in Europa jemandes Aufmerksamkeit erregt. Eine Person mit Einfluss."

Felicity hielt den Atem an.

„Der Direktor des Pariser Louvre hat Sie für zwei Wochen als Beraterin angefordert. Ihr Eifer in der Breeze-Sache scheint ihm irgendwie zu Ohren gekommen zu sein. Mit Ihrer Hilfe will er ihn schnappen."

„Wirklich?", hauchte Felicity äußerst glaubwürdig, wie sie fand.

„Mister Blanc, so heißt dieser Mensch aus Paris, scheint einen guten Draht zu unserem Bürgermeister zu haben", erklärte Kwan weiter. „Dieser hat den Chief angerufen und ihn davon überzeugt, dass eine solche Art der internationalen Zusammenarbeit den Ruf des NYPD etwas aufpolieren könnte. In vier Tagen fliegen Sie nach Paris. Was sagen Sie dazu?"

Felicity wurde kurz schwindelig. „Ich fühle mich sehr geehrt, Leutnant."

„Sie erhalten von mir per Mail genaue Anweisungen über Ihren Handlungsspielraum, der, unter uns gesagt, eng bemessen ist. Ich würde Sie bitten, sich daran zu halten. Kommen Sie nicht den französischen Behörden in die Quere. Mit denen ist nicht zu spaßen! Und denken Sie daran, Detective: Die ganze Sache ist hochoffiziell. Sollte die Aktion scheitern, wird es darüber einen Vermerk in Ihrer Akte geben. Sollte sie erfolgreich verlaufen, gilt das Gleiche, dennoch ist davon auszugehen, dass sich der Chief damit brüsten wird. Ist das ein Problem für Sie?"

„Nein, Leutnant", erwiderte Felicity mit vor Aufregung heiserer Stimme, während sie Anstalten machte, aufzustehen.

„Ich bin noch nicht fertig", hielt ihr Boss sie zurück. „Verstehen Sie mich nicht falsch, Detective. Sie sind eine gute Polizistin, und ich vertraue Ihnen. Dennoch ist mir nicht wohl bei dem Gedanken, dass Sie drüben auf sich allein gestellt sind. Deshalb werde ich einen alten Freund bitten, Sie zu unterstützen. Joe Bishop war früher bei Interpol in London tätig, bevor er aus privaten Gründen nach Paris gezogen ist. Seitdem arbeitet er dort als Privatermittler für die Staatsanwaltschaft." Die ältere Frau stand von ihrem Sessel auf und deutete auf ein Gruppenfoto an der Wand. Zu sehen waren fünf Menschen mit Daunenjacken und Baseballkappen, darunter auch Olivia Kwan, die fröhlich in die Kamera grinste. Das Bild war anscheinend bei einer Bergwanderung entstanden. „Der hier ist Joe", fügte sie hinzu und tippte auf den Mann, der ganz links in der Reihe stand.

Neugierig stand Felicity ebenfalls auf, um das Foto näher zu begutachten. Der ehemalige Interpol-Mitarbeiter war ein Durchschnittstyp mittleren Alters, rotblond mit Schnauzer und Brille.

„Er wirkt sympathisch", sagte sie höflich.

„Sie werden sehen, Joe ist ein fähiger Mann", erwiderte ihr Leutnant. „Ich werde ihn noch heute kontaktieren und ihn über Ihr Kommen informieren."

Felicity hatte den unangenehmen Verdacht, dass der Schnauzer mit der Baseballkappe als ihr Kindermädchen fungieren sollte. Stirnrunzelnd schaute sie ihren Boss an, doch Olivia Kwan erwiderte ihren Blick mit einem unschuldigen Lächeln.

„Was ist mit Bobby?", wollte Felicity wissen. „Wir arbeiten mit Hochdruck am Fall Horowitz."

„Solange Sie weg sind, wird Ihr Partner mit Detective van Buren zusammenarbeiten. Außerdem sitzen Sie schon viel zu lange an dem Fall, es wird Zeit, dass er ad acta gelegt wird."

„Van Buren?", stieß Felicity überrascht hervor. „Bobby und er sind wie Hund und Katze, Leutnant! Das wissen Sie doch.“

Olivia Kwan zwinkerte ihr zu. „Die beiden kommen schon klar.“

Wenn, fresse ich einen Besen, dachte Felicity, verkniff sich aber die Bemerkung.

Als sie nach der Türklinke griff, hielt Kwan sie ein letztes Mal zurück. „Detective Nolan?“

„Ja, Leutnant?“

Die andere lehnte sich zu ihr herüber. „Dieser Breeze zieht das NYPD in den Dreck“, sagte sie mit gesenkter Stimme. „Nageln Sie seinen Arsch an die Wand!“

Verblüfft starrte Felicity ihre Vorgesetzte an, dann verzog sich ihr Gesicht zu einem schiefen Grinsen. „Ja, Ma’m!“

„Van Buren? Dieses Arschloch?“, maulte Bobby.

„Er hat einen guten Riecher“, versuchte ihm Felicity die neue Situation schmackhaft zu machen. „Weißt du noch, letztes Jahr? Als wir wegen Kaminski nicht weiter wussten, hat er den entscheidenden Hinweis geliefert.“

„Mag sein, trotzdem ist und bleibt er ein Arschloch.“

Darauf wusste Felicity nichts zu erwidern. Der kleine kahlköpfige van Buren gehörte faktisch zu der unangenehmen Sorte Mensch. Ungehobelt, mürrisch und völlig humorfrei. Auf Bobby kamen zwei harte Wochen zu.

„Wie kommst du dazu, nach Paris zu gehen?“, fragte er sie kurz darauf.

Sie erzählte es ihm.

„Weiß der Leutnant inzwischen, wie nah du Breeze gekommen bist?“

Damit spielte Bobby auf das Zusammentreffen auf dem Dach an. Felicity, die ihm nichts von dem Zwischenfall im Treppenhaus erzählt hatte, behielt diese peinliche Angelegenheit wohlweislich für sich.

„Schwer zu sagen.“ Sie zuckte mit den Achseln. „Ich würde vermuten, dass nein, aber sie ist nicht leicht zu durchschauen."

„Wie ist es eigentlich?" Bobbys Augen funkelten belustigt. „Läuft das wie früher beim Schüleraustausch? Schicken die uns zum Ausgleich eine knackige Französin in Uniform?"

Felicity lachte. „Eher nicht, Bobby. Das hier hat nichts mit den französischen Behörden zu tun. Ich fahre auf Anfrage des Louvre."

„Verdammt." Er zog spielerisch eine Schnute, dann wurde er wieder ernst. „Und was genau sollst du dort machen?"

„Weiß ich auch nicht. Ich lass mich mal überraschen."

Nachdenklich blickte Bobby sie an. Sie konnte die Sorge in seinen Augen sehen. „Bitte sei vorsichtig", sagte er.

„Immer doch."

„Versprich es mir."

Sie lächelte. „Versprochen."

„Hallo, Mom! … Ja, ich weiß … Ein Monat ist eine Ewigkeit." Felicity rollte mit den Augen. „Ich bin einfach nicht dazu gekommen, dich anzurufen … Ja, tut mir leid … Aha … Nein, ich habe immer noch keinen Freund!" Sie klemmte sich den Hörer zwischen Ohr und Schulter, ihre Mutter hasste es, wenn sie den Lautsprecher einschaltete, und goss sich ein Glas Rotwein ein. „Natürlich fehlt mir der Sex", fügte sie entnervt hinzu. „Aber es ist nicht alles, was zählt … Was bitte meinst du damit, ich wäre vielleicht weniger pampig?" Sie nahm einen großen Schluck und atmete tief durch. „Mutter, ich will nicht mit dir über dieses Thema reden! Ich wollte dir lediglich mitteilen, dass ich in wenigen Tagen nach Paris fliege." Als ein spitzer Schrei durch den Hörer drang, sah sich Felicity genötigt, ihn einen halben Meter vom Ohr wegzuhalten. „Ja, Mom, Paris. Nein, nicht privat, sondern aus beruflichen Gründen … Ich, ich … Lässt du mich jetzt mal ausreden?" Felicity nahm noch einen Schluck Wein. Sie liebte ihre Mutter, aber mit ihr zu telefonieren, war die Hölle. „Also, der Direktor des Louvre … Ja, das Museum … Er hat mich als Beraterin angefordert. Es geht …“ Kurz zögerte sie. „Es geht um diesen Kunstdieb, den die Medien *Breeze* nennen … Ja, genau der! Wir gehen davon aus, dass er seinen nächsten Coup im Louvre durchführen wird, und ich soll helfen, ihn zu schnappen … Warum? Weil ich die Einzige bin, die ihn schon einmal gesehen hat ...“ Eigentlich zweimal, dachte sie unbehaglich. „Gefährlich? Aber nein, Mom. Das ist nicht gefährlich.“ Felicity goss sich erneut etwas Wein ein, während durchs Telefon eine leidenschaftlich vorgetragene Tirade auf sie einprasselte. „Mom, *Mom!*“, unterbrach sie ihre erregte Mutter. „Mach dir keine Sorgen. Mir wird schon nichts passieren. Mein Boss stellt mir einen ehemaligen Interpolmitarbeiter an die Seite … Er lebt in Paris und kennt die Stadt wie seine Westentasche. Sein Name ist Joe Bishop ... Joe Bi-shop ... Ja, genau! Er ist ein alter Freund von Leutnant Kwan und arbeitet für die Staatsanwaltschaft.“ Felicity sprach in nachdrücklichem Tonfall mit ihrer Mutter, fütterte sie mit möglichst vielen Details, um sie zu beruhigen. „Er wird mich am Flughafen abholen, mich ins Hotel bringen und mir nicht mehr von der Pelle … äh … der Seite weichen.“ Yeah! Mein persönlicher Babysitter, dachte sie düster. „Ja, Mom, du siehst, es besteht kein Grund zur Sorge … In vier Tagen … Ja, sobald schon … Ich rufe dich an, sobald ich angekommen bin, versprochen! Wie geht es Grandpa?“, wechselte sie abrupt das Thema. „Was macht sein offenes Bein?“

Zwanzig Minuten später legte Felicity mit einem Seufzen auf und schloss gepeinigt die Augen. Mit ihrer Mutter zu telefonieren, war ähnlich entspannend wie das Bändigen wild gewordener Welpen, nur dass der Knuddelfaktor nicht ganz so hoch war. Schnell wich ihre Gereiztheit einem Gefühl der Euphorie. In den Staaten war sie herumgekommen, und Vancouver hatte sie erst vor zwei Jahren besucht, aber Paris …

Mon Dieu!

Als Bon Jovis „Keep The Faith“ im Radio lief, war sie nicht mehr zu halten. Sie drehte die Musik lauter, sang aus voller Kehle mit und wirbelte ausgelassen durch ihr kleines Apartment. Sie benahm sich ganz und gar unprofessionell, und es war herrlich! Irgendwann ließ sie sich lachend auf ihr Sofa fallen und überlegte, was sie in den Koffer packen würde. Die nächsten Tage sollten schön werden, für den Juni fast zu warm. Franzosen galten als elegant, also würde sie drei der Hosenanzüge einpacken, die sie gewöhnlich auf der Arbeit trug. Nicht, dass sie dieses Outfit besonders mochte, sie bevorzugte eher den lockeren Jeanslook, doch als Detective war sie einem bestimmten Dresscode unterworfen. Sie wollte im Louvre einen guten Eindruck machen, nichtsdestotrotz würde sie Jeans, Shorts und T-Shirts einpacken sowie das hübscheste Sommerkleid, das sie besaß. Weiß und knielang war es, mit kleinen Sonnenblumen, dazu würde sie ihre gelben Pumps anziehen. Vielleicht würde sie sich auf den Champs-Elysées eine passende Tasche kaufen, sofern Zeit und Geldbeutel es erlauben würden. Auf jeden Fall würde sie sich in eins dieser typischen Straßencafés setzen, den modischen Pariserinnen beim Flanieren zuschauen und hinterher entlang der Seine spazieren gehen ...

Mit einem Lächeln auf den Lippen blickte sie durchs offene Fenster in die Nacht hinaus. Der laue Sommerwind trug den Duft von Lammcurry hinein sowie das typische New Yorker Hintergrundrauschen, das immer wieder von Hupkonzert und einer Polizeisirene unterbrochen wurde. Letztere war es auch, die sie aus ihren Träumereien riss. Streng rief sie sich zur Ordnung. Sie flog nicht zum Vergnügen nach Paris, sondern um als Repräsentantin des NYPD ihre Pflicht zu tun.

Gedanklich strich sie das Sonnenblumenkleid wieder von der Liste.

Hallo Nachbar!

„Bonjour."

Die blonde Stewardess von Air France schenkte ihr ein freundliches Lächeln.

Felicity, deren Französischkenntnisse gerade so weit reichten, dass sie einen Kaffee bestellen konnte, grüßte etwas verlegen zurück, bevor sie ihre Augen über die Sitzreihen wandern ließ. Sie hatte Platz Nummer 21A. Direkt am Fenster. Der Sitz neben ihr war noch unbesetzt, also konnte sie ganz ungestört ihre Tasche in der Gepäckablage über ihr verstauen und es sich in ihrem Sitz gemütlich machen. Nachdenklich schnallte sie sich an. Vor gut zwei Tagen hatte sich ihre Euphorie gelegt, war einem Gefühl gewichen, das Furcht recht nahekam.

Es liegt mir fern, Ihnen etwas anzutun, Detective, außer Sie zwingen mich dazu.

Was, wenn Breeze seine Drohung wahr machte? Sollte er sich wie erwartet in Paris aufhalten und seinen Coup vorbereiten, würde er über kurz oder lang mitbekommen, dass sie sich im Louvre aufhielt. Er müsste schon sehr dumm sein, um den Zusammenhang nicht zu erkennen, und Dummheit war das Letzte, was ihm Felicity bescheinigen würde. Andererseits war sie Polizistin. Einschüchterungen waren ihr nicht fremd.

Bei Breeze lag die Sache aber anders ... Der Mann ging ihr unter die Haut, ohne dass sie hätte sagen können, warum. Er war gefährlich und clever. Eine brisante Mischung. Plötzlich war sie heilfroh, dass Joe Bishop auf dem Flughafen Charles de Gaulle auf sie warten würde, zumal sie ihre Glock nicht hatte mitnehmen können. Nicht, dass sie schießwütig gewesen wäre. Sie hatte bisher im Dienst nur zweimal ihre Waffe abgefeuert, beide Male waren es Warnschüsse gewesen, dennoch hätte sie sich mit der Pistole im Gepäck sicherer gefühlt.

Eine Bewegung auf dem Gang riss sie aus ihren Gedanken. Ein Mann im Anzug und mit blondem Pferdeschwanz setzte sich neben sie. Wie ein seriöser Geschäftsmann wirkte er nicht, und sofort klingelten Felicitys Alarmglocken. Was, wenn Breeze ihr nachspionierte? Ihr gar jemanden auf den Hals hetzte, um sie ein für alle Mal loszuwerden? Was, wenn der Mann neben ihr Breeze selbst war? Sie lachte nervös auf, was ihr einen irritierten Blick ihres Nachbarn einbrachte. Als sich das Flugzeug langsam in Bewegung setzte, schloss sie die Augen. Der Flug nach Paris würde siebeneinhalb Stunden dauern, also sollte sie versuchen, etwas zu schlafen. Sie hörte, wie der Mann neben ihr etwas aus seiner Tasche kramte, offenbar Dokumente, um darin zu blättern. Kurz darauf kratzte ein Kugelschreiber übers Papier, und sie musste lächeln. Vielleicht handelte es sich wirklich nur um einen harmlosen Geschäftsmann. Auch wenn er nach zwielichtigem Import-Export aussah. Kein Grund, paranoid zu sein.

Der Flug verlief ruhig, und es gelang ihr, ein wenig zu dösen. Ein, zwei Mal lächelte der Mann sie von der Seite an, mit der Lesebrille auf der Nase wirkte er halb so suspekt, und Felicity entspannte sich zusehends. Ohne große Zwischenfälle landeten sie pünktlich auf dem Flughafen Charles de Gaulle. Der Blick aus dem Fenster offenbarte keine Überraschungen, sondern den üblichen Flickenteppich aus Bäumen, Wiesen und Siedlungen sowie eine sich immer schneller nähernde Landebahn inmitten eines riesigen grauen Komplexes aus Stahl und Beton. Trotzdem fühlte es sich anders an, und Felicity schaffte es kaum, das dümmliche Grinsen zu unterdrücken.

Als die Maschine mit einem Ruck zum Stehen kam, sprangen die Passagiere auf, und im Nu war der Gang verstopft. Erst nachdem sich die Schlange aus ungeduldigen Menschen und sperrigen Taschen aufgelöst hatte, erhob sich Felicity ebenfalls, um ihre Tasche aus dem Fach zu holen. Ihr Sitznachbar, ganz Gentleman, half ihr dabei. Ein letztes Lächeln, dann verschwand er mit seinem Trolley aus ihrem Blickfeld. Im Bus, der die Passagiere zum Flughafengebäude brachte, sah sie ihn wieder, doch er beachtete sie nicht. Sie tat ihren Verdacht als Hirngespinst ab und nahm sich vor, in Zukunft auf die wirklich wichtigen Dinge zu achten.

Zum Glück musste sie nicht lange warten, bis ihre beiden Koffer auf dem Gepäckband heranrollten. Nachdem sie sie auf einen Wagen gepackt hatte, strebte sie auf den Ausgang zu. Sie erkannte Joe Bishop auf Anhieb. Die blaugetönte Brille, der Schnauzer … Vielleicht lag es aber auch daran, dass er ein Schild mit ihrem Namen hochhielt. Ein Brite, wie er im Buche stand. Stocksteif, konservativ und sehr höflich. Er trug einen blauen Anzug mit Weste, was zu dieser Jahreszeit recht unpassend schien, und ein Toupet. Ein billiges Haarteil, das sich farblich sehr von den rotblonden Augenbrauen und dem Schnauzer abhob. Felicity verbot sich, darauf zu starren. Kein Wunder, dass er auf dem Foto eine Baseballkappe getragen hatte! Im Laufe ihrer Karriere hatte Felicity gelernt, niemanden aufgrund seiner äußeren Erscheinung zu unterschätzen. Nur weil Joe Bishop wie eine etwas unglückliche Kreuzung aus Prince Harry und John Cleese aussah, hieß es nicht, dass er ein Idiot war. Zumal seine Augen hinter den blaugetönten Gläsern sehr konzentriert blickten.

Nachdem er ihr Gepäck im Kofferraum seines Mazdas verstaut hatte, fuhren sie los. Während sie die Autobahn Richtung Stadt nahmen, vorbei an hässlichen Trabantenstädten und nicht enden wollenden Industriegebieten tauschten sie belanglose Höflichkeiten aus. Doch je näher sie dem Zentrum kamen, desto schweigsamer wurde Felicity. Als sie durch das Montmartre-Viertel fuhren, mit seinen verwinkelten

Gässchen, malerischen Plätzen und einem Sacré-Cœur, der im Sonnenlicht des späten Nachmittags golden schimmerte, drückte sie sich die Nase buchstäblich an der Scheibe platt.

„Sie sind wohl das erste Mal in Paris", bemerkte Joe.

Der Mann klang so trocken, dass sich Felicity unbewusst räusperte. „Ja."

„Möchten Sie, dass wir einen Umweg fahren?"

Sie strahlte übers ganze Gesicht. „Ja, gern. Wenn das geht."

„Selbstverständlich geht das."

In Paris lagen die wichtigsten Sehenswürdigkeiten recht eng beieinander, wie Felicity bald feststellen musste, und so kam sie in den Genuss, den Arc-de-Triomphe zu sehen, die Kathedrale Notre Dame und sogar den Eiffelturm, wenn auch nur von Weitem. Als sie durch einen von Bäumen gesäumten Boulevard mit teuren Boutiquen und schicken Restaurants fuhren, war sie froh, sich in letzter Minute doch noch dafür entschieden zu haben, ihr hübsches Sommerkleid mitzunehmen. Gierig sog sie das bunte Treiben in sich auf. Wie entspannt die Menschen wirkten, verglichen mit den hektischen New Yorkern ...

Als sie schließlich vor ihrem Hotel anhielten, machte sie große Augen. Das *La Maison Favart* befand sich nur einen knappen Kilometer vom Louvre entfernt und war schlicht ein Traum! Frédéric Blanc, der alle Unkosten ihrer Reise übernahm, ließ sich wahrlich nicht lumpen.

„Das Gebäude stammt aus dem 18. Jahrhundert und trägt den Namen des Ehepaares, das maßgeblich an der Gründung der Opéra Comique beteiligt war", erklärte Joe. „Das Innere ist dem Interieur eines Theaters nachempfunden. Ein sehr exklusives Hotel."

„Ganz offensichtlich", murmelte Felicity voller Ehrfurcht, als sie auf das helle Sandsteingebäude blickte.

Joe trug ihr Gepäck zum Eingang, wo es ihm von einem Angestellten in einer Livree abgenommen wurde, und betrat mit ihr gemeinsam die Lobby. Interessiert blickte er sich um, während sie an der Rezeption eincheckte. Zum Glück sprach der Mitarbeiter Englisch.

„Willkommen im *Maison Favart*, Mademoiselle Nolan." Er blickte kurz auf den Computerbildschirm. „Ich habe eine Nachricht für Sie von Frédéric Blanc, dem Direktor des Louvre. Sie werden morgen um 10 Uhr im Museum erwartet."

„Danke, Monsieur."

Nachdem sie die Formalitäten erledigt und ihre Schlüsselkarte entgegengenommen hatte, wandte sie sich an Joe, der hinter sie getreten war.

„Morgen um 10 Uhr habe ich ein Meeting mit Mister Blanc. Sie kommen doch mit?"

Er nickte ernst. „Auf jeden Fall. Ich habe Liv versprochen, Sie nicht aus den Augen zu lassen." Felicity brauchte einen Moment, um zu begreifen, dass er damit ihren Boss meinte. „Damit Ihnen nichts zustößt", fügte er nach einer kaum merklichen Pause hinzu.

Natürlich.

„Ich hole Sie morgen um halb zehn ab. Ist das für Sie in Ordnung?"

„Selbstverständlich. Und vielen Dank für die kleine Sightseeing-Tour."

Er antwortete auf ihr Lächeln mit einem höflichen Nicken.

Als sie ihr Zimmer im dritten Stock betrat, glaubte sie sich wie in einem Märchen. Obwohl der Raum nicht sehr groß war, wirkte er elegant und zugleich prunkvoll. Die halbhohe Tapete in der Farbe von reifen Johannisbeeren kontrastierte mit den cremefarbenen Schränken und Türen. Rote satinbezogene Kissen lagen auf dem Doppelbett, und als der Hotelangestellte ihr das Badezimmer zeigte, unterdrückte Felicity nur mit Mühe ein Jauchzen. Es war in Weiß gehalten mit winzigen schwarzen Kacheln, verfügte neben Waschbecken, Dusche und Badewanne über ein Bidet. Wie herum setzte man sich drauf? Sie testete es gedanklich aus, kam aber zu keinem befriedigenden Ergebnis und beschloss, die Antwort darauf auf später zu verschieben.

Nachdem der Angestellte mit ihrem Trinkgeld in der Hand die Tür diskret hinter sich zugezogen hatte, kickte sie ihre Sneakers weg und warf sich mit ausgebreiteten Armen aufs Bett. Mit schiefem Kopf betrachtete sie den weißen Stuck an der Decke, der sie an Zuckerguss auf einer Hochzeitstorte erinnerte. Dann zog sie eines der beiden weißen Kopfkissen zu sich, die zwischen den roten Kissen hervorlugten, und drückte ihr Gesicht hinein. Sie liebte den Duft von frischer Bettwäsche. Eine ganze Weile blieb sie so liegen, horchte mit geschlossenen Augen auf die Stille, bis es draußen zu dämmern begann und sie mit einem tiefen Seufzen aus dem Bett sprang, um ihre Koffer auszupacken.

Später entschied sie sich gegen das Restaurant und bestellte sich stattdessen etwas aufs Zimmer: ein Croque Monsieur, eine Art Hawaii Toast, aber ohne Ananas, und einen Tomatensalat mit Vinaigrette. Während sie auf ihr Essen wartete, nahm sie aus der Minibar eine kleine Flasche Rosé heraus, goss sich etwas ein und rief ihre Mutter an.

Als es Zeit wurde, schlafen zu gehen, war sie immer noch hellwach. Schließlich war es in New York gerade mal fünf Uhr nachmittags. Mit ihrem Weinglas in der Hand setzte sie sich auf den winzigen Balkon, betrachtete das nächtliche Paris und verliebte sich hoffnungslos. Die historischen Bauten mit ihren reich verzierten Fassaden und Erkerfenstern rundum waren in einem warmen gelben Licht getaucht, es duftete nach Sommer, und von irgendwoher wehte das Lachen einer Frau zu ihr herüber. Magie lag in der Luft. Ob Breeze in diesem Moment die Umgebung auskundschaftete? Unwillkürlich blickte Felicity hinauf zu den Dächern. Wie fühlte es sich wohl an, da oben zu stehen? Seinen Blick über eine Stadt schweifen zu lassen, in der Könige gekrönt, gestürzt und enthauptet worden waren; wo ein Aufstand seinen Anfang genommen hatte, der die Welt für immer verändert hatte? Zugegeben, sie hatte vor ihrer Abreise in einem Paris Online-Reiseführer viel über die Französische Revolution gelesen. Das Thema hatte sie fasziniert.

In diesem Moment klopfte es unerwartet an ihrer Zimmertür. Überrascht blickte sie auf. Wer mochte zu dieser späten Stunde etwas von ihr wollen?

„Ja?"

„Madame! Aidez-moi, vite!", ertönte es von der anderen Seite.

Mit zusammengezogenen Augenbrauen starrte Felicity auf die Tür. Sie hatte außer „Madame" kein Wort verstanden.

„Madame, s'il vous plaît."

Die Stimme klang flehend, also stand Felicity auf und öffnete die Tür. Sie konnte nicht verhindern, dass ihr die Kinnlade herunterklappte. Vor ihr stand ein Prachtexemplar von einem Mann. Dunkelhaarig, braungebrannt – und nur mit einem Handtuch um die schmalen Hüften bekleidet, das so tief saß, dass sie befürchtete, die geringste Bewegung würde ausreichen, um ihr einen Einblick zu verschaffen, der ihr zweifelsohne interessante Träume bescheren würde. Bevor sie sich fassen konnte, redete er weiter auf sie ein. Fasziniert starrte sie auf seinen großen sinnlichen Mund. Wie konnten unverständliche Worte so verführerisch klingen?

„Warten Sie!", unterbrach ihn Felicity auf Englisch, wobei sie versuchte, ihn nicht mit den Augen zu verschlingen. „Tut mir leid, aber ich verstehe Sie nicht."

Verblüfft hielt er inne, dann verzogen sich seine Lippen zu einem Lächeln, bei dem sie weiche Knie bekam.

„Sie sind Engländerin?", fragte er mit einem reizenden französischen Akzent.

„Nein, Amerikanerin."

Seine braunen Augen leuchteten auf. Felicity konnte darin goldene Sprenkel erkennen. „Ah, Amerikanerin."

Dann zeigte er auf das Handtuch und grinste verlegen. „Ich habe mich ausgesperrt."

Felicity verbiss sich ein Lachen. „Dann sollten wir vielleicht den Concierge anrufen", schlug sie vor.

„Non, non!", rief er wild gestikulierend. „Das ist mir sehr peinlich. Bitte, Mademoiselle, können Sie mich auf Ihren Balkon lassen? Von da aus klettere ich rüber auf meinen Balkon. Mein Zimmer ist nebenan."

Hallo Nachbar!

„Natürlich", sagte Felicity überaus entzückt. „Kommen Sie herein."

Als der Fremde ihr Zimmer betrat, wurde sie unwillkürlich rot. Der Mann war ein echtes Schnittchen, was nicht nur an seinem dürftigen Outfit lag. Alles an ihm strahlte Sinnlichkeit aus. Die dunklen, halblangen Haare, die durchtrainierte Brust, die Mandelaugen ... Und wie seidig seine goldbraune Haut schimmerte. Felicity schluckte.

„Bitte", sagte sie etwas heiser und deutete auf die offene Balkontür.

„Merci", hauchte er, dabei blickte er ihr tief in die Augen.

Wow!

„Warten Sie, ich rücke den Tisch etwas beiseite", sagte sie leicht fahrig.

Der Fremde ergriff ihre Hand und hauchte einen federnden Kuss auf ihre Finger.

„Das ist nicht nötig", murmelte er. „Ich werde Ihnen ewig zu Dank verpflichtet sein, Mademoiselle."

Felicity blinzelte. Hätte er gesagt „ich werde Sie die ganze Nacht lieben, Mademoiselle", hätte es die gleiche Wirkung gehabt.

Als er daraufhin über die Brüstung stieg, klaffte das Handtuch auseinander, und sie erhaschte einen kurzen Blick auf seinen wohlgeformten Hintern.

Du kannst ihn nicht so einfach gehen lassen. Sag etwas, irgendwas!

„Ich heiße Felicity“, rief sie ihm etwas atemlos hinterher.

Er lächelte ihr ein letztes Mal zu. „Ich heiße Alain.“

Dann war er weg.

Alain … Was für ein schöner Name!

Im Herzen der Pyramide

Bum-bum-bum. Murrend zog sich Felicity die Decke über den Kopf, kniff ihre Augen noch fester zu, trotzdem wollte das Klopfen nicht aufhören. Im Gegenteil. Es nahm immer penetrantere Ausmaße an. Wahrscheinlich ein Zimmermädchen. Hatte sie gestern Abend nicht das „Nicht-Stören-Schild" an die Türklinke gehängt? Am besten, sie stellte sich tot, dann würde die Nervensäge bald wieder von dannen ziehen.

„Miss Nolan", ertönte es dumpf durch die Tür.

Entweder war das Zimmermädchen heiser oder ...

„Miss Nolan!"

Felicity stöhnte gequält auf. Joe Bishop.

„Was?", nuschelte sie.

Das Klopfen setzte erneut ein.

„Was?", rief sie lauter.

„Sind Sie so weit?"

Für einen kurzen Moment blieb Felicity das Herz stehen, dann flogen ihre Augen zum Nachttisch, wo ihr Handy lag. Sie hatte den Wecker auf 8.00 Uhr gestellt, doch das Display war schwarz. Offenbar hatte sie vergessen, ihr Handy aufzuladen. Das Adrenalin schoss wie eine Rakete durch ihre Adern, und entsprechend schwungvoll sprang sie aus dem Bett, um die Tür aufzureißen.

„Offensichtlich nicht", sagte der Brite, während er sie mit vielsagendem Blick musterte.

Wieder war er wie aus dem Ei gepellt. Rostbrauner Anzug, rote Weste, schwarz glänzende Schuhe. Nur der Fiffi auf seinem Kopf wollte nicht so recht dazu passen. Ein schneller Blick in den Spiegel neben der Tür bestätigte, dass sie im Gegenzug einen wenig vorzeigbaren Anblick bot. Das Gesicht war noch vom Schlaf gerötet, das Haar zerzaust, ihr Schlafshirt verknittert. Wenigstens sind meine Beine rasiert, ging ihr absurderweise durch den Kopf.

„Wie spät ist es?"

„Halb zehn."

Oh, mein Gott!

Entsetzt wirbelte sie herum, ein „Kommen Sie rein!" rufend, und stürzte ins Badezimmer. „Wie lang brauchen wir zum Louvre?"

„Wenn wir zügig gehen, zehn Minuten."

„Und wenn wir Ihren Wagen nehmen?", fragte sie, während sie sich die Zähne putzte.

„Ich fürchte, dass würde länger dauern. Um diese Uhrzeit sind die Straßen verstopft."

Verdammt!

„Ich springe schnell unter die Dusche. Warten Sie so lange?"

„Habe ich eine Wahl?", entgegnete er.

Felicity nahm die schnellste Dusche ihres Lebens, schlüpfte in einen Bademantel und kehrte ins Zimmer zurück. Joe stand am Fenster und blickte hinaus, während sie sich das Erstbeste aus dem Schrank schnappte, nämlich eine helle Baumwollhose und ein locker fallendes lindgrünes Seidenshirt. Anschließend fischte sie frische Unterwäsche aus der Schublade und lief mit dem Kleiderknäuel im Arm wieder zurück ins Badezimmer. Nachdem sie sich angezogen hatte, bürstete sie rasch ihr Haar, band es zu einem Pferdeschwanz zusammen und legte etwas Wimperntusche auf. Für einen ordentlichen Lidstrich reichte die Zeit nicht. Noch etwas Lipgloss. Fertig.

Punkt Viertel vor zehn verließen sie das Hotel.

„Woher kennen Sie Leutnant Kwan?", fragte Felicity keuchend.

Weil ihr Begleiter deutlich größer war und entsprechende Schritte machte, musste sie fast rennen, um auf seiner Höhe zu bleiben. Ein Glück, dass die Sonne nicht so hoch stand, sonst hätte sie innerhalb weniger Minuten in ihrem eigenen Saft geschmort.

„Wir sind alte Freunde vom College."

„Wirklich?"

„Ja. Nach unserem Abschluss haben wir uns aus den Augen verloren, bis wir uns vor zehn Jahren zufällig auf einem Sicherheitskongress in Toronto getroffen haben. Es war, als wäre kein einziger Tag vergangen …"

Unwillkürlich fragte sich Felicity, ob die beiden eine Affäre gehabt hatten, doch weil es um ihren Boss ging, verkniff sie sich die Frage. Als sie an der Terrasse eines Eckbistros vorbeigingen, auf der ein paar Leute vor riesigen Tassen Café au Lait saßen, seufzte sie. Was gäbe sie jetzt für einen Kaffee!

„Als was wollen Sie mich vorstellen?", riss Joe sie aus ihren Gedanken. „Schließlich erwartet Frédéric Blanc nicht, dass Sie Verstärkung mitbringen."

War da etwa ein Anflug von Humor in seiner Stimme?

Felicity sah zu ihm auf. „Ich dachte, wir bleiben bei der Wahrheit. Dass Sie Privatermittler sind, der mir von meiner Vorgesetzten zur Unterstützung an die Seite gestellt wurde."

„In Ordnung. Allerdings sollten wir weglassen, dass ich für die Staatsanwaltschaft arbeite. Das könnte abschreckend wirken. Nicht dass diese Leute denken, ich würde ihnen auf die Finger schauen wollen."

Felicity nickte. „Okay." Dann biss sie sich auf die Lippen. „Mister Bishop, ich muss Ihnen etwas gestehen."

Mit einer hochgezogenen Augenbraue schaute er auf sie hinunter. „Was?"

Es klang wenig begeistert.

„Ich hatte Besuch von Breeze."

Schlagartig blieb er stehen. „Wie meinen Sie das?"

„Er hat mir vor ein paar Tagen aufgelauert und mir mit dem Schlimmsten gedroht, falls ich meine Ermittlungen fortsetze."

Ein nachdenklicher Ausdruck trat in seine Augen. „Das ist nicht gut, Detective."

„Ich weiß."

„Weiß Liv davon?"

„Nein." Sie setzte ihren Welpenblick auf. „Und ich wäre Ihnen unendlich dankbar, wenn es dabei bleiben würde."

„Ich verstehe."

Er löste sich aus seiner Erstarrung und ging weiter.

Ihre Finger nervös knetend lief Felicity neben ihm her. „Was sagen Sie dazu?"

„Nun, ich würde sagen, ab jetzt fungiere ich nicht nur als Ihr Guide und Übersetzer, sondern auch als Ihr Bodyguard."

Bodyguard?

Sie warf ihm einen schnellen Seitenblick zu und unterdrückte ein Grinsen. Joe Bishop war weit davon entfernt, ein Kevin Costner zu sein. Dann richtete sie ihre Augen wieder nach vorn und sog die Luft scharf ein. Sie waren am Ziel angekommen. Vor ihr erhob sich die berühmte Glaspyramide des Louvre, umgeben vom Königspalast, dessen lang gezogene Flügel sie wie zwei geöffnete Arme willkommen hießen. Der Anblick war atemberaubend.

„Hinter uns befindet sich der Garten der Tuilerien", erklärte Joe. „Und dahinter die Seine. Sie sollten sich die Zeit nehmen, es sich anzusehen. Ich denke, es wird Ihnen gefallen."

„Das werde ich, Mister Bishop."

Ganz bestimmt sogar.

Nachdem sie sich am Eingang der Pyramide vorgestellt hatten, wurden sie zum Büro des Direktors geleitet. Voller Bewunderung musterte Felicity die Pracht aus längst vergangenen Zeiten, die Fresken an den Decken, die aufwändigen Täfelungen, die goldumrandeten Spiegel und natürlich die Exponate. Das Büro von Frédéric Blanc im rechten Flügel des Palastes war erwartungsgemäß opulent eingerichtet, mit dickem Teppich, Tapisserien an den Wänden und einem zierlichen Schreibtisch. Der Sessel, von dem er aufstand, als sie eintraten, war nicht minder eindrucksvoll. Er war mit dunkelrotem Samt bezogen und mit Schlaggold belegt. Felicity war alles andere als eine Expertin, jedoch hatte sie genügend Historienschinken im Fernsehen gesehen, um auf das 18. oder 19. Jahrhundert zu tippen. Der Direktor für seinen Teil wirkte wie eine französische Kopie von Eliah Johnson. Feines Gesicht, graumeliertes Haar, seidenes Halstuch. In einer unbewussten Geste nestelte Felicity an ihrem Revers. Vollendete Eleganz machte sie nervös.

Hände wurden geschüttelt, Höflichkeitsfloskeln ausgetauscht, und Felicity bedankte sich überschwänglich für die luxuriöse Unterbringung. Anschließend gab es viel zu heißen Kaffee in viel zu dünnen Porzellantassen. Dennoch war die Stimmung gut – bis der Franzose einen Lageplan auf seinem Tisch ausbreitete.

„Bisher befand sich das Fabergé-Ei als Teil einer Sonderausstellung in der Hall Napoléon unter der Pyramide“, erklärte er. „Gestern haben wir es in den zweiten Stock des Richelieu-Flügels verbannt. Dadurch wird es für Breeze leichter zugänglich. Er hat drei Möglichkeiten, in den Ausstellungsraum einzudringen: übers Dach, über die Lüftungsschächte und über die Notfalltreppe.“ Er tippte mit dem Finger auf die Karte. „Wir werden Sicherheitsleute hier, hier und hier postieren, um ihm den Fluchtweg abzuschneiden, und zwar rund um die Uhr.“

Felicity blickte stirnrunzelnd auf die Karte. „Entschuldigen Sie, Mister Blanc. Aber ist das nicht sehr offensichtlich?“

„Mademoiselle Nolan“, erwiderte der Direktor in einem leicht näselnden Tonfall. „Ich fürchte, Sie unterschätzen die Anziehungskraft des Eis. Stehlen ist für einen Dieb wie Breeze eine Sucht. Selbst wenn er sich des wachsenden Risikos bewusst werden sollte, wird ihn nichts davon abhalten, diese Chance zu ergreifen. Im Schutz der Nacht wird er sich sicher fühlen. Deshalb gehen wir davon aus, dass er dann zuschlagen wird."

Felicity spürte, wie Ärger in ihr aufstieg. „Sir! Breeze ist clever. Was, wenn er doch die Lunte riecht?"

„Lunte riecht?" Der Direktor blickte sie verständnislos an.

„Verdacht schöpft", erklärte Felicity.

Frédéric Blanc machte aus seinem Spott keinen Hehl. „Es klingt ja fast so, als bewunderten Sie ihn, Detective."

„Unsinn!", antwortete Felicity etwas heftiger als beabsichtigt. „Mal ganz im Ernst, Sir: Sie sollten es ihm nicht zu leicht machen."

„Tun wir nicht, Detective. Sollte es ihm tatsächlich gelingen, mit dem Ei zu verschwinden, wovon ich nicht ausgehe …" Ihr Gegenüber stieß ein wieherndes Lachen aus, bevor er seine kleine Bombe platzen ließ. „… hielte er nur eine wertlose Kopie in den Händen!"

„Sie tauschen die Exponate aus?", fragte Felicity verblüfft nach.

Das war in der Tat ein kluger Schachzug.

„Das haben wir schon, Mademoiselle. Das Original liegt in meinem Tresor." Der Direktor zwinkerte ihr zu, auf eine unerwartet spitzbübische Art. „Wollen Sie es sehen?"

Felicity bekam feuchte Hände. „Gern", flüsterte sie.

Mit einem Mal brannte sie darauf, den Gegenstand der ganzen Aufregung mit eigenen Augen zu sehen. Selbst in Joes Blick, der bis dahin kaum ein Wort gesagt hatte, las sie einen Anflug von Neugier. Ein Kunstwerk im Wert von zehn Millionen Dollar sah man schließlich nicht alle Tage.

Lächelnd öffnete Frédéric Blanc eine Verbindungstür zu einem angrenzenden Raum. Bevor er hineintrat, drehte er sich um.

„Bitte, warten Sie hier", bat er.

„Natürlich", antwortete Felicity, bevor sie Joe einen vielsagenden Blick zuwarf.

Der Tresor befand sich ganz offensichtlich im Nebenraum.

Kurz darauf tauchte der Direktor wieder auf, eine kleine Holzschatulle in der Hand. Vorsichtig stellte er sie auf dem Tisch ab, dann hob er den Deckel und holte den Inhalt heraus. Felicity hielt den Atem an. Obwohl der Gegenstand in seiner Hand überraschend klein war, glaubte sie, noch nie etwas Schöneres gesehen zu haben, zumal in diesem Moment das Licht der Sonne die Oberfläche berührte. Ein mit Rubinen verziertes Ei, nicht größer als ein Hühnerei, thronte auf einem goldenen Ständerwerk mit geschwungenen Beinen. Frédéric Blanc drückte auf den größten Stein auf der Vorderseite, und das Ei klappte auf. Im Innern befand sich eine mit Saphiren und Diamanten besetzte Miniaturkarosse. Mit einer Pinzette, die er aus der Schublade nahm, öffnete der Franzose die winzige Tür der Kutsche, und vor Felicitys weit aufgerissenen Augen klappte ein kleiner Tritt herunter.

„Unglaublich“, hauchte sie und streckte zögernd die Hand aus. „Darf ich?“

Der Direktor starrte sie an, als hätte sie sich eben in eine Kakerlake verwandelt. „Auf keinen Fall, Detective. Dieses Ei ist überaus empfindlich.“

Peinlich berührt zog sie ihre Hand zurück. „Entschuldigen Sie.“

Der andere schenkte ihr ein gönnerhaftes Lächeln. „Wie ich bereits gesagt habe, niemand kann sich seiner Faszination entziehen. Am allerwenigsten Breeze.“

Felicity nickte. Obwohl Frédéric Blanc im Laufe der Unterhaltung einige Sympathiewerte eingebüßt hatte, musste sie ihm Recht geben. Nichts würde Breeze davon abbringen, dieses Prachtstück in seine Finger zu bekommen.

„Sagen Sie mir, wo ich mich positionieren soll“, fragte sie den Direktor, nachdem er das Fabergé-Ei zurück in den Tresor gelegt hatte.

„Wie meinen Sie das, Mademoiselle?“ Er wirkte überrascht.

„Nun, ich will natürlich dabei sein, wenn Breeze gefasst wird.“

„Das wird nicht nötig sein. Für Sie habe ich eine andere Aufgabe vorgesehen. Ich will, dass Sie das Personal samt Security checken. Schließlich wollen wir uns nicht ... wie sagen Sie in Ihrer Sprache? ... ein faules Ei ins Nest legen.“ Er lachte angesichts der Doppeldeutigkeit seiner Worte.

„Aber Mister Blanc …“

Er überging ihren Protest. „Ich werde mich im Büro des Sicherheitschefs mit jedem männlichen Mitarbeiter unterhalten. Sie werden in einem der Nachbarräume sitzen und die Gespräche auf einem Monitor verfolgen. Anschließend teilen Sie mir Ihren Eindruck mit. Morgen früh um 9 Uhr geht's los.“

Wie vor den Kopf gestoßen starrte sie den Direktor des Louvre an. „Das ist alles?“

„Ja, Mademoiselle.“ Er strich eine Strähne seiner ohnehin perfekt sitzenden Haare glatt. „Und kommen Sie nicht auf die wahnwitzige Idee, auf eigene Faust zu ermitteln. Sie würden Breeze vielleicht aufschrecken und damit unseren Plan torpedieren“, fügte er hinzu, als könnte er ihre Gedanken lesen.

„Ich verstehe“, antwortete sie mit zusammengebissenen Zähnen.

Verpuffte Träume.

Wütend kickte Felicity mit dem rechten Fuß einen Stein weg, der einen ziemlichen Radau veranstaltete, als er gegen eine metallene Parkbank knallte. Die Enttäuschung schnürte ihr die Kehle zu. So hatte sie sich ihre glorreiche Mission nicht vorgestellt!

„Es hat auch etwas Positives“, meldete sich Joe zu Wort.

„Ach ja? Und was?“

Nach ihrem Treffen mit Frédéric Blanc hatte sie das

dringende Bedürfnis nach frischer Luft verspürt, nun schlenderten Joe und sie durch den Garten der Tuilerien. Leider hatte sie keine Augen für die Blütenpracht um sie herum, zu groß war ihr Ärger.

„Sie begeben sich nicht in Gefahr."

„Sie aber auch nicht, Mister Bishop", blaffte sie ihn an. „Wie praktisch!"

Dann hielt sie mitten im Schritt inne und sah zu ihm auf. Wie stets blickte er ungerührt zurück.

„Tut mir leid", murmelte sie. „Das war unfair. Ich bin wohl etwas überspannt." Sie brachte ein klägliches Lächeln zustande. „Das liegt wohl am Jetlag."

„Darf ich Ihnen einen Rat geben, Detective?"

Sie nickte matt.

Die Augen hinter der blaugetönten Brille funkelten. „Vergessen Sie diesen arroganten Pisser." *Pisser? Hat er gerade Pisser gesagt?* „Es ist Sommer, Sie sind in Paris. Genießen Sie es."

„So einfach ist das nicht, Mister Bishop. Ich repräsentiere das NYPD."

„Dann erledigen Sie den Job, den Mister Blanc von Ihnen verlangt, und fertig. Nur ärgern sollten Sie sich nicht, das bringt nichts."

„Sie haben gut reden." Kurze Pause. „Ich wollte unbedingt diejenige sein, die Breeze fasst."

Schweigend setzten sie ihren Spaziergang fort.

„Warum eigentlich?", fragte Joe nach einer kleinen Weile.

„Was meinen Sie?"

„Warum wollen Sie diesen Kerl unbedingt fassen?"

Kurz überlegte sie. Ja, warum eigentlich? Wegen seiner Arroganz, seiner Dreistigkeit, weil er sie bedroht hatte? Mit einem Mal verflog ihr Ärger, und sie war nur noch müde. Sollte sich doch der Louvre mit Breeze allein herumschlagen! Vielleicht drückte ihr die Zeitverschiebung aufs Gemüt, vielleicht wog auch die Enttäuschung zu schwer, jedenfalls war es ihr plötzlich egal, ob Breeze davonkam oder nicht. Dennoch schuldete sie Joe eine Antwort, also entschied sie sich für die ausweichende Variante.

„Weil es mein Job ist."

Köstliche Nachspeise

Nach einer ordentlichen Mütze Schlaf fand Felicity am nächsten Tag zu ihrer Professionalität zurück. Sie nahm sich Joes Rat zu Herzen und erschien Punkt 9 Uhr im Büro des Sicherheitschefs des Louvre. Bis 18 Uhr saß sie an einem kleinen Monitor in einem Hinterzimmer und wurde Zeugin endloser Gespräche, deren Inhalte sie nicht verstand. Was vielleicht nicht einmal schlecht war, so konnte sie sich auf die Erscheinung und Stimmen der betreffenden Personen konzentrieren. Abgesehen von einer zweistündigen Mittagspause in einem kleinen Restaurant um die Ecke – Felicity begriff sehr schnell, dass die Franzosen nicht einmal dann auf ihr *Déjeuner* verzichten würden, wenn der Weltuntergang bevorstünde – fanden die Befragungen im Akkord statt. Schließlich galt es, in wenigen Tagen 63 Personen zu checken. Joe wich ihr dabei nicht von der Seite. Wie öde der Tag für ihn sein musste, konnte sich Felicity nur im Ansatz vorstellen. Also schickte sie ihn immer wieder los, um für sie Botengänge oder Besorgungen zu verrichten. Mal sollte er für sie einen Kaffee holen, mal war es ein Schokoriegel, dann wieder ein Französisch-Lexikon. Als sie ihn von seiner Aufgabe entbinden wollte, schüttelte er so heftig den Kopf, dass sie schon fürchtete, sein Toupet würde davonfliegen. Er wurde nicht müde zu wiederholen, dass er es Liv schuldete, und zwar auf so vehemente Weise, dass Felicity zu der Überzeugung gelangte, dass ihren Boss und den verknöcherten Briten mehr verband als nur Freundschaft.

So vergingen drei mehr oder weniger ereignislose Tage. In dieser Zeit gab es acht Verdachtsfälle, die sich alle bei näherer Betrachtung als falsch erwiesen. Ihre Abende verbrachte Felicity allein. Gewöhnlich aß sie eine Kleinigkeit auf ihrem Zimmer, hinterher unternahm sie einen kleinen Spaziergang, um anschließend durch die TV-Kanäle zu zappen oder es sich mit einem Gläschen Wein auf ihrem Balkon gemütlich zu machen. Meistens grübelte sie bis tief in die Nacht hinein, wie sie Frédéric Blanc austricksen und Breeze selbst zur Strecke bringen konnte.

Bis sie eines Abends zufällig Alain in der Lobby traf, ihren attraktiven Nachbarn, der im Übrigen auch angezogen zum Anbeißen aussah.

„Mademoiselle", begrüßte er sie lächelnd.

Das weiße Hemd mit offenem Kragen über der schwarzen Hose betonte seinen südländischen Charme.

„Ich wollte gerade einen kleinen Spaziergang machen", antwortete sie völlig aus dem Zusammenhang gerissen.

Sein Lächeln wurde breiter. „Darf ich Sie begleiten?"

In ihrem Bauch kribbelte es. „Gern."

Gemeinsam gingen sie hinunter zur Seine. Sie erfuhr, dass er Architekt aus Marseille war und in Paris seine Schwester besuchte. Weil sie aber eine fünfköpfige Familie hatte mit nur einem Badezimmer, bevorzugte er das Hotel.

„Sollten Sie nicht heute Abend bei Ihrer Familie sein?", fragte Felicity.

„Eine kleine Pause von der Rasselbande tut mir gut", antwortete er. „Haben Sie Hunger?"

„Eine Kleinigkeit könnte ich schon essen", sagte sie, obwohl sie eben in ihrem Zimmer ein Käsesandwich verputzt hatte.

„Gut, ich kenne da ein kleines Restaurant ganz in der Nähe. Essen Sie gern Fisch?"

„Ich liebe Fisch."

Was nicht einmal gelogen war. Außerdem sagte man Fisch nach, er sei leicht verdaulich.

Das *La Marée* befand sich in einem etwas heruntergekommenen Hinterhof. Stimmengewirr und leichte Pianoklänge schlugen ihnen entgegen, als sie es betraten. Es stellte sich heraus, dass das Restaurant so klein nicht war, wie Alain behauptet hatte, und dass jeder Tisch in dem hell beleuchteten Speisesaal mehr Tafelsilber und Porzellan aufwies, als Felicitys Mutter in ihrem Wohnzimmerschrank aufbewahrte. Plötzlich fühlte sich die junge Polizistin in einen dieser französischen Schwarzweiß-Klassiker versetzt, wo sich zwischen verliebten Paaren wahre Dramen abspielten, nachdem sie sich kurz zuvor über den Tischen hinweg schmachtende Blicke zugeworfen hatten. Als der Oberkellner auf sie zueilte und sie zu einem ruhigen Tisch in einer Ecke führte, wünschte sich Felicity, sie trüge etwas anderes als Jeans und T-Shirt. Fasziniert beobachtete sie, wie Kellner in langen weißen Schürzen hin und her liefen. Die Speisekarte, die ihr gebracht wurde, nahm sie mit einem etwas verlegenen Lächeln entgegen. Am Ende bestellte sie das, was für sie am Einfachsten auszusprechen war. *Sol Meunière*, Seezunge Müllerin.

„Eine gute Wahl“, sagte Alain, der sie die ganze Zeit über mit einem kleinen Lächeln gemustert hatte.

Er beugte sich über den Tisch und ergriff ihre Hand. Sie ließ es geschehen, genoss die Berührung seines Daumens, der wie zufällig über ihren Handrücken rieb.

„Und dazu bestellen wir eine Flasche Côte du Rhône“, fügte er leise hinzu.

Seine Stimme war ein sexy Raunen, das ihr eine Gänsehaut verursachte. Wie gebannt starrte sie auf seinen sinnlichen Mund, wünschte sich plötzlich nichts mehr, als dass er sie küsste. Sachte löste sie sich von ihm und fuhr sich etwas verlegen durch die Haare.

„Sie sind der Boss“, sagte sie mit einem etwas zu lauten Lachen.

Das Essen war köstlich, das Gespräch anregend. Als sie bei der Crème Brûlée angekommen waren, war sie leicht beschwipst und flirtete ganz unverhohlen mit ihm. Einmal strich sie mit ihrer Fußspitze über seine Waden, verlor sich in seinem dunklen Blick, tat alberne Dinge, wie ihre Bluse etwas weiter aufzuknöpfen und sich demonstrativ Luft zuzufächeln, während er dem Kellner winkte und eine weitere Flasche orderte.

Am Ende ließ sie zu, dass er seine Brieftasche aus der Jacke zog und für sie beide zahlte. Die Diskussion darüber, sich die Rechnung zu teilen, sparte sie sich. Es hätte das Gefühl zunichtegemacht, gerade etwas schrecklich Verruchtes zu tun. Draußen hakte sie sich bei ihm ein, und sie gingen ohne Eile zurück zum Hotel, plauderten über dies und das, doch hinterher hätte Felicity nicht sagen können, worüber sie geredet hatten. Das, was ihre Sinne erfüllte, war sein warmer pulsierender Körper an ihrer Seite. Als das Hotel vor ihnen auftauchte, beschleunigte sich ihr Herzschlag. Gleich würden sie vor ihrer Zimmertür stehen. Sollte sie ihn hereinbitten?

Oben angekommen wurde sie schlagartig wieder nüchtern, die Unbekümmertheit der letzten Stunden war mit einem Mal verflogen. Plötzlich war sie wieder so schüchtern wie früher auf der High-School. Etwas umständlich kramte sie ihre Schlüsselkarte aus der Tasche, wich seinem heißblütigen Blick aus.

„Gute Nacht“, murmelte er schließlich und beugte sich zu ihr hinunter.

Sein Kuss war zart, nicht mehr als ein Hauch. Und dann war er fort.

Aufgedreht und enttäuscht zugleich betrat sie ihr Zimmer. Sie schminkte sich ab, putzte sich die Zähne, dann zog sie sich aus, um in ihr Nachtshirt zu schlüpfen. Doch der Schlaf wollte sich nicht einstellen. Sie lag im Bett, wälzte sich hin und her, und konnte an nichts anderes denken als an Alain, der nur wenige Meter entfernt ebenfalls in seinem Bett lag. Inzwischen war sie wütend auf sich selbst. Warum hatte sie nicht den ersten Schritt gewagt? Seine Signale waren eindeutig gewesen. Er hätte sie nicht zurückgewiesen, ganz gewiss nicht. Warum hätte er sie sonst geküsst? Aus Mitleid sicher nicht.

Oder doch?

Entsetzt riss sie die Augen auf, als versuchte sie, die

Dunkelheit mit ihrem Blick zu durchdringen.

Was für ein demütigender Gedanke!

Da klopfte es an der Tür. Sie brauchte einen Moment, um sich zu sammeln.

„Wer ist da?“, fragte sie mit belegter Stimme.

„Ich bin’s“, kam es dumpf von der anderen Seite.

Alain.

Felicity atmete tief durch, schaltete die Nachttischlampe ein, dann stieg sie aus dem Bett.

„Einen Moment, bitte.“

Hastig strich sie sich noch einmal durchs Haar. Barfuß und nur mit ihrem Shirt bekleidet, das ihr gerade einmal bis zu den Oberschenkeln reichte, schritt sie zur Tür, um sie zu öffnen. Er hatte sich nicht umgezogen, sah genauso aus, wie er sie verlassen hatte. Nur dass seine Augen noch dunkler waren als vorher. Wie lange hatte er wohl mit sich gehadert? Sie machte einen Schritt zur Seite, und er betrat das Zimmer. Kaum hatte sie die Tür geschlossen, schob sich seine Hand in ihr Haar und umfasste ihren Hinterkopf.

„Ich will dich“, murmelte er, dann presste er seine Lippen auf ihre.

Ich will dich auch. Und wie!

Seufzend schlang sie ihre Arme um ihn und erwiderte seinen Kuss. Kurz ließ er von ihr ab, um ihr das T-Shirt über den Kopf zu ziehen, das unbeachtet auf dem Boden landete. Ihre Finger zitterten heftig, als sie sein Hemd aufknöpfte und es ihm regelrecht vom Körper zerrte. Nun stand er mit nacktem Oberkörper vor ihr, und sie konnte nicht umhin, mit den Fingern über seine Brust zu fahren. Seit drei Nächten träumte sie davon, genau das zu tun. Kurz musterte er sie, dann presste er sie an sich, umfasste eine ihrer Brüste und rieb mit dem Daumen über ihren Nippel, was ihr wohlige Schauer durch ihren Körper trieb. Während sie an seinem Hosenbund fummelte, streifte er ihren Slip von den Beinen. Sie zog den Reißverschluss auf und schob ihm die Hose über die Hüften. Ihre Augen wurden groß, als sie feststellte, dass er keine Unterhose trug. Dafür ragte sein Schwanz hart auf. Es war ein schöner gerader Schwanz mit seidig glatter Haut und einer dunklen Eichel. Wie er wohl schmeckte? Ihr Unterleib zog sich lustvoll zusammen. Schon packte er sie und zog sie zum Bett. Sie fiel rücklings auf das Laken, das sich unter ihrer nackten Haut kühl und sinnlich anfühlte. Alain ragte groß über ihr, blickte auf sie hinunter mit einem warmen Lächeln. In der Hand hielt er ein Kondom, das wie aus dem Nichts aufgetaucht war.

„Ein Zauberkünstler", flüsterte sie mit einem verführerischen Augenaufschlag.

Das zerreißende Geräusch des Plastiks ließ sie noch feuchter werden.

„Willst du sehen, wie ich meinen Stab für dich schwinge, Chérie?"

Es war das Albernste, was sie von einem Mann in dieser Situation je gehört hatte, dennoch steigerte es ihr Verlangen. Vermutlich war sie immer noch leicht beschwipst.

„Zeig es mir!", forderte sie ihn mit heiserer Stimme auf und spreizte die Beine.

Fasziniert beobachtete sie, wie er das Gummi gekonnt über seinen steifen Schwanz stülpte und sich in Position brachte. Mit einem Stöhnen stieß er in sie hinein. Sie keuchte auf. *Endlich!* Quälend langsam glitt er vor und zurück, während sie ihren Rücken zu einem Hohlkreuz durchdrückte, damit er noch tiefer in sie eindringen konnte. Seine Haut war heiß, seine Bewegungen sanft, und als seine Hand zwischen ihre Beine wanderte, stöhnte sie laut auf. Er umspielte geschickt ihren Kitzler, immer fester, immer schneller. Ihr Atem ging abgehakt. Ausgehungert, wie sie war, umschlang sie ihn mit ihren Beinen, während sie ihre Fingernägel in seinen Rücken grub. Sie wollte seine Männlichkeit mit jeder Faser spüren. Als er seinen Schwanz härter in sie hämmerte, braute sich bereits ein erster Höhepunkt zusammen. In diesem Moment wünschte sie sich, er würde ihr etwas ins Ohr flüstern, das sie schneller über die Klippe katapultierte. Insgeheim stand sie auf Dirty Talk, hätte es aber niemals zugegeben. Doch auch wenn Alain zumindest verbal ein vollendeter Kavalier war, wusste er, was er tat, als er ihre empfindliche Perle mit stärker werdendem Druck massierte. Eine heftige Welle schoss durch sie hindurch, und als sie kam, stöhnte sie ihre Lust laut hinaus.

Während sie unkontrolliert unter ihm zuckte, stieß er sie ein Mal, dann noch ein weiteres Mal. Mitten in der Bewegung erstarrte er und ergoss sich keuchend in ihr. Als verantwortlicher Mensch wusste Felicity, wie wichtig Safer Sex war, dennoch blieb er in solchen Augenblicken seltsam unbefriedigend. Sie liebte das Gefühl, wenn die heiße Lust eines Mannes ihren Schoß flutete.

Trotzdem seufzte sie zufrieden, als Alain seine Arme um sie schlang und sanfte Küsse auf ihrer überhitzten Haut verteilte. Sie lachte übermütig auf. Das hier war um Längen besser gewesen als die Nummer mit Daniel von der Hochzeit!

„Was ist?“, murmelte er in ihrem Nacken.

„Das war schön.“

Sie kuschelte sich an ihn, musste aber erkennen, dass es noch nicht vorbei war, als sich seine Härte erneut gegen ihren Bauch drängte. Lächelnd umfasste sie ihn mit einer Hand, genoss das lustvolle Zucken unter ihren Fingern, dann beugte sie den Kopf, den Mund weit geöffnet …

Kyle schwitzte. Ihr Stöhnen und ihre kleinen spitzen Schreie im Headset hallten direkt in seinem zuckenden Schwanz wider. Er hielt die Augen geschlossen, wurde mit jeder Pore, jeder Nervenfaser eins mit den verschlungenen Körpern im Hotelzimmer über ihm. Er stellte sich vor, wie ihre sanft geschwungenen, unschuldigen Lippen Alains Schwanz lutschten, gierig daran saugten und die Tropfen seiner Lust ableckten.

„Ich will, dass du sie von hinten fickst“, befahl er über

das winzige Mikro, das sich nur wenige Zentimeter von seinem Mund entfernt befand.

„Dreh dich um, Chérie“, hörte er Alain daraufhin säuseln, dann raschelte es.

Sie keuchte lustvoll auf, und das rhythmische Stöhnen setzte erneut ein. Kyle versuchte sich vorzustellen, wie sie auf allen Vieren kniete, die langen Haare über dem Gesicht, den Rücken nach innen gewölbt. Wie wohl ihre Brüste in dieser Haltung aussahen? Standen sie wie knackige Äpfel ab oder baumelten sie eher wie saftige Birnen? Das Herz trommelte in seiner Brust. Hätte er doch nur Kameras installiert!

„Frag sie, ob ihr Arsch noch jungfräulich ist.“

„Chérie“, ertönte es prompt in seinem Headset. „Hattest du schon mal Analverkehr?“

Kyle rollte entnervt mit den Augen. *Attest tu schon mal Analvärkär?*

Warum musste bei den Franzosen immer alles so klingen, als würden sie gerade einen teuren Rotwein bestellen?

„Ja.“ Ihre Stimme klang heiser und leicht zittrig. „Mein letzter Freund stand darauf. Aber … ich … Es war nicht so meins.“

„Chérie, das lag nur daran, dass dieser Kretin es nicht richtig gemacht hat.“

„Ich will, dass du sie mit deinen Fingern dehnst, Alain“, befahl Kyle. „Aber vorsichtig.“

Einen Moment später stieß sie ein kleines überraschendes Lachen aus, gefolgt von einem lauten Stöhnen. Kyles prall gefüllter Schwanz drückte schmerzhaft gegen die enge Jeans.

„Siehst du“, murmelte Alain mit samtiger Stimme. „Auch auf diese Weise kannst du den Himmel auf Erden erleben.“

„Aber nicht heute“, intervenierte Kyle mit fester Stimme, bevor er das Mikro an seinem Headset ausschaltete. „Nicht heute“, wiederholte er leise.

Dann öffnete er den obersten Knopf seiner Jeans und zog den Reißverschluss hinunter. Als ihr Stöhnen immer schneller wurde, sie unaufhaltsam auf ihren nächsten Höhepunkt zusteuerte, spannten sich seine Finger fest um seinen Schwanz. Seufzend lehnte er sich zurück. Er hatte sich lang genug zurückgehalten.

Der andere Mann

Am Morgen danach wachte Felicity mit einem Lächeln auf. Durch die halb geschlossenen Fensterläden fiel ein einzelner Sonnenstrahl ins Zimmer, und sie konnte ein Stück blauen Himmel erhaschen. Die Stadt der Liebe präsentierte sich wieder von ihrer Schokoladenseite. Übermütig wickelte Felicity das Laken um ihren nackten, matten Körper. Alain hatte sie die halbe Nacht geliebt, sanft und hingebungsvoll, beim vierten Höhepunkt hatte sie aufgehört zu zählen. Ob alle Franzosen so wundervolle Liebhaber waren? Sie kicherte ins Kissen. Heute Abend wollte er mit ihr eine romantische Bootsfahrt auf der Seine unternehmen, und anschließend … Nun, man brauchte nicht viel Fantasie, um sich vorzustellen, was hinterher geschehen würde. Die perfekte Gelegenheit, um ihr hübsches Sommerkleid anzuziehen. Außerdem hatte er ihr versprochen, am Wochenende einen exklusiven Klub mit ihr zu besuchen, also in drei Tagen. Obwohl sie für ihr Leben gern tanzte, konnte sie sich nicht erinnern, wann sie das letzte Mal in einem solchen Laden gewesen war. Die Vorfreude löste ein angenehmes Kribbeln in ihrem Körper aus. Plötzlich bestand ihr Leben nicht mehr nur aus Raub, Mord und Breeze.

Sie fühlte sich leicht und beschwingt wie schon lange nicht mehr, was auch Joe auffiel, als er ihr unten in der Hotellobby entgegenkam.

„Alles in Ordnung?“, fragte er sie.

„Ja, natürlich“, antwortete sie und hakte sich bei ihm ein.

Überrascht hob er eine Augenbraue, entzog sich ihr aber nicht. „Sie scheinen sich inzwischen gut eingelebt zu haben."

„Ja." Sie lachte. „Heute Mittag fällt übrigens das Essen aus."

„Tut es das?"

„Ja. Ich muss mir ein Abendkleid kaufen, und Sie werden mir dabei helfen."

Joe stockte mitten im Schritt. „Werde ich das?"

Sie drückte seinen Arm. „Sie werden." Nichts konnte ihr an diesem wunderschönen Morgen die Laune verderben, nicht einmal sein demonstrativ vorgetragener Seufzer. „Allerdings werden wir uns beeilen müssen", fügte sie hinzu. „Die meisten Geschäfte schließen um halb eins."

Stunden später betraten sie auf Empfehlung von Mister Blanc eine kleine Boutique in der Rue Saint-Honoré, die einem Friseursalon aus den 50er Jahren nachempfunden war. Aus dem Lautsprecher einer Jukebox ertönten Chansons von Charles Aznavour, und die Verkäuferin trug eine reservierte Miene zur Schau, irgendwo zwischen herablassend und mitleidig angesiedelt. Doch sie verstand ihr Geschäft, und ehe sich Felicity versah, stand sie mit einer atemberaubenden Auswahl eleganter Abendkleider in der Kabine. Als sie in eine scharlachrote Designer-Kreation schlüpfte, die knapp über den Knien endete, blieb ihr die Luft weg. Ihre Finger glitten ehrfürchtig über den weichen Stoff, strich ihn über den Hüften glatt. Das Cocktailkleid aus Seidenjersey passte ihr wie angegossen. Es hatte kurze Ärmel und einen eckigen Ausschnitt, der ihre vollen Brüste betonte, ohne vulgär auszusehen, und fiel eng anliegend in einen weiten Rockteil. Der Clou war aber der tief sitzende Rückenausschnitt, der knapp über der Taille lag und so gewählt war, dass man BH und Slip anziehen konnte, ohne dass Unerwünschtes irgendwo hervorblitzte. Felicity hob ihr Haar im Nacken an und drehte sich vor dem Spiegel einmal um die eigene Achse. Das Kleid war wie für sie gemacht!

Allerdings brachte das Preisschild sie schnell wieder auf

den harten Boden der Tatsachen zurück. Sie rechnete die Summe in Dollar um und schloss gepeinigt die Augen. Dieser Traum von einem Kleid würde fast einen halben Monatslohn verschlingen! Andererseits hatte sie noch nie ein solches Kleidungsstück besessen. Sie öffnete die Augen und starrte ihr eigenes Spiegelbild an, das sie mit einem kindlichen Staunen im Blick anlächelte. Das gab den Ausschlag. Es gab nur ein kleines Problem.

Etwas schüchtern schob sie den Vorhang zur Seite und trat aus der Kabine.

„Ich brauche passende Schuhe“, gestand sie mit kleiner Stimme.

Verdattert starrte Joe sie an. Lag da etwa Bewunderung in seinen Augen? Doch er fasste sich schnell wieder und wechselte ein paar Worte mit der Verkäuferin, die auf ihren hohen Absätzen davon stakste und kurz darauf mit schwarzen Stilettos und einem schicken Handtäschchen zurückkam. Felicity probierte die Schuhe an, die sich bequemer anfühlten als sie aussahen, und griff nach der rot-schwarzen Handtasche. Sie erkannte die mondäne Erscheinung im Spiegel kaum wieder. Wenn Bobby sie jetzt sehen könnte! Vor Aufregung schoss ihr die Röte ins Gesicht, während die Verkäuferin sie vollplapperte, vermutlich, um ihr zu sagen, wie umwerfend sie aussah. Felicity grinste ihr Spiegelbild an. Sie brauchte die Verkäuferin nicht, um das zu erkennen.

Am Ende musste sie einen kleinen Tod sterben und auf die Handtasche verzichten. Aus Sicht ihres Bankkontos war der Kauf von Kleid und Schuhen lediglich fahrlässig, der Erwerb der Handtasche aber wäre kriminell gewesen.

Der Klub *Bel Ami* im Montparnasse-Viertel gehörte zu den Hippsten in Paris. Die Reichen und Schönen gaben sich hier die Klinke in die Hand, und es wimmelte von langbeinigen Schönheiten mit perfekten Gesichtern. Doch Kyle hatte nur Augen für Felicity Nolan. In ihrem roten Kleid sah sie atemberaubend aus, und beim Anblick ihres

Rückenausschnitts wurde seine Kehle so trocken wie eine Salzwüste. Ihre Haare hatte sie in einer lockeren Frisur hochgesteckt, was einen ungehinderten Blick auf ihren langen Nacken gewährte. Einige widerspenstige Strähnen hatten sich gelöst, strichen über ihre nackte Haut, nur um ihn in den Wahnsinn zu treiben. Nach außen hin unbewegt beobachtete er, wie Alain sie an der Taille packte und sie zur Tanzfläche zog. In einer aufreizenden Pose, die Arme über dem Kopf verschränkt, so dass ihre wippenden Brüste vorwitzig hervorstachen, begann sie sich zum harten Beat der Musik zu bewegen. Sie hielt die Augen halb geschlossen, gab sich ganz dem Rhythmus hin, wiegte ihren Körper hin und her ... Auf ihrer Oberlippe bildete sich ein dünner Schweißfilm, den Kyle am liebsten mit der Zungenspitze abgeleckt hätte. Als sie ihre Hüften zum ersten Mal kreisen ließ, schoss das Blut in seinen Schwanz. *Verdammt!* Es war erschreckend, wie sehr ihn diese Frau erregte. Während er an der blau beleuchteten Bar gelehnt an seinem Martini schlürfte, sah er, wie sie sich mit dem Rücken zu Alain drehte und ihren wohlgeformten Po wollüstig an seinen Unterleib rieb. Der Franzose genoss eine Weile den verführerischen Anblick, die wuchtige Beule in seiner Hose war unverkennbar, bevor er grob ihre Hüften packte und sie fester an sich presste. Kyle konnte es ihm nicht verdenken, er hätte an seiner Stelle dasselbe getan. Dann küsste Alain ihren Nacken, und sie warf lachend den Kopf zurück. Eine deutliche Einladung.

Kyles Augen wurden zu schmalen Schlitzen. Die Vorstellung, wie sie sich nackt und laut stöhnend unter Alain windete, hatte sich vor Tagen in seinem Gehirn eingebrannt. Ständig hatte er das Bild vor Augen. Wenn er auf den Lageplan des Louvre starrte, das Navi in seinem Wagen einprogrammierte, selbst wenn er die Glotze einschaltete, sah er sie. Der Wunsch, die kleine New Yorker Polizistin zu ficken, wurde immer stärker, geradezu unerträglich.

Drei Martinis später kreuzten sich über die zuckenden

Leiber der Tanzenden hinweg die Blicke der beiden Männer. Kyle nickte. Dann trank er sein Glas leer, stieß sich von der Bar ab und ging Richtung Ausgang. Sein kalter Blick wehrte eine dunkelhaarige Schönheit ab, die sich ihm mit einem verheißungsvollen Lächeln in den Weg stellte, um anschließend schmollend das Feld zu räumen. Draußen auf der Straße blieb er kurz stehen, saugte die kühle Luft in seine Lungen, bevor er hinter dem Klub in eine schummrige Gasse einbog. Er ging ein paar Meter, dann postierte er sich hinter einem Mauervorsprung und wartete. Angesichts der Show, die ihm gleich dargeboten werden würde, zitterten seine Finger etwas, als er sich eine seiner seltenen Zigaretten anzündete. Allerdings kam er nicht mehr dazu, sie zu rauchen, denn schon hörte er ihr perlendes Lachen, und das Paar tauchte in der Gasse auf. Alain fackelte nicht lange und drängte sie gegen die Hauswand. Mit den Zähnen zog er den Träger ihres Kleides über ihre Schulter und übersäte ihr Dekolletee mit hauchzarten Küssen. Von seinem Versteck aus konnte Kyle sehen, wie sich ihre Augen weiteten, vor Erstaunen, aber auch Erregung. Ihr Blick flog Richtung Straße, wo ein Mann mit dem Rücken zu ihnen an einem Taxistand wartete. Weniger als zehn Meter entfernt. Kyle hörte ihren leisen Protest.

„Ihr bleibt, wo ihr seid“, flüsterte er ins Mikro.

Alain erstickte ihren hastig vorgebrachten Einwand, indem er ihren Kopf packte und sie leidenschaftlich küsste, gleichzeitig drückte er seinen Unterleib gegen ihren, ließ sie seine Erektion spüren. Ihr Körper versteifte sich, als ihr Verstand rebellierte, doch Alain war ein Meister seines Fachs. Seine Zunge tänzelte von ihrem Ohrläppchen zu ihrem Nacken, zog eine warme feuchte Spur zu ihrem Mund, um sich zwischen ihre leicht geschwollenen Lippen zu drängen. Ihre Hände krallten sich an seinen Schultern fest. Sie kapitulierte, fügte sich dem Unvermeidlichen.

„Mach ihr Haar auf.“

Kyle zuckte es in den Fingern, ihre schimmernde

Mähne zu verwuscheln, sich an der rötlich braunen Flut festzukrallen und sein Gesicht darin zu vergraben. Indessen hatte Alain eine Hand in ihren Rückenausschnitt geschoben und den Verschluss ihres BHs gelöst. Jetzt glitten seine Finger nach vorne, um eine ihrer Brüste zu umfassen. Als er ihren Nippel zwischen seinen Fingern rollte, formte sie mit den Lippen ein stummes Oh – eine warme verführerische Höhle, die Alain mit seiner gierigen Zunge ausfüllte.

„Sie soll ihren Rock heben. Höher … noch höher. So ist es gut, und jetzt wirst du ihren Slip herunterziehen und sie lecken. Sorg dafür, dass sie ihren Rock die ganze Zeit über hochhält."

Folgsam ging Alain in die Knie, um sein Gesicht in ihrem Schoß zu vergraben. Kyle konnte die Augen nicht abwenden, zumal ihm Alain den Gefallen tat, sich etwas seitlich zu positionieren, damit er sehen konnte, wie die lange, männliche Zunge über ihren nassen Spalt leckte. Der Anblick war die reinste Folter.

„Ich will, dass du ihre Schamlippen mit den Fingern auseinanderziehst und mit deiner Zungenspitze tief in sie eintauchst", befahl er mit heiserer Stimme, während Alain seinen Anweisungen folgte. „Schmeckst du ihren Mösensaft? Ich wette, sie schmeckt süß, unsere kleine Amerikanerin. Jetzt fick sie mit der Zunge. Ja genauso."

Kyle grinste triumphierend. Die Geilheit stand ihr ins Gesicht geschrieben, obwohl sie die Lippen fest zusammengepresst hielt, um keinen Laut von sich zu geben. Mit einer Hand hielt sie brav ihren Rock hoch, mit der anderen krallte sie sich an Alains Schulter fest. Je gründlicher Alain sie bearbeitete, desto mehr Probleme bereitete es ihr, das Zittern ihrer Oberschenkel zu unterdrücken. Ihre Nippel drückten sich wie pralle Kirschen gegen den zarten Stoff ihres Kleides, und Kyle lechzte danach, sich mit seinen Zähnen an ihrem Fleisch zu vergehen. Sein Schwanz pochte hart und schmerzhaft zwischen seinen Beinen, während das Lächeln in seinem

Gesicht gefror. Sein Plan war aufgegangen. Vier Nächte trieben es die beiden schon miteinander, und Detective Nolans Verbissenheit, ihn zu schnappen, schmolz dahin wie Butter in der Sonne. Doch mit jeder Nacht wurde ihr Liebesspiel für ihn qualvoller. Am Anfang hatte das Abhören der Kontrolle gedient, doch dann … Innerlich fluchte er. Er war in seine eigene Falle getappt.

Ich muss sie heute Nacht ficken.

Dann hätte der Spuk hoffentlich ein Ende.

„Jetzt leckst du ihre Perle, aber köchle sie auf kleiner Flamme. Ich will nicht, dass sie kommt“, flüsterte er ins Mikro. „Noch nicht.“

In diesem Moment fuhr ein Taxi vor, und der wartende Mann am Straßenrand stieg ein. Felicity Nolan stieß ein erleichtertes Seufzen aus, schnappte gierig nach Luft.

„Bitte, Alain“, murmelte sie. „Bitte, tu es.“

„Was, Chérie? Dich ficken?“

„Ja.“

„Sie soll es sagen“, befahl Kyle.

„Ich will es aus deinem Mund hören, Chérie.“

Kurz zögerte sie. „Bitte, Alain, ich will dich spüren, tief in mir drin.“ Ihre Stimme zitterte. „Jetzt sofort.“

„Nein“, sagte Alain, Kyles Worte wiederholend.

Sie blinzelte. „Nein?“

„Ich bringe dich zurück ins Hotel. Nachher kommt noch ein Freund vorbei.“ Der Franzose lächelte. „Heute Nacht werden wir dich gemeinsam beglücken, Chérie.“

Ich sollte das nicht tun.

Felicity saß hinten mit Alain im Taxi, und ihre Gedanken schlugen Purzelbäume. Jetzt hatte sie noch die Chance, einen Rückzieher zu machen, sich von Alain zu verabschieden und wie ein braves Mädchen in ihr Zimmer zu gehen. Allein. Alles würde so sein wie immer. Oder aber sie ließ es geschehen. Natürlich hatte sie schon einmal davon geträumt, *es* mit zwei Männern zu tun. Welche Frau nicht? Dennoch hatte sie nur eine unklare Vorstellung davon, was passieren würde, und das jagte ihr Angst ein. Was, wenn der zweite Mann ihr nicht gefiel? Sie sich vor ihm ekelte? Intimität fiel ihr nicht leicht. Während ihre Freundinnen auf Partys recht unbefangen gewesen waren, hatte sie es sich als junges Mädchen zweimal überlegt, bevor sie mit einem Jungen herumgeknutscht hatte. Obwohl es mit Alain schnell gegangen war …

Als würde er ihren inneren Aufruhr spüren, nahm dieser sie in den Arm, um sie zu küssen. Seine schlängelnde Zunge in ihrem Mund und sein Daumen, der wie zufällig eine ihrer Nippel berührte, setzten augenblicklich ihren Schoß wieder in Brand. Er ließ sie nicht los, auch dann nicht, als sie aus dem Taxi stiegen und die Hotellobby durchquerten. Im Aufzug fühlten sich ihre Beine an, als wären sie aus Gummi, und Alain musste sie stützen. Gemeinsam gingen sie den Gang entlang, der dicke Teppich verschluckte das Geräusch ihrer Schritte. Sie machte Anstalten, ihr Zimmer anzusteuern, doch er hielt sie mit einem geheimnisvollen Lächeln zurück. In der Hand hielt er seine Schlüsselkarte. Also würde es in seinem Zimmer geschehen. *Unbekanntes Gebiet.* Ihr wurde die Kehle eng. Eine erregende Vorstellung.

Sie bekam kaum Gelegenheit, einen Blick zu erhaschen, denn direkt nachdem er die Tür aufgesperrt hatte, verband er ihr die Augen mit einem weichen Tuch. Sanft drückte er sie ins Zimmer, dann fiel die Tür ins Schloss. Seine warmen Finger legten sich auf ihren Nacken, strichen über ihre Haut und zogen aufreizend langsam den seitlichen Reißverschluss ihres Kleides auf. Das Geräusch ließ sie erzittern. Als der Stoff mit einem leisen Rascheln auf dem Boden landete, ergriff er ihre Hand und half ihr aus dem Kleid, bevor er sie durch das Zimmer zog. Dann blieb er plötzlich stehen, und sie ebenfalls. Ihr Herz schlug ganz weit hinten in ihrer Kehle. Was würde jetzt passieren?

„Ich werde dir die Hände hinter dem Rücken verbinden, Chérie. Ist das für dich in Ordnung?“

Nein, das ist nicht in Ordnung! Ich weiß nichts über dich.

Vielleicht bist du ein Psychopath.

Doch sie war unfähig, auch nur ein Wort herauszubringen. Das süße Vorspiel, das er in der Gasse veranstaltet hatte, war nicht ohne Wirkung geblieben. Obwohl sie im Taxi wieder zu Sinnen gekommen war, wallte die Lust in ihr wieder auf und schien ihren Verstand erneut zu benebeln. Sie war gerade dabei, freiwillig die Kontrolle abzugeben.

„Die Kette zwischen den Manschetten wird lang genug sein, damit deine Arme locker fallen“, fügte Alain leise hinzu. „Es wird nicht wehtun.“

Trotzdem werde ich dir ausgeliefert sein.

„Ich bin einverstanden“, hauchte sie, noch ehe sie den Gedanken zu Ende gebracht hatte.

„Gut.“ Sie hörte das Lächeln in seiner Stimme.

Schon ergriff er ihre Arme und die weichen Handschellen schlossen sich um ihre Gelenke. Das Geräusch ließ sie schneller atmen. Sie ließ es geschehen, als seine Hände sie auf einen gepolsterten Stuhl mit weicher Lehne drückten.

Dann begann das Warten.

Waren es fünf Minuten oder zwanzig Minuten? Sie hätte es nicht sagen können. Die ganze Zeit über sagte Alain kein Wort, berührte sie nicht und reagierte nicht auf ihre Fragen. Während sie auf die Stille lauschte, überzog Gänsehaut ihren halbnackten Körper. Welchen Anblick sie wohl bot? Mitten im Zimmer sitzend, nur in ihrer Spitzenunterwäsche und mit den Stilettos an den Füßen. Ob Alain sie gierig anstarrte? Die Bilder in ihrem Kopf ließen sie feucht werden, und plötzlich war sie froh, einen schwarzen Slip zu tragen. Trotzdem presste sie schamhaft die Oberschenkel zusammen. Sie glaubte, Alains leises Lachen zu hören.

Ihr Herzschlag geriet ins Stolpern, als die Zimmertür aufging. Kurz herrschte Stille, dann wurde die Tür wieder geschlossen und schwere Schritte bewegten sich in ihre Richtung. Felicitys Fußzehen kribbelten vor Aufregung.

Kurz geriet sie in Panik. Was, wenn sie sich in die Hände von zwei kranken Perversen begeben hatte?

Ein bisschen spät, um jetzt darüber nachzudenken!

„Alain, ich …“

Eine warme, beruhigende Hand legte sich auf ihren Hinterkopf. „Hab keine Angst, Chérie.“ Sein Atem streifte ihr Ohr. „Ich verspreche dir, es wird für dich schön werden.“

Als er ihr Kinn umfasste, um einen zarten Kuss auf ihre Lippen zu drücken, stiegen ihr unerklärlicherweise Tränen in die Augen. In diesem Moment wurde sie sich einer neuen Präsenz in ihrem Rücken bewusst. *Der andere Mann.* Ihre Nackenhaare stellten sich auf, als seine Fingerspitzen ihren Hals berührten und zärtlich über ihr Schlüsselbein fuhren. Alain ließ von ihr ab, und die fremden Finger, die eben noch ihr Dekolletee gestreift hatten, umfassten ihr Gesicht. Felicitys Puls schoss in die Höhe. Harte Lippen legten sich auf ihren Mund. Hungrig, fordernd. Ein Kuss, der ihre Begierde entflammte. Sie blähte die Nasenflügel. Gott, wie gut dieser Mann roch! Süß und herb zugleich. Sie erwiderte den Kuss, ließ zu, dass Bartstoppeln über ihre Wange kratzten, dass seine Zunge ihre Lippen durchstieß. Das Ziehen in ihrem Becken nahm zu, auch die pochenden Brustwarzen, die sich unter dem zarten Stoff ihres Spitzen-BHs aufrichteten, waren schwer zu ignorieren. Keuchend hob sie ihm ihr Gesicht entgegen. Wollte mehr. Indessen zog Alain ihr Becken nach vorne. Seine Fingerspitzen schoben sich unter ihren Slip und strichen über ihren feuchten Spalt. Genüsslich verteilte er die Nässe über ihre geschwollenen Schamlippen. Der Unbekannte biss sanft in ihre Unterlippe, und sie stöhnte leise auf.

Das Gefühl, den beiden Männern ausgeliefert zu sein, bereitete ihr eine Heidenangst, ließ sie aber gleichzeitig vor Verlangen erzittern. Als der Unbekannte seine Lippen von ihrem Mund löste, um das tiefe Tal zwischen ihren Brüsten zu lecken, schob Alain seine feuchten Finger in ihren

Mund. Begierig saugte sie daran, schmeckte ihre eigene Lust. Dann verschwanden Finger und Zunge. Dafür legten die Männer ihre warmen Hände auf ihre Schenkel, um sie weit zu spreizen. Flüssiges Feuer rann durch ihre Adern.

Wahrscheinlich tropfe ich gerade den Stuhl voll.

Ihr Gesicht wurde angehoben. Wieder der Unbekannte. Sie erkannte ihn an seinem festen Griff. Kurz hielt er inne. Vermutlich musterte er sie. Sie wurde rot. Etwas umkreiste ihren Mund, zeichnete die Umrisse nach. Wahrscheinlich sein Daumen. Erst wanderte dieser oben von einem Mundwinkel zum anderen, dann glitt er auf dem Rand ihrer Unterlippe wieder zurück. Felicitys Atem ging so schwer, dass sie glaubte, gleich ohnmächtig zu werden. Als zwei Finger in ihren Mund glitten, um ihn weit zu öffnen, ahnte sie schon, was gleich kommen würde.

Sie hörte, wie ein Reißverschluss geöffnet wurde. Kurz darauf fühlte sie auf ihrer Wange die samtweiche, trügerische Glätte, unter der sich so viel Kraft verbarg. Sie schnupperte. Sogar sein Schwanz roch gut. Ohne zu zögern, nahm sie ihn in den Mund, umschloss mit ihren Lippen die mächtige Eichel. Mit der Zunge verwöhnte sie ihn, saugte an der Spitze, während Alain ihren Slip zur Seite schob und sein hitziger Atem über ihre Scham blies. Unbewusst ließ sie ihr Becken kreisen, genoss seine feuchte, warme Zunge in ihrer weit geöffneten Scham und stöhnte lustvoll auf. Was den Unbekannten dazu veranlasste, seinen Schwanz mit einem harten Stoß in ihren Mund zu treiben. Gierig umfing sie ihn, leckte ihn hingebungsvoll, doch außer einem leisen, regelmäßigen Atemgeräusch gab der Mann keinen Laut von sich. Angespornt nahm sie ihn tiefer in sich auf, lutschte und saugte, während sein Schwanz heiß in ihrem Mund pulsierte. Ein einzelner Lusttropfen quoll aus ihm, den sie genüsslich ableckte. Immer noch keine Reaktion. Also zog sie die Muskeln in ihrem Mund zusammen, bewegte ihren Kopf vor und zurück, um ihn so gut wie möglich zu verwöhnen. Das war der ausschlaggebende Moment. Aus seiner Brust entwich ein tiefes, wollüstiges Knurren.

Hab ich dich!

Sie hatte ihn zwar, aber nicht lange. Seine Finger krallten sich in ihr Haar, hielten ihren Kopf fest, um sie am Zurückweichen zu hindern, dann rammte er ihr seinen Schwanz hemmungslos in den Rachen. Die Wollust durchfuhr sie wie ein Blitz. Sie hatte die Führung abgegeben. In wenigen Augenblicken würde er in ihrem Mund mehrmals hintereinander zucken, dann würde sein Sperma folgen. Ob er sie zwingen würde, ihn zu schlucken?

Unerwartet zog er sich aus ihrem Mund zurück. Sie schnappte heftig nach Luft, versuchte sich zu orientieren, als ihre Beine noch weiter auseinandergezwängt wurden. Eine Faust packte ihren Slip und zerfetzte ihn mit einem einzigen Ruck. Sie wollte laut aufbegehren, schließlich war der seidene Fetzen Stoff nicht billig gewesen, doch ihr Protest wurde durch eine zweite Zunge in ihrem Schoß sofort im Keim erstickt. *Grundgütiger!* Das Herz drohte ihr aus der Brust zu springen. Die Männer wechselten sich ab. Mal drängte eine Zunge ihre Schamlippen auseinander, um sie zu ficken, begleitet von leicht kratzenden Bartstoppeln an der Innenseite ihrer Schenkel, mal fuhr die andere Zunge pfeilschnell über ihren Kitzler, während weiche Haare über ihren Bauch strichen.

„Bitte …“, flüsterte sie.

Worum sie bat, wusste sie selbst nicht, nur dass jeder Nerv in ihrem Körper vor aufgestauter Lust vibrierte.

„Sollen wir aufhören, Chérie?“

„Ja … Nein!“

Ihr entfuhr ein langes Stöhnen, als sie ihr eine harte Fingermassage verpassten, während warme Lippen an ihrem Kitzler saugten. Sie lief über, spürte, wie ihr die Nässe an den Innenseiten der Schenkel hinablief. Unaufhaltsam sammelte sich der Orgasmus in ihrem Unterleib, und schließlich war es das obszön schmatzende Geräusch, das die beiden Männer machten, während sie sie mit ihren Mündern und Fingern bearbeiteten, die sie über die Schwelle katapultierte. Ihr Verlangen entlud sich in einem lauten Schrei, ihr gesamter Körper wurde durch den Orgasmus geschüttelt. Doch die Zungen leckten sie weiter, mal zärtlicher, mal härter, und schon rollte die zweite Welle über sie hinweg. Jedes Härchen an ihrem Körper richtete sich auf, so heftig, dass es schmerzte. Da umfingen starke Arme sie, drückten sie gegen einen festen Körper, während eine emsige Zunge sie sauber leckte, bis ihr Höhepunkt abgeebbt war.

Doch ihr wurde nur eine kleine Atempause vergönnt. Finger öffneten hinten den Verschluss ihres BHs, und ihre vollen Brüste sprangen befreit heraus. Sofort schlossen sich Münder um sie, saugten erst sanft und dann immer fester. Mit halb geöffneten Lippen warf sie den Kopf zurück, genoss die feuchte Gier der beiden Männer. Als etwas Kaltes, Metallisches unter den Träger ihres BHs glitt, stieß sie einen leisen Schrei aus. Bevor die Erkenntnis in ihren Verstand sickern konnte, dass es sich um ein Messer handelte, war der Träger schon durchgeschnitten. Das gleiche Schicksal ereilte auch den anderen Träger. Der fallende Stoff strich leicht über ihren Arm, und ihre Nippel zogen sich zu noch härteren Knoten zusammen.

Unerwartet ließen die beiden Männer von ihr ab. Ein Prickeln jagte über ihr Rückgrat. Was würde als Nächstes geschehen? Eine Ewigkeit schienen Alain und der Unbekannte ihren nackten, ungeschützten Körper zu betrachten, ihre Blicke brannten Löcher in ihre Haut, und wieder wurde sie nass. Sie presste ihre Lippen fest zusammen.

„Bitte tut mir nicht weh“, bat sie leise, als sie ein Rascheln vom anderen Ende des Zimmers vernahm, wie von jemandem, der sich auszog.

Warum hatte sie das gesagt?

Warme Lippen strichen über ihre Wange, knabberten sanft an ihrem Ohrläppchen. „Das würden wir niemals tun, Chérie.“

Dann hob Alain sie kurzerhand hoch, und wieder stieß sie einen kleinen erschrockenen Schrei aus. Er trug sie quer durchs Zimmer, bevor er sie wieder ablegte. Bäuchlings auf einen nackten Männerkörper. Sie keuchte. Weil ihre Hände gefesselt waren, blieb ihr nichts anderes übrig, als sich auf ihm fallen zu lassen. Seine Haut war warm, die Haare auf seiner Brust und seinen Beinen kitzelten. Am Schwersten zu ignorieren war sein praller Schwanz, der gegen ihren Unterleib drückte. Zappelnd versuchte sie, das Gleichgewicht zu halten, bis Alain sie mit fester Hand nach vorne drückte. Der Unbekannte unter ihr bekam ihren Nacken zu fassen und zog ihr Gesicht zu sich heran. Wieder küsste er sie auf diese unwiderstehlich hungrige Art, bevor er seinen Schwanz von unten in sie einführte. Sie lag auf ihm, ihre Wange gegen seine Schulter gepresst, während er ihre Beine gespreizt hielt und mit kurzen, festen Stößen begann, sich in ihr zu bewegen. Seine Härte füllte sie vollständig aus, so sehr, dass er bei jedem Stoß ihre empfindliche Perle rieb. Als sie unkontrolliert zuckte, lachte er leise.

Ihr Herz zog sich unwillkürlich zusammen.

Es war ein tiefes, männliches Lachen, das in ihr eine Saite zum Klingen brachte.

„Ich fühle mich gerade etwas ausgeschlossen“, brummte Alain hinter ihr.

Ein eingecremter Finger schob sich vorsichtig in ihren Po. Es verschlug ihr vorübergehend den Atem. Zwei Männer gleichzeitig. Zwei *Schwänze* gleichzeitig.

Sag Nein!

Sie hätte dem Ganzen ein Ende setzen sollen, doch sie konnte es nicht. Sie war von dem überwältigt, was unweigerlich folgen würde. Schon schob sich ein weiterer Finger hinein, um sie zu dehnen. Ein heftiger Schauer überzog ihren nackten Körper. Sofort umschlossen die Lippen des Unbekannten ihren Mund, seine Zunge liebkoste sanft ihre. In seinem Kuss lagen Verlangen, aber auch Trost. Sie entspannte sich. Alain, der die

Veränderung spürte, spreizte ihre Pobacken leicht auseinander und schob seine Eichel in ihren Hintern. Sie rang nach Atem. Er fühlte sich riesig an.

„Ich … ich …“

Ihr Herz trommelte gegen die Rippen. Sie war unfähig zu denken oder auch nur zu sprechen. Alain schob sich Stück für Stück weiter, während sich ein heißes Gefühl in ihrem Becken ausbreitete. Immer wieder hielt er kurz inne, bevor er weiter in sie eindrang. Behutsam. Sanft. Bis er komplett in ihr war. Indessen hielt der Überkannte sie fest, strich ihr zärtlich übers Haar ...

Wie aufs Stichwort begannen die beiden Männer, sich in ihr zu bewegen. Sie verstanden sich in ihrem Tun, passten ihren Rhythmus aneinander an. Das Herz in Felicitys Brust galoppierte, als die beiden Schwänze, nur durch eine dünne Membran voneinander getrennt, an empfindliche Stellen rieben, die sie zum ersten Mal in ihrem Leben spürte. Das Gefühl, vollkommen ausgefüllt zu sein, war unbeschreiblich. Ihr entfuhr ein kehliges Stöhnen. Während der Unbekannte sie fickte, sich immer wieder wenige Zentimeter von ihr zurückzog, um gleich wieder von unten zuzustoßen, löste er keine Sekunde seine Lippen von ihren. Sie spürte Alain, der sie an der Kette zwischen den Manschetten festhielt, spürte den Unbekannten, der ihren Oberkörper fest an sich drückte ... Für sie gab es kein Entrinnen. Sie war zwischen ihren harten Körpern gefangen. Das Gefühl, ein Lustobjekt zu sein – ein demütigendes und zugleich machtvolles Gefühl – schaltete ihren Verstand aus. Zuckende Wärme durchfuhr sie, als der Rhythmus der beiden Männer an Fahrt aufnahm. Ihr Unterleib zog sich spasmisch zusammen, und der Orgasmus kam über sie in einer Explosion aus Licht und Farben. Der Unbekannte fing ihr langes Stöhnen in seinem Mund auf, und erst, als sie langsam aus schwindelnder Höhe herunterkam, ließ er von ihren Lippen ab. Sie spürte den Schauder, der durch seine harten Muskeln lief, bevor er sich keuchend in ihr ergoss.

Das Herz hämmerte hart in seiner Brust, sein Höhepunkt schien kein Ende zu nehmen, während sie die Hüften bewegte, um ihm ein Höchstmaß an Lust zu bescheren.

Kurz darauf zuckte auch Alains Schwanz, sie bäumte sich auf, als er heftig an der Kette zog. Schon nach zwei weiteren Stößen entlud er sich und ließ sie los. Erschöpft sank sie auf den verschwitzten Männerkörper unter ihr. Ihr Brustkorb drohte zu zerspringen, das wilde Trommeln ihres Herzens hallte in ihren Ohren wider.

„Danke, Chérie, du warst wundervoll“, murmelte Alain etwas kurzatmig, bevor er sich vorsichtig aus ihr herauszog und ihr einen Kuss auf den Po drückte. „Das war sie doch, nicht wahr, mon ami?“

Sie spürte, wie der Unbekannte unter ihr nickte, bevor er sie mit beiden Armen umschlang. Während er über die salzige Haut in ihrem Nacken leckte, wanderten seine Hände träge über ihren Rücken. Wie gern hätte sie ihn umarmt, doch sie war immer noch gefesselt, also begnügte sie sich damit, ihre Lippen in seiner Halsbeuge zu vergraben. Sie spürte sein starkes, pochendes Herz, und eine angenehme Schwere erfasste ihre Glieder.

Wer bist du?

Dass er kein Kondom getragen hatte, wurde ihr erst viel später bewusst.

Schmutzige Tricks

Am nächsten Morgen wachte sie in ihrem Bett auf. Allein. Jemand hatte ihr ein Shirt angezogen, sie zugedeckt und sich sogar die Mühe gemacht, ihr Kleid sauber über einen Stuhl zu hängen. Die Schuhe standen akkurat davor. Felicity gähnte herzhaft. Was für eine Nacht! Sie errötete heftig, als sie daran zurückdachte. Widersprüchliche Gefühle stürzten auf sie ein. Jetzt, da die Glut der Leidenschaft erkaltet war, empfand sie auf der einen Seite Scham. Andererseits hatte sie noch nie etwas Ähnliches erlebt. Ein scheues Lächeln huschte über ihr Gesicht. Sie drehte sich zur Seite und drückte ihr Gesicht ins Kissen. Wie rücksichtsvoll Alain gewesen war, und was den Unbekannten betraf … Ihr Herzschlag beschleunigte sich. Noch immer glaubte sie, ihn zu riechen, seinen sehnigen, muskulösen Körper zu spüren. Ihr wurde heiß und kalt, als ihr bewusst wurde, dass er immer noch in ihr drin war. Er hatte sie ungeschützt geliebt. Zum Glück nahm sie die Pille, trotzdem war es ein Risiko gewesen.

Nur keine Panik!

Obwohl es wider jede Vernunft war, konnte sie sich nicht vorstellen, dass der Unbekannte sie mit einer Krankheit angesteckt hatte. Es hatte sich einfach zu ... richtig angefühlt. Nichtsdestotrotz würde sie sich testen lassen, sobald sie wieder in den Staaten war. Ein Teil von ihr bedauerte es, ihm nie wieder zu begegnen, der andere weitaus größere Teil war erleichtert und hoffte inständig, dass Alain sie nicht auf die vergangene Nacht ansprechen würde.

Sie gab sich einen Ruck. Genug gegrübelt! Schließlich gab es im Leben noch andere Dinge als Sex. Ihr Job zum

Beispiel. Hastig sprang sie aus den Federn, duschte und machte sich für einen neuen Tag im Louvre fertig. Als sie später mit ihrer Tasche draußen auf dem Gang stand, sah sie, dass Alains Zimmer weit offen stand. Sie riskierte einen Blick. Offenbar war es erst vor kurzem gereinigt worden. Zögernd trat sie ein. Nichts wies auf das hin, was sich in der vergangenen Nacht hier abgespielt hatte. Das Zimmer war leer. Ein kurzer Blick ins Bad und in den Schränken bekräftigte ihre Vermutung. Alain hatte ausgecheckt. In Gedanken versunken ging sie hinunter in die Lobby. Eine kurze Nachfrage an der Rezeption bestätigte, dass er in aller Frühe abgereist war. Als Felicity in sich hineinhorchte, fand sie wider Erwarten keine Reue oder Niedergeschlagenheit. Sie hatte eine kurze und heiße Affäre gehabt, ohne Nachwehen. War es nicht das, was sie sich insgeheim gewünscht hatte? Das einzige, was sie bedauerte, war die Tatsache, dass Alain nicht Manns genug gewesen war, sich Angesicht zu Angesicht von ihr zu verabschieden, statt sich davonzustehlen wie ein Dieb.

Ach, was soll's? Mir bleibt wenigstens eine schöne Erinnerung.

Wie sehr sie sich irren sollte, erlebte sie keine vierundzwanzig Stunden später. Gerade, als sie loswollte, um sich vor Arbeitsbeginn im Bistro nebenan noch ein schnelles Frühstück zu genehmigen, was in Frankreich Kaffee und Croissant bedeutete, klopfte es an ihrer Zimmertür. Draußen stand ein rot livrierter Angestellter des Hotels mit einer flachen Schachtel in der Hand.

„Das hier wurde für Sie abgegeben", erklärte er.

Die Schachtel war silberfarben und wirkte sehr edel. Nachdem Felicity sich bedankt und die Tür geschlossen hatte, hob sie neugierig den Deckel, und ein Lächeln überzog ihr Gesicht. Darin lag in Seidenpapier gebettet weinrote Reizwäsche: ein Bügel-BH mit Netzeinsatz und Schleifchen sowie einen passenden Slip. Felicity fuhr über den zarten Stoff, spürte, wie das Blut schneller durch ihre Adern pumpte. Schade, dass die Zeit nicht mehr reichte, es anzuprobieren … Nirgendwo war eine Karte oder

Nachricht, dennoch bestand kein Zweifel, dass dieser Hauch von Nichts ein Geschenk von Alain war.

Ihr Blick fiel ins Innere der Schachtel. Im Seidenpapier lag ein kleiner schwarzer Gegenstand, den sie bis zu diesem Moment übersehen hatte. Ein USB-Stick. Auf Felicitys Stirn zeichnete sich eine steile Furche ab. Schrieb heutzutage niemand mehr Briefe? Ein kurzer Blick auf die Uhr sagte ihr, dass es mit dem Frühstück zeitlich knapp werden würde, dennoch gab sie der Versuchung nach. Die Neugier war einfach zu groß. Sie holte aus dem Tresor ihr Notebook heraus, wartete, bis es hochgefahren war, dann steckte sie den USB-Stick ein. Ein einzelner Ordner wurde angezeigt, der ein Video enthielt. Also doch eine Nachricht!

Sie klickte das Symbol an, und ein Fenster öffnete sich. Das Erste, was sie sah, war nicht Alains schönes Gesicht, sondern ihr eigenes. Ihre Augen waren verbunden, ihre Lippen weit geöffnet. Felicity blinzelte. Das war nicht das, was sie erwartet hatte. Als sich der Ton dazu gesellte, wich ihr alles Blut aus dem Gesicht. Ihr wurde schwindelig, und sie ließ sich in den nächsten Sessel fallen. Dennoch konnte sie die Augen nicht vom Bildschirm abwenden. Was folgte, war ein Schock! Geräusche wie aus einem billigen Porno drangen an ihr Ohr, nur dass sie die Hauptdarstellerin war, die sich von zwei Männern in jeder erdenklichen Weise vögeln ließ. Während Alain klar erkennbar war, waren das Gesicht des Unbekannten sowie ein Großteil seines Körpers verpixelt.

Warum?

Verzweifelt versuchte sie, einen klaren Gedanken zu fassen. Vielleicht bestand der Mann auf seine Privatsphäre. Felicity stieß ein bitteres Lachen aus, das in ein Schluchzen überging. *Und was ist mit meiner Privatsphäre?* Mit brennenden Augen starrte sie weiter auf den Bildschirm. Der Film bestand hauptsächlich aus Nahaufnahmen, eindeutigen Nahaufnahmen … Sie hielt sich mit beiden Händen die Ohren zu. Ihre Schreie und ihr hemmungsloses Gestöhne waren die reinste Folter.

Als würde ein Tier ausgeweidet werden!

Warum schickte ihr Alain dieses Video? Glaubte er etwa, dass es sie antörnte? Nun, das tat es nicht! Vielmehr beschämte es sie zu Tode. Anscheinend war sie für französische Verhältnisse zu prüde. Wütend wollte sie das Video stoppen, als aus dem Off eine Stimme erklang. Eine Stimme, die sie nur zu gut kannte und ihren schlimmsten Albtraum wahr werden ließ.

„Nun, Detective Nolan, ich hatte Sie gewarnt …“ Ihr Herz setzte aus. „Wie, glauben Sie, würden Ihre Vorgesetzten auf dieses Machwerk reagieren? Sie beim flotten Dreier mit einem stadtbekannten Callboy und …“ Die Stimme mit dem australischen Akzent triefte vor Spott. „… dem Mann, den Sie eigentlich fangen sollten?“ Felicity wurde übel. „Detective, Detective, Sie sitzen in einem ganz schönen Schlamassel. Obwohl ich den Fick mit Ihnen sehr genossen habe und ich nichts lieber täte, als ihn zu wiederholen, will ich, dass Sie verschwinden. Ich gebe Ihnen 24 Stunden, um Frankreich zu verlassen. Sollten Sie morgen um diese Uhrzeit noch hier sein, stelle ich das Video auf youtube. Sollten Sie in New York Ihre Ermittlungen fortsetzen, stelle ich das Video auf youtube.“ Kurze Pause. „Es war mir ein ganz besonderes Vergnügen, Detective. Bon voyage!“

In Felicity brach etwas. *Es hat sich so echt angefühlt*, war unsinnigerweise der erste Gedanke, der ihr durch den Kopf fuhr. Sie hatte eine Verbundenheit gespürt, mit ihm eine intensivere Lust empfunden als mit Alain oder jedem anderen Mann, mit dem sie jemals zusammen gewesen war. Oh, ja! Sie beide hatte etwas verbunden, aber auf gänzlich andere Weise als gedacht. Mit stumpfem Blick starrte sie auf das Video. Das letzte Bild zeigte sie, eingezwängt zwischen beiden Männern, die tief in ihr drin waren ... Wie in Zeitlupe zog sie den USB-Stick heraus, ließ ihn auf den Boden fallen und trat voller Zorn mit ihrem Absatz darauf, bis er in tausend Stücke zerbrach.

Dann rannte sie auf die Toilette, um sich zu übergeben.

Später spritzte sie sich kaltes Wasser ins Gesicht und starrte in den Spiegel. Breeze hatte gewonnen. Sie würde das Feld räumen. Ihre Augen schimmerten feucht, ein Zeichen von Schwäche, das sie harsch fortwischte. Langsam sickerte die Erkenntnis durch, dass er vermutlich Alain auf sie angesetzt hatte, um sie zu kompromittieren. Wie leicht war es für ihn gewesen, mit ihr zu spielen! Er hatte der einsamen, sexuell ausgehungerten Polizistin nur einen leckeren Happen hinzuwerfen brauchen, damit sie sich darauf stürzte.

So ein verfluchter ..!

Ihr fiel auf Anhieb kein Schimpfwort ein, das ihm auch nur annähernd gerecht wurde. Sie ballte die Fäuste vor Wut. Er durfte damit nicht durchkommen. Es musste einen Weg geben! Sie überlegte hin und her, doch ihr fiel keine Lösung ein. Mit dem Video hatte er sie schachmatt gesetzt. Der Job war alles, was sie hatte. Sollte diese Aufnahme an die Öffentlichkeit gelangen, wäre sie ihn los. Von ihrem guten Ruf einmal abgesehen. Nicht einmal im privaten Sicherheitsbereich würde sie noch Arbeit finden. Schließlich hatte sie ohne ihr Wissen mit ihrer Zielperson gevögelt …

Am Ende blieb ihr nichts anderes übrig, als telefonisch ihren Rückflug umzubuchen und Joe zu benachrichtigen.

„Meine Mutter hatte einen schweren Unfall", log sie ihn mit gebrochener Stimme an, ohne sich verstellen zu müssen. „Sie liegt in der Intensivstation. Man befürchtet das Schlimmste, ich muss sofort zurück."

„Das tut mir leid, Detective." Sie hörte echtes Bedauern heraus. „Wann fliegen Sie?"

„Mein Flieger geht um 16 Uhr."

Es gab eine kurze Pause, und dann: „Gut, ich hole Sie um 12 Uhr ab und fahre Sie hin."

„Das müssen Sie nicht, Mister Bishop."

„Ich bestehe darauf."

Felicity brachte ein schwaches Lächeln zustande.

„Danke, Joe."

„Haben Sie Mister Blanc schon informiert?"

Sie schluckte hart. „Nein, aber gleich."

Kaum hatte sie aufgelegt, um die Nummer des Direktors zu wählen, als es klingelte. Verblüfft hob sie ab.

„Ja?"

„Mademoiselle Nolan?"

„Mister Blanc", rief Felicity überrascht. „Ich wollte Sie gerade an…"

„Ihre Arbeit hier ist beendet!"

Ein eiskalter Schauer kroch ihre Wirbelsäule hoch. Wie hatte er von dem Video erfahren? Sie schlug ihre Hand vors Gesicht. Nahm dieser Albtraum denn kein Ende?

„Aber wieso?" Sie konnte ein leichtes Beben in der Stimme nicht verhindern.

„Breeze hat zugeschlagen, Mademoiselle."

Verblüfft ließ sie die Hand sinken. „Was?"

„Gestern am hellichten Tag!" Die Stimme des Direktors überschlug sich. „Während Sie und ich beschäftigt waren, ist dieser *crétin* einfach in den Tresor reinspaziert und hat sich das Ei genommen. Ich habe den Diebstahl heute Morgen bemerkt."

Für einen kurzen Moment war Felicity sprachlos.

Wie hat er das gemacht?

„Detective? Sind Sie noch dran?"

„Ja … ja … natürlich. Aber wie kann das sein?"

„Ich habe nicht die leiseste Ahnung!" Dem Direktor entfuhr ein leises Schluchzen. „Nur eine Handvoll Leute wussten, dass sich das echte Ei im Tresor befindet."

Eine eiskalte Faust drückte Felicitys Magen zusammen. Hatte sie vielleicht in einem unüberlegten Moment Alain gegenüber etwas ausgeplaudert?

„Oh, Monsieur Blanc. Es tut mir so leid", stammelte sie.

„Merci, aber leider hilft uns das nicht weiter." Er räusperte sich. „Trotzdem danke ich Ihnen für Ihre Kooperation, Detective", leierte er seinen Text hinunter.

„Ihr Zimmer ist bis Mitte nächster Woche reserviert. Wenn Sie wollen, können Sie sich noch ein paar schöne Tage in Paris machen."

Schöne Tage in Paris. Etwas schnürte Felicity die Kehle zu.

„Das ist sehr großzügig von Ihnen, Mister Blanc, wirklich, aber … ich glaube nicht, dass es angebracht wäre. Ich werde gleich heute Nachmittag zurückfliegen."

„Gut, wie Sie möchten." Ein Anflug von Respekt und auch Erleichterung schwangen in seinen Worten mit. „Selbstverständlich übernehmen wir die Umbuchungskosten für Ihren Flug."

„Danke, Mister Blanc."

Sie tauschten noch einige Höflichkeitsfloskeln aus, dann beendeten sie das Gespräch. Blind starrte Felicity auf die Tischplatte.

Breeze hatte auf ganzer Linie gesiegt.

Punkt 12 Uhr stand Joe vor ihrer Tür. Während er ihr mit den Koffern half, warf er einen verblüfften Blick auf ihr Bett, wo das scharlachrote Kleid zusammen mit den Stilettos und der flachen Schachtel aus der Edelboutique lag.

„Nehmen Sie das nicht mit?", fragte er.

„Nein", antwortete sie kurz angebunden. „Fragen Sie nicht", fügte sie hinzu, bevor er nachhaken konnte.

„Wie Sie wollen", sagte er. „Aber es ist ein Jammer. In dem Kleid sahen Sie aus wie eine Lady."

Eine Lady?

Beinahe wäre sie in hysterisches Lachen ausgebrochen.

„Ich fürchte, der Zug ist abgefahren", entgegnete sie mit einem bitteren Geschmack im Mund.

Er hob eine seiner buschigen Augenbrauen. „Wie meinen Sie das?"

„Nicht so wichtig", murmelte sie, dann brachte sie tatsächlich ein Lächeln zustande, wenn auch ein sehr gequältes. „Gehen wir."

Später im Wagen erzählte sie Joe von dem Diebstahl des Fabergé-Eis. Wenn er überrascht oder gar schockiert war, so ließ er sich das nicht anmerken. Aus irgendeinem Grund zerrte seine Gleichgültigkeit an ihren Nerven.

„Ist das alles?", fuhr sie ihn an.

„Wie bitte?" Er bedachte sie mit einem irritierten Seitenblick.

„Ich erzähle Ihnen, dass Breeze uns an der Nase herumgeführt hat, und Sie zucken mit den Achseln?"

„Was sollte ich Ihrer Meinung nach tun?", fragte er mit einem überheblichen Tonfall, der sie erst recht auf die Palme brachte.

„Zeigen Sie sich verdammt noch mal menschlich! Sie sind wie ein verkackter Roboter, und wenn Sie nicht gerade …"

In diesem Moment riss er das Lenkrad brutal herum, und sie knallte mit dem Kopf gegen die Beifahrertür.

„Autsch!", rief sie empört. „Sie müssen es mit der Menschlichkeit nicht gleich so übertreiben!"

„Wir werden verfolgt", sagte er mit tonloser Stimme. „Halten Sie sich fest, Detective."

Der Mazda schoss mit aufheulendem Motor und durchdrehenden, quietschenden Reifen nach rechts auf eine große Avenue. Als Felicity hastig den Kopf nach hinten drehte, sah sie, wie ein schwarzer Peugeot aus der dritten Reihe ebenfalls ausbrach, um ihnen zu folgen. Sie erkannte Umrisse von mehreren Personen. Ob sie etwas mit Breeze zu tun hatten? Ihr Magen zog sich zu einem säuerlichen Klumpen zusammen.

„Wer sind die, Joe?"

„Keine Ahnung."

Der Ex-Interpolmitarbeiter stellte sich als ausgezeichneter Fahrer heraus, der sich in Paris gut auskannte. Geschickt schlängelte er sich durch den Verkehr, wechselte immer wieder die Spur, doch leider schienen ihre Verfolger über das gleiche Talent zu verfügen und klebten an ihnen wie Pech. Der Mazda fuhr die Rue d'Amsterdam Richtung Norden entlang, bog nach links auf den Boulevard de Batignolle und dann gleich wieder nach rechts auf die Rue de Rome. Als Felicity wieder über die Schulter blickte, war der schwarze Peugeot verschwunden.

„Sieht so aus, als hätten Sie sie abgehängt."

„Hm." Es klang skeptisch.

Eine Weile fuhren sie schweigend weiter. Gerade als Felicity sich wieder etwas entspannt hatte und Joe den ersten Gang einlegte, um eine Kreuzung zu überqueren, kam der schwarze Peugeot von links auf sie zugeschossen. Geistesgegenwärtig riss der Brite das Lenkrad herum und verhinderte so das Schlimmste. Trotzdem gab es ein hässliches Kreischen von Metall auf Metall und kurz danach einen Schlag. Der Mazda schwenkte hart nach rechts und streifte eine Häuserwand, die auf der Seite des Wagens einen langen, tiefen Kratzer hinterließ.

„Scheiße", murmelte Joe, und der Motor heulte gepeinigt auf, als er Vollgas gab.

In diesem Moment hörte Felicity einen dumpfen Knall, und nur Sekundenbruchteile später zersplitterte die Häuserwand neben ihnen.

„Die schießen auf uns!", rief sie. „Haben Sie eine Waffe?"

Keine Antwort.

„Joe? Haben Sie eine Waffe?", wiederholte sie diesmal eindringlicher. „Wenn ja, geben Sie sie mir!"

„Hier sind nicht die Straßen von New York, Detective!", erwiderte er, ohne das Gesicht abzuwenden. „Wir veranstalten hier keinen Krieg."

Sprach's und drückte noch einmal aufs Gaspedal. Der Mazda schoss aus der kleinen Straße und reihte sich links in den dichten Verkehr ein. Auch der schwarze Peugeot beschleunigte und kam auf eine halbe Wagenlänge heran.

„Detective?"

„Ja?"

„Halten Sie sich gut fest." Kurze Pause. „*Sehr* gut fest."

Ihr Herz jagte. „Okay."

Sie hatte das Wort noch nicht ganz ausgesprochen, als Joe auch schon die Handbremse zog und zeitgleich das Lenkrad nach links riss. Der Mazda schleuderte auf die Gegenfahrbahn, nutzte eine kleine Lücke im Verkehr, raste wie durch ein Wunder unversehrt hindurch und landete in einer Seitenstraße, wo Joe sofort wieder aufs Gaspedal trat. Hinter ihnen ertönte eine Kakofonie aus Hupsignalen, quietschenden Reifen und aufgeregten Stimmen. Felicity warf Joe einen bewundernden Blick zu.

„Coole Aktion!"

„Ja, nur fürchte ich, dass sie versuchen werden, uns auf dem Périphérique den Weg abzuschneiden."

In dieser Sekunde leuchtete die Motoranzeige rot auf. Seine britische Zurückhaltung aufgebend, stieß Joe einen deftigen Fluch aus.

„Was ist los?", fragte Felicity besorgt.

„Sieht so aus, als hätte der Motor etwas abbekommen. Ich fürchte, bis zur Nordautobahn schaffen wir es nicht mehr."

Wie aufs Stichwort begann der Mazda zu keuchen wie ein Asthmatiker. Joe nahm die nächste Ausfahrt und fuhr eine Großbaustelle an, auf der Drehkräne schwere Stahlträger durch die Luft beförderten. Der Brite steuerte den nördlichen Bereich an, der in einer Art Dornröschenschlaf zu liegen schien. Die Maschinen standen still, und kein einziger Arbeiter war zu sehen. Ein gutes Versteck, dachte Felicity, oder auch die perfekte Mausefalle. Nervös leckte sie sich über die Lippen.

Da gab der Mazda ein lautes Rumpeln von sich, schlingerte unkontrolliert über den Kiesboden, bevor ein Zittern ihn erfasste und der Motor endgültig den Geist aufgab. Als Felicity den Sicherheitsgurt löste, sah sie im Rückspiegel, wie der schwarze Peugeot um die Ecke bog und auf sie zuraste.

„Sie haben uns gefunden!"

„Raus hier!", brüllte Joe. „Schnell!"

Sie rannten in einen halbfertigen Rohbau mit unverputzten Betonwänden und leeren Fensteröffnungen, der wie das Skelett eines riesigen prähistorischen Tieres aussah. Felicity warf einen kurzen Blick über die Schulter und fluchte. Der schwarze Peugeot rollte bereits heran. Bevor er ganz zum Stehen gekommen war, wurden die hinteren Türen aufgerissen, und zwei finster aussehende Männer mit halbautomatischen Waffen sprangen aus dem Wagen. Joe und sie nahmen noch einmal die Beine in die Hand und liefen in den hinteren Teil des Gebäudes. In einem kleineren Raum, der ihnen einen guten Überblick verschaffte, suchten sie Deckung. Felicity postierte sich an einem der beiden Zugänge, als Joe eine Pistole aus seinem Hosenbund zog.

Sie sog die Luft scharf ein. „Sie haben also doch eine Waffe."

„Natürlich habe ich eine Waffe", antwortete er.

„Schön für Sie", ätzte sie.

Kurz blickte er sich um, dann griff er nach einer Holzlatte, die an der Betonwand lehnte, und reichte sie Felicity. „Nehmen Sie die hier."

„Soll das ein Witz sein?"

Grinsend drehte er die Latte, offenbar lief er in brenzligen Situationen zur Hochform an, und Felicity konnte sehen, dass zwei fingerdicke Nägel herausragten. „Eigentlich nicht."

Ein Geräusch erklang. Nicht mehr als ein leises Kratzen, doch in der leeren Halle klang es überlaut. Als Felicity durch die Türöffnung schielte, entdeckte sie einen Schatten, der sich langsam vortastete. Sie gab Joe durch ein Handzeichen zu verstehen, dass es sich um einen einzelnen Mann handelte. Der Brite nickte. Kurz darauf signalisierte er ihr, dass sich zwei Männer aus einer anderen Richtung näherten. Also hatten sie es mit drei Gegnern zu tun. Die beiden Gorillas hinten im Auto und vermutlich der Fahrer. Joe wies sie an, auf ihrem Posten zu bleiben, bevor er zusammengekauert und an die Wand gedrückt seine Deckung verließ, die Pistole im Anschlag. In Felicitys Ohren brauste es, und sie versuchte, nicht in Panik auszubrechen, schließlich war sie für solche Situationen ausgebildet worden.

Ein Schuss erschallte, Funken flogen, dann erklang ein Schrei, der gleich darauf verstummte. Hatte es Joe erwischt? Felicitys Finger schlossen sich fest um die Holzlatte. Sie würde jedenfalls nicht kampflos aufgeben! Da hämmerte ein Feuerstoß in ihre Richtung, und sie warf sich flach auf den Boden, die Arme schützend über dem Kopf gelegt. Zwar verfehlten die Schüsse sie, doch die Wand über ihr explodierte und überschüttete sie mit Betonsplittern. Das Herz rutschte ihr in die Hose, als etwas Schnelles auf sie zukam. Mit der Holzlatte in der Hand sprang sie auf die Füße. Doch es war nur Joe. Er schien unversehrt zu sein.

„Nur noch zwei“, zischte er und reichte ihr eine Schusswaffe.

Mit einem dankbaren Lächeln nahm sie die Halbautomatik an sich, die er seinem toten Gegner abgenommen hatte. Bevor sie antworten konnte, wurden Rufe in einer fremden Sprache laut, und eine Kugel schlug erneut in der Wand ein, diesmal nur wenige Zentimeter von ihrem linken Ohr entfernt.

„Kopf einziehen!“, rief Joe.

Felicity warf ihm einen bösen Blick zu.

Danke, auf die Idee wäre ich nie gekommen.

„Wie sollen wir vorgehen?“, fragte sie. „Die nehmen uns von zwei Seiten in die Mangel.“

„Ich habe eine Idee.“ Joe rückte seine Brille gerade. „Geben Sie mir Deckung.“

„In Ordnung.“

Schon war er wieder weg. Während Felicity einige Schüsse abgab, um den Gegner abzulenken, sah sie, wie Joe einen Bogen beschrieb und sich von hinten an einen der beiden Männer heranschlich. Für einen Sesselpupser bewegte er sich erstaunlich geschmeidig. Tatsächlich kam er bis auf ein Meter an seinen Gegner heran. Allerdings hatte er es nicht mit einem Anfänger zu tun, denn schon wirbelte der andere herum. Doch bevor dieser reagieren konnte, hatte Joes Faust ihm bereits mit einer blitzschnellen Bewegung das Nasenbein gebrochen. Blut schoss heraus, und der Mann ließ seine Waffe fallen. Joe rammte ihm sein Knie in den Unterleib, packte anschließend dessen Kopf mit beiden Händen und knallte ihn gegen die Betonwand. Der Mann verdrehte die Augen, seine Beine gaben nach, und er brach bewusstlos zusammen.

Nachdem Joe die Pistole des Mannes aus einem der Fenster geworfen hatte, rannte er auf dem gleichen Weg zu Felicity zurück.

„Einer noch", erklärte er trocken.

Den erwischte Joe keine zwei Minuten später. Mit einem Schuss in die linke Schulter. Als der Mann zu Boden sackte, zielte Joe auf sein Gesicht und sagte etwas in einer fremden Sprache. Der verletzte Mann schüttelte den Kopf, daraufhin rammte der Brite seine Fußspitze in dessen blutende Wunde. Der Mann brüllte vor Schmerz, versuchte sich wegzudrehen, doch Joes Fuß nagelte ihn unbarmherzig am Boden fest. Felicity biss sich auf die Unterlippe, wandte den Blick ab. Das grausame Spiel ging noch eine Zeitlang so weiter, bis der verwundete Mann am Boden endlich etwas murmelte. Joe beugte sich hinunter, um besser hören zu können. Hinterher richtete er sich auf und versetzte mit dem Kolben seiner Pistole dem Mann einen harten Schlag gegen die Schläfe.

„Ist er tot?", fragte Felicity leise, als Joe auf sie zukam.

„Nein, nur bewusstlos."

„Und? Haben Sie etwas Wichtiges erfahren?"

Der Brite schien kurz zu zögern, dann schüttelte er den Kopf. Stirnrunzelnd sah Felicity ihn an. Ihr Gefühl sagte ihr, dass er sie anlog. Doch bevor sie nachhaken konnte, nahm sie hinter ihm in der Türöffnung eine Bewegung wahr. Sie reagierte instinktiv. Mit einem Schrei riss sie den rechten Arm hoch und schoss auf den Mann mit dem zertrümmerten Nasenbein, der wieder zu sich gekommen war und nun seine Waffe auf sie beide richtete. Sie traf ihn mitten in der Brust. Voller Entsetzen sah sie, wie er auf dem Boden aufschlug. Eine Zeitlang, die ihr wie eine Ewigkeit vorkam, zuckte sein Körper unkontrolliert, bis seine Augäpfel schließlich nach oben rutschten und sein Kopf leblos zur Seite kippte.

Die Waffe glitt aus ihren tauben Fingern und landete mit einem Poltern auf dem Boden. Felicitys Kopf war wie leergefegt. Ein heftiges Zittern überkam sie, und sie schlang die Arme um ihren Körper. Sie machte einen Schritt auf den Toten zu, dann noch einen, doch Joe hielt sie mit festem Griff zurück.

„Nicht“, sagte er erstaunlich sanft.

Sie wehrte sich nicht, nahm Joe nur durch einen Schleier wahr. „Ich … ich habe noch nie …“

„Es gibt für alles ein erstes Mal, Detective.“

„Dabei bin ich eine lausige Schützin“, stammelte sie.

„Nun, so lausig auch wieder nicht“, erwiderte er mit einem milden Lächeln.

„Oh Gott, Joe! Ich habe ein Leben ausgelöscht!“ Sie biss sich auf die Lippen, um nicht in Tränen auszubrechen. „Sicher hat er Familie …“

„Ganz bestimmt sogar, doch das muss Sie nicht kümmern. Genauso wenig, wie es ihn gekümmert hätte.“

„Aber …“

„Quälen Sie sich nicht, Felicity“, sagte er. Es war das erste Mal, dass er sie mit ihrem Vornamen anredete. „Sie haben das Richtige getan.“

Trotz seiner tröstenden Worte konnte sie nicht verhindern, dass ihr noch mehr Tränen in die Augen stiegen.

Was für ein schrecklicher, schrecklicher Tag!

Kurz zögerte Joe, dann zog er sie etwas unbeholfen zu sich heran.

„Alles in Ordnung“, murmelte er. „Es geht vorüber.“

Felicity schloss die Lider und sah das Bild des toten Mannes vor sich, der sie mit leblosem Blick anstarrte. Sie begann zu hyperventilieren, also öffnete sie schnell wieder die Augen und starrte stattdessen auf Joes schwarzgelb gemusterte Weste. Der Anblick beruhigte sie. Wie auch seine Umarmung, obwohl es sich um den langweiligen, verstaubten Joe handelte. Joe, der trotz seines Alters einen überraschend festen, muskulösen Körper besaß. Warum schwirrte dieser Gedanke jetzt in ihrem Kopf herum? War sie denn noch bei Sinnen? Da stieg ihr ein unerwartet vertrauter männlicher Geruch in die Nase, und eine Erinnerung blitzte auf – eine Erinnerung, die ihr das Blut in den Adern gefrieren ließ. Ein Blitz schlug in ihren Verstand ein, und sie versteifte sich unwillkürlich.

Ich bin durcheinander. Vielleicht irre ich mich. Ganz sicher irre ich mich …

Sie atmete tief durch, versuchte, sich nichts anmerken zu lassen, löste sich so sanft wie möglich von ihm.

„Danke, Joe“, flüsterte sie und wandte sich ab. „Sie haben sicher Recht.“

Als sie sich nach ihrer Waffe bücken wollte, hörte sie in ihrem Rücken das leise, unverkennbare 'Klick' einer Pistole, die entsichert wurde.

„Das kann ich leider nicht zulassen, Detective“, sagte eine Stimme mit australischem Akzent.

Sie drehte sich langsam um, verzweifelt bemüht, die verwirrenden Gefühle zu verarbeiten, die auf sie einstürzten.

Joe war nicht Joe.

Ungerührt blickte er sie an, hielt seine Waffe auf sie gerichtet.

Joe war Breeze.

Wie betäubt starrte sie ihn an. „Was haben Sie mit dem richtigen Joe Bishop gemacht?“, fragte sie schließlich. „Ist er tot?“

„Nein.“ In seinen Augen lag kontrollierte Langeweile. „Ich schätze, er liegt irgendwo auf Madeira am Strand und schlürft an einer Cerveja."

Sie stieß ein brüchiges Lachen aus. „Das soll ich Ihnen glauben?"

„Unser lieber Joe hat ein paar schmutzige Geheimnisse." Sein Lächeln wurde dreckig, passte plötzlich gar nicht mehr zu dem spießigen Anzug und dem lächerlichen Toupet. „Unschöne Dinge, die bei mir gut aufgehoben sind, solange er macht, was ich ihm sage."

Felicity spürte, wie ihr die Galle hochkam, und kurz befürchtete sie, sich wieder zu übergeben.

„Erpressung scheint Ihre Spezialität zu sein." Sie atmete tief durch. „Zeigen Sie mir Ihr niederträchtiges Gesicht, Breeze!", forderte sie leise, aber bestimmt. „Ich habe ein Anrecht darauf. Von mir haben Sie schließlich schon alles gesehen."

„Das habe ich in der Tat."

Ob sie jemanden schon einmal so sehr gehasst hatte?

Mit gelassener Miene nahm er die blaugetönte Brille ab, warf sie achtlos auf den Boden, wo das Glas zerbrach. Die Langsamkeit seiner Bewegungen zerrte an ihren Nerven. Sie wollte sehen, wie das Schwein aussah! Seine schmalen, vor Intelligenz sprühenden Augen blickten sie unverwandt an, während er die buschigen Brauen, die altmodischen Koteletten und den Schnauzer von seinem Gesicht abzog. Abschließend nahm er das Toupet ab. Darunter kamen militärisch kurz geschnittene dunkle Haare zum Vorschein. Felicity schätzte Breeze auf Mitte, Ende Dreißig. Er war kein schöner Mann im klassischen Sinne, obwohl seine Nase beneidenswert gerade war, dafür war sein Gesicht zu hart. Aber es passte perfekt zu dem Körper, den Felicity nur zu gut kennengelernt hatte. Unwillkürlich fiel ihr Blick auf seine volle Unterlippe, das einzig Weiche in diesem sehr männlichen Gesicht, und sie errötete vor Wut, als sie daran dachte, wie sie vor zwei Nächten genüsslich daran geknabbert hatte.

„Ich hoffe, ich konnte Ihre Neugier befriedigen, Detective", sagte er mit einer gedehnten, arroganten

Stimme.

Der Arsch macht sich über mich lustig!

Was sie fühlte, war pure Mordlust. In nur zwei Schritten war sie bei ihm, wirbelte blitzschnell auf ihrem linken Bein herum und stieß mit der ausgestreckten rechten Ferse gegen seinen Waffenarm. Die Pistole flog im hohen Bogen davon, und Breeze taumelte überrascht nach hinten. Schon holte Felicity aus, um mit ihrem rechten Haken seinen Solarplexus zu treffen, aber weil er sich zur Seite drehte, schlug sie ins Leere. Sie stolperte, da hatte er sie schon von hinten gepackt, doch diesmal würde sie es ihm nicht so leicht machen. Der Zorn verlieh ihr ungeahnte Kräfte. Sie holte mit dem rechten Fuß aus und stieß mit dem Absatz rückwärts gegen sein Schienbein. Er stieß ein Geräusch aus, als würde man Luft aus einem Reifen ablassen, sein Griff lockerte sich, und sie nutzte ihre Chance, um ihm ihren Ellenbogen in den Magen zu rammen. Doch scheinbar hatte er im richtigen Moment eingeatmet, denn er fing den Schlag ohne große Schmerzen ab. Vielmehr nahm er sie in den Schwitzkasten, ein muskulöses Bein schlang er um ihre Oberschenkel, um sie bewegungsunfähig zu machen, dann riss er ihren Kopf nach hinten. Seine Augen gruben sich in ihre. Sie waren von einem dunklen Blau. Sein Gesicht senkte sich, und einen verrückten Moment lang dachte sie, er würde sie küssen. Doch stattdessen verharrte er in der Bewegung, hielt ihren Blick unbarmherzig fest. Für eine Sekunde oder gar eine Ewigkeit geschah nichts. Außer dass ihr Puls gerade dabei war, einen Geschwindigkeitsrekord aufzustellen.

„Noch so eine Aktion, und ich schieße Ihnen eine Kugel ins Bein, Detective“, raunte er ihr ins Ohr.

Dann ließ er sie abrupt los und trat einen Schritt zurück. Etwas benommen schwankte sie, bekam nur am Rande mit, wie er seine Waffe aufhob.

„Und jetzt vorwärts!“, befahl er mit harter Stimme.

Sie blinzelte. „Und wenn ich mich weigere?“

„Das Video, schon vergessen?"

„Wie könnte ich *das* vergessen!", spukte sie ihm giftig entgegen.

Wieder huschte ein Lächeln über sein Gesicht. Anzüglich. Provozierend.

Ich bringe ihn um, dachte Felicity. Bei der ersten Gelegenheit jage ich ihm eine Kugel in sein schwarzes Herz! Als würde er ihre Gedanken lesen, wurde sein Lächeln breiter, aber keine Spur wärmer. Mit seiner Pistole trieb er sie vor sich her, Richtung Ausgang. Hektisch kaute sie auf ihrem Daumennagel herum. Sie musste etwas tun! Also blieb sie stehen und wandte sich ihm zu. Wieder bohrten sich ihre Blicke ineinander. Sie erschauerte, dachte daran, wie sich ihre nackten Körper schwitzend aneinander gerieben hatten, wie er sich in ihr ergossen hatte …

Sie straffte die Schultern. „Nein."

„Nein?" Sein Blick verdüsterte sich. „Für so etwas haben wir jetzt wirklich keine Zeit!"

Im Nu hatte er die Distanz zwischen ihnen überwunden. Eine schnelle Geste, ein kurzes Brennen am Hals. Schon verschwamm sein Gesicht vor ihren Augen. Verständnislos blickte sie ihn an.

„Was …?"

Die Welt zerfiel in einzelne Splitter.

„Nein", wisperte sie, als sie begriff.

„Doch", antwortete er.

Dann umfing sie Dunkelheit.

Das Haus am Meer

Eine Haarsträhne hatte sich gelöst und strich über ihre Wange. Kyle widerstand der Versuchung, sie um seinen Finger zu wickeln. Er schluckte. Wie unschuldig sie aussah! Vor zwei Nächten hingegen … Mein Gott … Sie hatte sich hemmungslos auf ihm gewunden, lustvolle Schreie ausgestoßen und ihn mit ihrem Mund beinahe um den Verstand gebracht. Bei dem Gedanken, wie gut sich sein Schwanz in ihr drin angefühlt hatte, wurde er wieder hart. Fast gewaltsam löste er den Blick von ihr und richtete ihn wieder auf die Fahrbahn. Sein Plan war aufgegangen. Er hatte die übereifrige Polizistin klein gekriegt.

So weit, so gut.

Allerdings hatte er sie jetzt im Schlepptau. Er hatte keine Wahl gehabt. Schließlich hätte er sie kaum auf der Baustelle zurücklassen können, schon gar nicht in ihrem verwirrten Zustand. Was, wenn ihre Verfolger Verstärkung geschickt oder die heranrückenden Bullen unangenehme Fragen gestellt hätten? Gut, zugegeben, er hätte ihr sein Gesicht nicht zeigen müssen, aber es war für ihn wie eine Befreiung gewesen, die Joe-Maske endlich abzulegen. Ihr sein wahres Ich zu zeigen. Aus dem Augenwinkel sah er, dass ihre Finger leicht zuckten. Vermutlich träumte sie. Nein, sie würde keine Dummheit begehen, ganz sicher nicht … Er musste auf die abschreckende Wirkung des Videos vertrauen. Nichtsdestotrotz stand einiges auf dem Spiel. Es ging um sehr viel Geld, deshalb würde er sie im Auge behalten, bis der Deal mit dem Russen abgeschlossen war. Wieder dachte er an ihre gemeinsame Nacht. Vielleicht würde er mehr tun, als sie nur im Auge zu behalten. Wie erregt sie gewesen war … Er glaubte, ihren Geschmack immer noch auf seiner Zunge zu spüren ... wie süße Erdbeeren.

Die Fingerknöchel traten weiß hervor, als er das Lenkrad fest umklammerte. Er zwang sich, an etwas anderes zu denken. Die Angreifer auf der Baustelle! Es waren Rumänen gewesen. Typen der übelsten Sorte, die ihre eigene Großmutter verkaufen würden, wenn die Kohle stimmte. Jemand hatte sie angeheuert, um ihn zu töten. Detective Nolan war nur zur falschen Zeit am falschen Ort gewesen.

Wie bedauerlich, dass sie die Reizwäsche, die er ihr gekauft hatte, verschmäht hatte. Er hätte sie gern darin gesehen …

Lass die Scheiße! Konzentriere dich lieber auf die Rumänen.

Der von ihm angeschossene Typ hatte einen Namen ausgespuckt. Rafael, ein Mittelsmann, der die Bande im Auftrag eines Unbekannten beauftragt hatte. Jetzt galt es, diesen ominösen Unbekannten zu finden, der ihm an den Kragen wollte. Kyle war ernsthaft beunruhigt. Nicht, dass er keine Feinde gehabt hätte. Im Gegenteil. In der Zeit vor seiner äußerst lukrativen Karriere als Dieb hatte er es mit besonders miesen Vertretern der Gattung Mensch zu tun gehabt, die immer noch sauer auf ihn waren. Doch seit seinem Wechsel in die Kunstbranche war er nahezu unsichtbar geblieben. Wie hatten die Rumänen ihn aufspüren können?

Vielleicht ging es nicht explizit um ihn, sondern um das Fabergé-Ei. Der Gedanke an die filigrane Kostbarkeit zauberte ein Lächeln auf sein Gesicht. Es war einfach gewesen, es in der gestrigen Mittagspause aus dem Tresor zu holen. *Sie* – er verbot sich, ihren Namen zu nennen, um nicht wieder gedanklich abzuschweifen – war nach ihrer gemeinsamen Nacht zu aufgekratzt gewesen, um mittags einen Happen zu essen, also hatte sie einen Spaziergang an der Seine unternommen, während er sich unter einer fadenscheinigen Ausrede davongemacht hatte. Alle, auch der Direktor, hatten sich beim Mittagessen viel Zeit gelassen. Das war das Schöne an Frankreich. Das *déjeuner* war seiner Bevölkerung heilig, und so ruhte mittags das Leben für ganze zwei Stunden. Der Flügel, in dem sich der Tresor befand, war nahezu menschenleer gewesen, als er sich an die Arbeit gemacht hatte. Das passende Werkzeug hatte er unter der Kleidung getragen. Joe Bishops Gepflogenheit, auch an warmen Tagen nicht auf Weste und Jacke zu verzichten, war ihm dabei sehr entgegengekommen. Er hatte den Safe bereits vorher bei mehreren Gelegenheiten untersucht und war entsprechend vorbereitet gewesen. Kein Tresor war vor ihm sicher, auch nicht das im Louvre.

Es war ein unglaublicher Kick gewesen, das Ei mit sich herumzutragen, während am Nachmittag die Befragung fortgesetzt worden war, er beim Abschied die Hand des Direktors geschüttelt hatte und mit Felicity an seiner Seite problemlos durch die Sicherheitskontrolle durchgewunken worden war.

Wieder konnte er nicht verhindern, dass sein Blick in ihre Richtung flog. Er hatte ihr eine Sonnenbrille aufgesetzt, damit ihr Gesicht teilweise verdeckt war, wenn sie die videoüberwachten *péages* passierten, die französische Autobahn-Maut. Es wäre klüger gewesen, die Landstraßen zu benutzen, doch er wollte so schnell wie möglich den Abstand zwischen sich und Paris vergrößern. Zum Glück stellte sich der Peugeot als zuverlässiger Bolide heraus, trotzdem würde Kyle bei der ersten Gelegenheit den Wagen wechseln. Sicher war sicher.

Ihre Augenlider flatterten. Sie konnte nur verschwommene Lichter erkennen. Ihr Gehirn brauchte ein paar Sekunden, um die gezackten Lichterscheinungen zu einem Ganzen zusammenzufügen. Das Innere eines Wagens. Kraftlos drehte sie den Kopf nach links. Ihr Blick fiel auf ein männliches Profil. Eine wirklich hübsche Nase, dachte sie, bevor sie wieder abdriftete und Dunkelheit sie erneut einhüllte.

Frauengeschrei drang an ihr Ohr. Schrill und krächzend. Ein Geräusch, das ihr Gehirn wie rasch aufeinanderfolgende Messerstiche marterte. Wimmernd warf Felicity den Kopf hin und her, während sich der dichte Nebel darin immer mehr lichtete. Ein Rauschen, kraftvoll und allherrschend, übertönte die Schreie, bis plötzlich alles zu einem vertrauten Ganzen verschmolz. Sie schnupperte. Salzgeschwängerte Luft. Langsam sickerte die Erkenntnis durch. Das, was sie für Frauengeschrei gehalten hatte, war das Kreischen von Möwen. Mühsam öffnete sie die Augen, blinzelte angesichts der Helligkeit. Zunächst war alles verschwommen, dann wurde das Bild klarer. Der Ozean. Er glitzerte in der Sonne, die in einer zarten Nuance von Rosa und Orange zu sinken begann, während sich ein einzelnes Schiff gemächlich über den Horizont schob.

Felicity sah an sich hinunter. Noch immer trug sie ihre Reisekleidung, eine Jeans und ein gelbes Minion-Shirt mit der Aufschrift „Nobody's perfect". *Wie passend!* Sie lag in einem Liegestuhl auf einer hochgelegenen Terrasse mit Natursteinboden und Glasbrüstung. Der Ausblick war eindrucksvoll, und unter anderen Umständen hätte sie ihn sicher zu würdigen gewusst. Eine Brise verfing sich in ihrem Haar, doch als sie eine widerspenstige Strähne zur Seite schieben wollte, erlebte sie eine böse Überraschung. Ihr linkes Handgelenk war mit einem Kabelbinder am Stuhl festgebunden.

„Verdammt!", schimpfte sie und rüttelte vergeblich.

„Aha, Sie sind wach", erklang eine tiefe Stimme hinter ihr.

Mit finsterer Miene wandte sie den Kopf nach hinten, zu dem Mann, der in diesem Augenblick die Terrasse betrat. Er trug einen hellgrauen Longsleeve und schwarze Shorts, die feinen Härchen auf den wohlgeformten Beinen, die darunter hervorlugten, schimmerten in der Abendsonne golden.

Breeze.

In den Händen hielt er eine Karaffe mit O-Saft, zumindest nahm Felicity an, dass es sich darum handelte, sowie zwei Gläser, die er auf den kleinen Tisch rechts neben ihr stellte. Beim Anblick der Bartstoppeln, die seine Wangen und sein Kinn bedeckten, meldete sich wieder dieses flaue Gefühl in ihrem Magen. Hastig wandte sie die Augen ab. Sie musste sich wohl oder übel eingestehen, dass sie ihn als Mann sehr anziehend fand. Was ihn noch hassenswerter machte!

„Wo bin ich?", blaffte sie ihn an.

„Dort, wo ich mich zurückziehe, wenn ich nachdenken muss", antwortete er und nahm im Liegestuhl rechts von dem Tischchen Platz.

„Huhuuuu!" Sie fuchtelte mit der freien Hand herum. „Das Geheimversteck des großen Meisterdiebs", spottete sie. „Sein Zufluchtsort. Seine Höhle."

Unbeeindruckt kickte er seine Sandalen von den Füßen. Er hatte schöne Füße, braungebrannt mit ebenmäßigen Zehen.

Himmel! Bleibt mir denn gar nichts erspart?

„Bin ich eine Gefangene oder was?"

Er drehte sich ihr zu. „Sie sind mein Gast, Detective", sagte er, bevor er ihr ein Glas O-Saft einschenkte. „Hier trinken Sie. Sie haben Propofol im Blut. Es ist wichtig, dass Sie Flüssigkeit zu sich nehmen."

Sie ignorierte seine Forderung und zeigte auf ihre gefesselte Hand. „Gast?"

„Ich bin nur ein wachsamer Gastgeber", antwortete er mit einem glatten Lächeln, das sie ihm am liebsten aus dem Gesicht geprügelt hätte. „Und jetzt trinken Sie, sonst bekommen Sie heftige Kopfschmerzen."

Nachdem sie das Glas in einem Zug leergetrunken hatte, es handelte sich tatsächlich um O-Saft, der darüber hinaus köstlich schmeckte, stellte sie es mit einem Knall zurück.

„Wie lange gedenken Sie, mich hier festzuhalten?"

„Bis ich ein paar Dinge geregelt habe. Danach lasse ich Sie gehen, versprochen. Ihren 16-Uhr-Flug können Sie allerdings vergessen“, fügte er mit leisem Spott hinzu.

„Ich kenne Ihr Gesicht!“

Mit hochgezogener Augenbraue blickte er sie an. „Und ich habe das Video.“ Er legte eine kleine Pause ein, bevor er sich entspannt zurücklehnte und wieder nach vorne auf den Ozean blickte. „Wenn Sie beruflichen Selbstmord begehen wollen, bitte. Ich kann mir immer noch das Gesicht umoperieren lassen. Wäre nicht das erste Mal.“

Verblüfft und irgendwie auch enttäuscht starrte sie auf sein Profil. „Sie sollten den Arzt wechseln“, warf sie ihm giftig entgegen. „Er hat beim letzten Mal gepfuscht!“

Eine glatte Lüge!

Um sein linkes Auge bildeten sich feine Fältchen, ansonsten regte sich nichts in seinem Gesicht, während er den Blick weiter auf das Meer gerichtet hielt.

Sie schnaubte. „Nehmen Sie mich etwa auf den Arm?“

Die Fältchen vertieften sich. „Ein wenig.“

Dann schloss er die Augen. Sie konnte sehen, wie sich seine Nasenflügel leicht blähten, als wollte er die salzige Luft aufsaugen. Ihr Blick fuhr über sein Gesicht, seinen Mund, sein kantiges Kinn, und plötzlich hatte sie einen dicken Kloß im Hals. Sie richtete ihre Augen wieder auf den Ozean, was um Längen ungefährlicher war. Vielleicht würde sich eine Möglichkeit zur Flucht bieten. Oder aber es gelang ihr, ihn zu überwältigen – Gelächter! – und ihn dazu zu zwingen, das Video zu vernichten. Aber wer sagte ihr, dass er nicht irgendwo noch eine Kopie hatte? Als Rückversicherung.

„Schön ist es hier“, sagte sie. „Ist es der Atlantik?“

„Netter Versuch, Detective.“ Er machte sich nicht einmal die Mühe, die Augen zu öffnen.

„Ihnen ist hoffentlich klar, wie sehr ich Sie verabscheue, oder?“, sagte sie weiter.

Ein Fehler, denn nun hatte sie seine volle Aufmerksamkeit. Seine Augen bohrten sich in ihre, nahmen sie als Geisel.

„Glasklar“, antwortete er mit ruhiger Stimme.

Sie verlor sich in seinem Blick. Die Farbe seiner Augen erinnerte sie an Veilchen im Regen, dunkelblau mit hellen Sprenkeln.

„Lassen Sie mich gehen“, flüsterte sie.

„Das kann ich nicht.“

Nur mit Mühe gelang es ihr, den Blick abzuwenden. „Aber Sie haben doch, was Sie wollten.“

„Trotzdem.“

„Aber …“

„Genug jetzt!“

Sein harter Tonfall ließ sie zusammenzucken.

„Ich telefoniere regelmäßig mit meinem Leutnant“, wandte sie eine neue Taktik an. „Wenn ich mich nicht melde, wird sie misstrauisch werden und jemanden rüberschicken, der nach mir sucht.“

„Bullshit.“ Er beugte sich über den Tisch zu ihr herüber, und sie hielt unwillkürlich die Luft an. „Seit Sie in Frankreich sind, haben Sie ein einziges Mal mit ihr telefoniert, Detective.“

Sein Gesicht befand sich für ihren Geschmack zu nah an ihrem, und sie wollte sich in ihrem Liegestuhl zurücklehnen, konnte aber keinen Muskel rühren. Als hätte er sie mit einem Fluch belegt.

„Woher wollen Sie das wissen?“, fragte sie trotzig.

Er brachte seine Lippen ganz nah an ihr Ohr. „Ich habe deine Wohnung in New York verwanzt und auch dein Hotelzimmer in Paris, Felicity. Ich weiß alles.“

Entgeistert starrte sie an ihm vorbei, unfähig zu reagieren, bis eine Bewegung aus dem Augenwinkel sie aus ihrer Lethargie riss. Mühsam, als wöge ihr Kopf ein Zentner, drehte sie ihn zur Seite und entdeckte den Cutter in Breezes Hand. Sie wurde kreidebleich.

„Es wird Zeit, hineinzugehen“, sagte er.

Eine rasche Bewegung, und er hatte sie von dem Kabelbinder befreit. Ihr Kopf war wie leergefegt, dennoch rieb sie sich automatisch das Handgelenk.

Er hat mich abgehört.

Ihr Leben in New York. Das Telefonat mit ihrer Mutter, bei dem er alles über Joe Bishop erfahren hatte. Der Sex mit Alain.

Oh, Gott!

„Du mieses Schwein!", fauchte sie.

Kein Grund mehr, höflich zu sein.

„Meine Motivation war rein professionell", erklärte er.

Plötzlich fror sie entsetzlich.

„Ich hatte dich gewarnt, Felicity." Hörte sie aus seiner Stimme etwa echtes Bedauern heraus? Reine Einbildung vermutlich. „Du hast mir keine Wahl gelassen."

Wortlos stand sie auf. Sie schlang die Arme um ihren zitternden Oberkörper und stellte sich ans Geländer. Das Haus stand auf einem Felsvorsprung, unter ihr ging es mindestens zwanzig Meter in die Tiefe. Auf beiden Seiten erstreckte sich eine schroffe Felsküste, so weit das Auge reichte, die von einer bunten Heidenlandschaft bedeckt war. Eine wildromantische Natur im Nirgendwo. Seine warme Hand legte sich auf ihre Schulter und zog sie sanft, aber bestimmt vom Geländer weg. Befürchtete er vielleicht, dass sie sich vor lauter Verzweiflung herunterstürzte? Sie presste die Lippen fest aufeinander. Da kannte er sie schlecht!

Widerstandslos ließ sie sich von ihm hineinführen. Ihr Blick schweifte durch den großzügigen, lichtdurchfluteten Wohnraum mit den modernen Möbeln, der ledernen Sitzgruppe und den bodentiefen Panoramafenstern. Sie schnaubte, als sie an ihr kleines Apartment dachte. Von wegen, Verbrechen lohnt sich nicht! Breezes „Höhle" war ein Realität gewordener feuchter Architektentraum. Eine Kaminwand, die den Raum gliederte, schirmte eine Bibliothek mit intimer Leseecke vom Rest ab. Der helle Parkettboden verlieh Wärme wie auch die riesigen bunten Gemälde an den Wänden. Unwillkürlich fragte sich Felicity, ob sie gestohlen waren. Eine geschwungene

Treppe mit schwarzen Stahlstufen führte auf eine offene Galerie, wo sich offensichtlich weitere Zimmer befanden. Aus dem Augenwinkel erhaschte sie eine Essecke mit offener Küche.

Ihr „Gastgeber", der sich inzwischen von ihr gelöst hatte, trat einige Schritte zurück, ohne sie auch nur eine Sekunde aus den Augen zu lassen.

„Das Haus ist mit einem Alarm versehen", erklärte er. „Sobald du dich an irgendwelchen Fenstern oder Türen zu schaffen machst, geht er los. Der Garten vor dem Haus ist für dich tabu. Und was die Terrasse betrifft: Nun, ich glaube nicht, dass du eine Kletterpartie wagen willst."

„Was sollte dann der Kabelbinder?"

Ein träges Lächeln huschte über sein Gesicht. „Ich wollte dir nur deine Lage verdeutlichen."

„Wie aufmerksam", ätzte sie.

Er setzte sich in Bewegung. „Komm, ich zeige dir dein Zimmer."

„Oh wie schön, ich habe sogar ein eigenes Zimmer!", entgegnete sie höhnisch.

Nur eine Handbreite von ihr entfernt blieb er stehen. „Nicht, dass ich unbedingt darauf bestehen würde …", fügte er mit dunkler Stimme hinzu.

Sie stieß ein abfälliges Schnauben aus, wollte sich abwenden, doch er bekam sie zu fassen. Seine Finger streichelten die Innenseite ihres Handgelenks, was ausreichte, um in ihrem Körper ein Kribbeln zu entfachen.

„Lass mich los!", fuhr sie ihn an.

Mit einer unwirschen Bewegung versuchte sie, sich aus seinem Griff zu befreien, versuchte ihre weichen Knie zu ignorieren. Was zur Folge hatte, dass er sie noch näher an sich zog. Sein Lächeln war teuflisch … der pure Sex. Und plötzlich bekam sie es mit der Angst zu tun.

„Bitte", bat sie mit kleiner Stimme.

Das Lächeln verschwand aus seinem Gesicht, und er ließ sie los.

„Hier entlang", sagte er nur, bevor er die

geschwungene Treppe hinaufging.

Oben angekommen öffnete er die zweite Tür von links und ließ ihr mit einem, wie sie befand, süffisanten Gesichtsausdruck den Vortritt. Der Raum war nicht sehr groß und freundlich eingerichtet, verfügte über ein kleines Bad und bot einen herrlichen Blick aufs Meer. Er wurde von einem Doppelbett dominiert, dessen Anblick ihr absurderweise die Röte ins Gesicht trieb. Der kräftige Purpur der Gardinen und Überzüge setzte im spärlich eingerichteten, aber eleganten Zimmer farbenfrohe Akzente. Am Fußende des Bettes entdeckte sie zu ihrer großen Überraschung ihre beiden Koffer. Bevor sie etwas sagen konnte, hatte Breeze den Raum verlassen, worüber sie froh war. Das Denken fiel ihr schwer, wenn er in ihrer Nähe war.

Ihr Kopf schwirrte, als sie sich ans Fenster stellte, um hinauszuschauen. Sie befand sich in Gefahr, in sehr großer Gefahr. Nicht weil er ihr etwas antun könnte, sondern weil die Chancen verdammt gut standen, dass sie über kurz oder lang in seinem Bett landete. Wie sehr sie ihn begehrte, war ihr soeben klargeworden. Schon ein Blick von ihm reichte aus, um ihre Knie weich und, was noch schlimmer war, sie feucht werden zu lassen. Wofür sie sich hasste! Sie durfte unter keinen Umständen ihrem Verlangen nachgeben! Bisher hatte sie auf ganzer Linie versagt. Jetzt galt es, wenigstens einen Teil ihrer Würde zurückzugewinnen.

Die Essecke in einem Erker mit drei großen Fenstern war ebenso geschmackvoll eingerichtet wie der Rest des Hauses und schloss sich direkt an die offene granitfarbene Küche an. Über dem langen Tisch hing ein Lüster aus buntem Muranoglas. Inzwischen war die Nacht angebrochen, und draußen herrschte vollkommene Finsternis, durchbrochen von einem grünen Leuchten, das mit den Wellen heranrollte und explosionsartig an den Felsen verendete. Breeze hatte Hacksteaks mit Böhnchen und süßen Kartoffeln zubereitet. Dazu gab es einen Roséwein aus der Provence. Es roch köstlich und sah auch köstlich aus, dennoch schob Felicity das Gemüse auf ihrem Teller lustlos von einer Seite auf die andere.

„Kein Hunger?"

Sie blickte hoch. Er hatte sich umgezogen, trug Jeans und ein weißes Hemd, das am Hals beunruhigend weit offenstand.

„Was du getan hast, war eine Vergewaltigung", warf sie ihm entgegen.

Die Gabel mit dem aufgespießten Stück Fleisch verharrte mitten in der Luft, während sich seine Augen zu schmalen Schlitzen verengten. „Wie bitte?"

„In Alains Zimmer." Obwohl es ihr schwerfiel, hielt sie seinem Blick stand. „Du hast mich ohne Kondom ge …" Sie biss sich auf die Lippen.

„Gefickt?", beendete er ihren Satz mit hochgezogener Augenbraue.

„Ja", zischte sie.

Er legte die Gabel zurück. „Ich tue so etwas normalerweise nicht, aber ich muss gestehen, dass ich beim Anblick deines nackten gefesselten Körpers mit den heißen Stilettos jede Vorsicht in den Wind geschlagen habe." Ein amüsierter Ausdruck legte sich auf sein Gesicht. „Zum Glück nimmst du die Pille."

Woher? Oh, natürlich … die Wanze!

Hasserfüllt starrte sie ihn an. „Vielleicht habe ich eine ansteckende Geschlechtskrankheit."

Er verzog die Lippen zu einem spöttischen Lächeln. „Sehr unwahrscheinlich. Wann hattest du vor Alain das letzte Mal Sex?" Er schenkte sich noch etwas Wein ein. „Vor zwei, drei Jahren?"

Scheißkerl!

Wütend griff sie nach seinem vollen Glas und schüttete es ihm ins Gesicht. Seine Miene blieb regungslos, dennoch war der Blick, den er ihr zuwarf, totbringend. Wortlos griff er nach der Serviette, um sich den Wein aus dem Gesicht zu wischen. Sie hatte sein Hemd ruiniert, wie sie mit großer Genugtuung feststellte. Hocherhobenes Hauptes stand sie auf.

„Wo willst du hin?“, fragte er mit leiser, gefährlicher Stimme.

„Zurück in meine Gefängniszelle. Mir ist der Appetit vergangen.“

Lange sah er sie an, dann machte er eine lässige Handbewegung Richtung Treppe. „Schlaf gut, Felicity.“

Sie ersparte sich eine Antwort und ging trotz ihres heftig pochenden Pulses gemäßigten Schrittes nach oben.

Die Pfeffermühle

Ohne den Bildschirm aus den Augen zu lassen, griff Kyle nach der Tasse Kaffee und nahm einen Schluck. Er verzog das Gesicht. Das Getränk war eiskalt. Frustriert stellte er die Tasse wieder zurück. Seit Stunden saß er vor dem Laptop, um irgendetwas über diesen Rafael herauszufinden, bisher ohne Erfolg. Auch hatte er mit einem Vertrauensmann telefoniert, der ihm versprochen hatte, sich umzuhören. Er sah auf die Uhr. Zeit, sich mit seinem Auftraggeber in Verbindung zu setzen. Nachdem er seinen Mail-Account aufgerufen hatte, gab er eine Adresse ein, dann griff er nach dem 1.200-Seiten-Schinken, der neben ihm auf dem Tisch lag. Sein Klient, ein russischer Milliardär, war nicht nur der Überzeugung, ein direkter Nachfahre der Zarenfamilie zu sein, er war auch ein großer Fan von Margaret Mitchells „Vom Winde verweht". Als Schlüssel für ihre codierten Nachrichten fungierte eine englische Ausgabe des Buchs aus dem Jahre 1972. Am Ende setzten sich die Botschaften ausschließlich aus Ziffern zusammen. 345/12/7 zum Beispiel wies auf Seite 345 hin, 12. Zeile von oben, 7. Wort von rechts. Ein einfacher, aber effizienter Code, der sich bisher gut bewährt hatte. Kyle blätterte eifrig in dem Buch, tippte eine Reihe von Ziffern ein, unterschrieb mit den Initialen R. B. für Rhett Butler, ein kleiner Gag, den er sich gönnte, dann klickte er auf Senden. Eben hatte er seinen Klienten darüber informiert, dass mit dem Ei von Fabergé die Grigori-Sammlung komplett und somit der Auftrag erfüllt war. Nun blieb ihm nichts anderes übrig als zu warten.

Kyle streckte sich ausgiebig und lehnte sich in seinem Sessel zurück. Sein Gast lag immer noch oben und schlief.

Es war erst kurz nach halb zehn, und sie hatte sicher einiges an Schlaf nachzuholen. Er grinste. Wie wütend sie ihn gestern Abend über den Tisch hinweg angeschaut hatte! Ihre smaragdgrünen Augen hatten Funken gesprüht, die direkt in seinen Schwanz gefahren waren. Wäre sie nicht aus dem Zimmer gegangen, hätte er sie vermutlich direkt auf dem Esstisch gefickt.

Ob es ihm gefiel oder nicht: Zwischen ihnen knisterte es gewaltig. So etwas hatte er das letzte Mal vor zehn Jahren erlebt. *Mit Linda.* Er betete inbrünstig, dass sich der Russe schnell zurückmelden würde, damit er den Deal durchführen und die kleine Polizistin wieder loswerden konnte. Sie brachte seinen Alltag durcheinander. Etwas, das er nicht schätzte. Und noch viel weniger schätzte er, seine Triebe nicht unter Kontrolle zu haben. Hatte sich ein Mann nicht im Griff, machte er Fehler. Bis der Russe ihn kontaktierte, würde er Felicity aus dem Weg gehen. Sie war nur eine Frau wie Millionen andere auch. Nichts Besonderes. Er hatte in seinem Leben ganz andere Sachen gestemmt. Die grünäugige Hexe würde er mit links schaffen!

Wie um ihn zu verhöhnen, kam sie keine zehn Minuten später die Treppe heruntergeschwebt. Sie hatte frisch geduscht, ihre rötlich braune Mähne fiel offen über ihre Schultern, einige Strähnen waren noch feucht. Ihre Wangen schimmerten rosig vom heißen Wasser. Sie trug kurze gelbe Shorts und dazu ein enges T-Shirt, das ihre Brüste mehr betonte, als Kyle lieb sein konnte. Vergeblich versuchte er, den Blick von ihren Nippeln abzuwenden, die sich unter dem Stoff deutlich abzeichneten.

„Krieg ich einen Kaffee?“, fragte sie mit einem kleinen Lächeln.

„Natürlich.“

Seine Bewegungen waren fahrig, als er aufstand, um die Espressomaschine anzuwerfen. Er nahm eine Tasse aus dem Schrank, stellte sie unter den 2-fach-Auslauf und betätigte den Knopf.

„Hast du gut geschlafen?“, fragte er sie, während die braune Flüssigkeit ihre Tasse füllte.

„Aber ja“, antwortete sie in einem flötenden Tonfall, bei dem sich die Härchen in seinem Nacken aufstellten.

„Hier“, sagte er knapp und reichte ihr die Tasse.

Vorsorglich machte er einen Schritt nach hinten. Sie umwehte dieser unschuldige Duft von frisch gewaschener Haut, vermischt mit dem Mandelblütenaroma ihres Duschgels. Ihm brach der Schweiß aus.

„Bekomme ich keinen Milchschaum?“, fragte sie und formte ihre Lippen zu einem Schmollmund.

Obwohl in Kyles Kopf die Alarmglocken klingelten, ging er zum Kühlschrank, holte die Milch heraus und bereitete einen Café au Lait zu, den sie mit einem dankbaren Lächeln entgegennahm. Als sie daran nippte, ihn unter ihren dichten Wimpern anfunkelte, wusste er, dass etwas nicht stimmte. Vor allem nicht, als sie mit ihrer Zungenspitze den Schaum von ihren Lippen leckte. Die kleine Schlampe führt etwas im Schilde, dachte er grimmig, konnte jedoch nicht verhindern, dass ihm das Atmen plötzlich verdammt schwerfiel.

Felicity klopfte das Herz bis zum Hals. Ihr Vorhaben mochte dumm und gefährlich sein, dennoch musste sie den Versuch wagen. Die Entscheidung war vor einer Stunde gefallen, als sie aus dem Fenster geschaut hatte. Das Wetter war gut, und es herrschte Ebbe. Ihre Koffer würde sie zurücklassen müssen, doch das Wichtigste hatte sie in ihre Handtasche gepackt. Geld, Papiere und Wäsche zum Wechseln. Ihr Handy hatte sie vergeblich gesucht. Es war anzunehmen, dass Breeze es ihr abgenommen hatte. Jetzt musste sie ihren Entführer nur noch außer Gefecht setzen. Sie war nicht sehr erfahren darin, Männer zu verführen, dennoch vertraute sie darauf, dass er sich an ihre gemeinsame Nacht erinnerte. Sie würde nur den richtigen Knopf drücken müssen.

Wieder fuhr sie sich mit der Zunge über die Lippen

und hörte, wie er die Luft scharf einsog. Sie versuchte, sich ihren Triumph nicht anmerken zu lassen. Und was jetzt? Ohne ihn aus den Augen zu lassen, stellte sie ihre Tasse auf der Küchenzeile ab, und schob sich näher an ihn heran, bis ihre Brüste ihn fast berührten.

„Was soll das hier werden, Felicity? Versuchst du, mich zu verführen?“ Er sprach mit nüchterner Stimme, völlig gelassen, dennoch fackelte sein Blick verräterisch.

Er reagiert auf mich wie ich auf ihn.

„Ich dachte, wenn ich eh hier festsitze, sollte ich das Beste daraus machen.“

Mit den Fingerspitzen strich sie über seine breite Brust. Sie spürte die Wärme seines Körpers unter dem T-Shirt, seine festen Muskel, und musste schlucken. Pass auf, dass du nicht in deine eigene Falle stolperst, ermahnte sie sich.

„Ach wirklich?“

Seine Fingerknöchel schoben sich unter ihr Kinn, um es anzuheben. Er sah sie aus schmalen Augen an. Sein Blick war skeptisch, also setzte sie alles auf eine Karte und presste sich an ihn. Bei der Berührung wurden ihre Nippel hart.

„Ja“, hauchte sie.

Ihr Herz raste. Was, wenn er sie von sich stieß? Doch er tat es nicht. Blickte sie nur aus dunklen Augen an. In einer aufreizenden Bewegung rieb sie sich an ihm und erschauerte, als sie seine wachsende Erregung an ihrem Bauch spürte.

„Verdammt, Felicity!“, fluchte er leise, dann packte er sie am Kragen und stürzte sich gierig auf ihren Mund.

Sein Kuss war hart und voller Wut, und ihr Körper reagierte sofort. Zwischen ihren Beinen begann es zu pochen, und unwillkürlich stöhnte sie auf. Seine Hand, die sich unter ihr Shirt schob, hinterließ eine brennende Spur auf ihrer Haut.

Es ist nur Chemie ... Denk an den Plan!

Während er sie wild an sich presste, griff sie mit der rechten Hand hinter ihm und fand, wonach sie gesucht hatte. Ihre Finger schlossen sich darum. Kurz zögerte sie. Tat sie wirklich das Richtige? Egal, jetzt war es eh zu spät, einen Rückzieher zu machen. Sanft löste sie ihre Lippen von seinen, was ihr sehr schwer fiel.

„Wir sollten lieber oben weitermachen, meinst du nicht?"

Mit einem Lächeln tat sie einen Schritt nach hinten, dann holte sie mit der schweren Pfeffermühle aus und traf ihn mit voller Wucht seitlich an der Schläfe. Der Punkt war gut gewählt, denn er schwankte heftig, nichtsdestotrotz versuchte er, nach ihr zu greifen. Also schlug sie ein zweites Mal zu. Unwillkürlich schossen ihr die Tränen in die Augen, als er mit einem Ächzen zusammenbrach. Die Pfeffermühle fallenlassend fing sie seinen Kopf gerade noch rechtzeitig auf, bevor dieser auf dem harten Küchenboden aufschlagen konnte. Seine Augenlider flatterten, dann rollte sein Kopf leblos zur Seite.

Wohl wissend, dass ihr nicht viel Zeit blieb, bis er wieder zu Bewusstsein kam, schnappte sie sich das erstbeste Messer aus dem Messerblock, rannte so schnell sie konnte nach oben, um ihre Handtasche zu holen, die sie im Gang zurückgelassen hatte, dann stürzte sie die Treppe wieder hinunter, um nach draußen zu gelangen. Sehr schnell wurde ihr klar, dass sie die schwere Eingangstür, die sie von der Freiheit trennte, unmöglich auf die Schnelle aufbekommen würde. Also beschloss sie, durch eines der benachbarten Fenster zu klettern. Sie legte das Messer beiseite, schnappte sich eine Vase und zertrümmerte damit die Fensterscheibe. Schon ging der Alarm los, mit einem langen schrillen Ton, der Tote aufwecken konnte. Hektisch schlug sie mit der Vase die abstehenden spitzen Glasreste weg, bis sie gefahrlos durchs kaputte Fenster schlüpfen konnte. Sie landete in einem kleinen Garten, der von einer sanft geschwungenen weißen Mauer umgeben war. Ein buschiger Band aus blauen und rosa Hortensien davor schützte vor unliebsamen Einblicken.

Lauf, Felicity, lauf!

Sie rannte auf das Tor zu, das zum Glück offen war, und gelangte auf einen Weg, der sich durch die Heide bis zum Horizont schlängelte. Mit wild flackerndem Blick musterte sie ihre Umgebung. Breezes Zufluchtsort war eine zweistöckige Flachdachvilla, die sich trotz oder vielleicht gerade wegen ihres modernen Designs perfekt in die Landschaft einfügte. Ein wirklich hübsches Fleckchen Erde, das er sich da ausgesucht hatte! Auch wenn es sehr abgelegen war.

Apropos abgelegen …

Vermutlich waren sie mit dem Auto hergekommen! Mit einem Blick sah sie, dass der Zugang zur Tiefgarage versperrt war, also überlegte sie nicht lange und sprintete los. Der Kies knirschte laut unter ihren Füßen, der Wind zerrte wild an ihrer Kleidung, als wollte er sie mit aller Gewalt von ihrem Vorhaben abbringen. Nach einigen Metern gabelte sich der Weg. Geradeaus ging er in eine geteerte Straße über, die weiter durch die Heidenlandschaft führte, links wand sich ein Trampelpfad hinunter zum Strand. Sie musste nicht lange überlegen. Ginge sie den Weg geradeaus weiter, wäre sie meilenweit zu sehen. Unten zwischen den Felsen gelänge es ihr leichter, sich zu verstecken, abgesehen davon, dass der Wind dort sicherlich etwas gnädiger mit ihr verfahren würde. Natürlich bestand die Gefahr, dass die Flut sie einschloss. Doch es war noch Morgen. Bis das Wasser käme, würde es noch Stunden dauern.

Bereits zehn Minuten später bedauerte sie ihre Entscheidung. Den Weg über den Strand zu nehmen, war eine dumme Idee gewesen. Obwohl sie körperlich fit war, keuchte sie bereits wie eine alte Lokomotive. Der Sand unter ihren Füßen war zu weich, und sie sackte bei jedem Schritt ein. Zwar hatte die Sonne noch nicht ihren Zenit erreicht, dennoch rann ihr der Schweiß zwischen den Brüsten hinab, und ihre Lunge brannte. Sie kam viel zu langsam voran. Von dem Haus auf dem Felsen trennten sie nur wenige hundert Meter. Ihr eigener hechelnder Atem klang ihr überlaut in den Ohren, vermischte sich mit dem Rauschen des Ozeans, so dass sie bald das eine vom anderen nicht unterscheiden konnte. Da erspähten ihre Augen etwas Dunkles am Horizont. Ein Haus vielleicht? Das Adrenalin jagte durch ihren Körper. Wenn sie es bis dahin schaffte, hatte sie eine Chance, zu entkommen.

Und was dann?

Was, wenn er das Video veröffentlichte? Ein Schluchzen entwich ihrer Kehle, hastig verdrängte sie den Gedanken. Sie stakste weiter, wischte sich übers Gesicht, spürte, wie das T-Shirt an ihrem Körper klebte. Sie war eine Kämpferin, sie würde es schaffen!

Ein Geräusch hinter ihr riss sie plötzlich aus ihren Gedanken. Alarmiert wirbelte sie herum, doch da war niemand. Ohne den Blick abzuwenden, rannte sie weiter und prallte mit voller Wucht gegen eine Wand, wobei ihr die Luft brutal aus der Lunge gepresst wurde. Wild mit den Armen rudernd versuchte sie, das Gleichgewicht zu halten, als eine Hand vorschoss und sie unsanft am Oberarm packte. Es war keine Wand, die direkt vor ihr aufragte. Es war Breeze. Und er war stinkwütend! Sie bemerkte das dünne Rinnsal Blut an seiner Schläfe und bekam es mit der Angst zu tun. Wie leicht es ihm fiel, Menschenleben auszulöschen, hatte sie mit eigenen Augen gesehen.

„Wo willst du hin, Felicity?“, knurrte er.

Wie die Schlange das Kaninchen starrte sie ihn an, unfähig zu sprechen.

„Ich hätte dich wirklich für klüger gehalten.“

Ihre Blicke verhakten sich ineinander, dann veränderte sich etwas in seinen Augen, und ihr Blut geriet unvermittelt in Wallung.

„Vielleicht willst du auch nur spielen“, sagte er leise. „Ist es das, was du willst?“ Ein kleines gemeines Lächeln legte sich auf sein Gesicht. „Das kannst du haben.“

Er zog sie an den Haaren und presste die Lippen auf

ihre. Grob zwängte er seine Zunge in ihren Mund. Sie versuchte, ihn wegzuschieben, doch er war zu stark. In ihrer Panik trat sie nach ihm, da hob er sie kurzerhand auf seine Hüften und trug sie zu einer der gewaltigen Felswände, die den Strand säumten. Ohne auf ihren Protest zu achten, stellte er sie wieder auf die Füße und presste sie gegen den Stein, seinen Unterleib fest an ihrem Körper. Erregung vermischt mit Angst durchströmte sie.

„Du warst also vorhin scharf auf mich, ja?", grollte er, während seine fieberhaften Hände sich am Knopf ihrer Shorts zu schaffen machten.

„N... nein ... Ich ..."

Er schob die Hand in ihr Höschen und stieß ohne Vorwarnung seine langen Finger in sie. „Nun, anscheinend hat dein kleiner Strandspaziergang nichts daran ändern können", flüsterte er. Seine Stimme hatte einen heiseren Klang angenommen. „Du bist ganz feucht."

Als er mit dem Daumen nicht gerade sanft über ihren Kitzler rieb, biss sie sich fest auf die Unterlippe, um nicht laut aufzustöhnen. Ihre Knie wurden butterweich, und plötzlich war sie froh, den Felsen in ihrem Rücken zu haben. Ohne seine lustvolle Massage zu unterbrechen, griff er nach ihrer rechten Hand und presste sie in seinen Schritt. Sein harter Schwanz unter dem Jeansstoff jagte ihr einen lustvollen Schauer über den Rücken, was ihm keineswegs entging. Er packte ihr Kinn, fest, fast schmerzhaft, und schaute ihr geradewegs in die Augen, während er sie weiter mit seinen Fingern stieß. Gnadenlos sah er zu, wie sich der drohende Höhepunkt langsam auf ihrem Gesicht abzeichnete, erhöhte nach und nach den Druck, bis sie kurz davor stand, zu kommen. Dann zog er seine Finger zurück.

Scheißkerl!

„Du glaubst doch nicht, dass du dafür", er zeigte auf seine blutende Schläfe, „auch noch belohnt wirst?"

Ehe sie reagieren konnte, warf er sie sich wie ein Sack Mehl über die Schulter, gleichzeitig hob er ihre

Handtasche vom Boden auf.

„Lass mich los!“, quietschte sie, doch ihr Protest war vergebliche Liebesmühe, genauso wie ihre wild strampelnden Beine.

„Hör auf zu zappeln, Felicity, sonst werfe ich dich ins Meer“, knurrte er.

Er ging den gleichen Weg zurück, den er offenbar genommen hatte, um hierher zu gelangen, nämlich einen Trampelpfad durch die Felsen, ähnlich dem, den sie entlanggegangen war. Oben angekommen nahm er den Weg zurück zum Haus. Obwohl er kein Wort sagte, spürte sie, wie sein Körper vor Energie vibrierte. War es Wut? Verlangen? Oder beides? Bereits nach kurzer Zeit durchquerte er den Garten und öffnete mit einem Fußtritt die Eingangstür, die nur angelehnt gewesen war. Doch statt sie nach oben zu tragen, wie sie es erwartet hatte, stellte er sie in der Küche ab. Dort, wo sie ihn niedergeschlagen hatte.

Sie wankte leicht, musste sich am Tresen festhalten und stellte zu ihrem Entsetzen fest, dass sie zwischen den Beinen noch nasser war als vorher.

„Auf die Knie!“, befahl Breeze mit harter Stimme, nachdem er zwei Topflappen auf den Boden geworfen hatte. „Oberkörper nach vorne und Arsch hoch.“

Ungläubig starrte sie ihn an. „W…was?“

„Du hast gehört, was ich gesagt habe.“

Mit wild hämmerndem Herzen kam sie seiner Aufforderung nach. Rüde packte er ihre Shorts und zog sie herunter. Das Gleiche tat er mit dem Höschen. Ihr Gesicht brannte vor Scham, im Gegenzug entfaltete sich unter ihrer Haut ein wahrer Flächenbrand. Eine geschlagene Minute stand er schweigend hinter ihr, genoss den Anblick und ihre Verlegenheit.

„Und jetzt machst du den Mund auf.“

„Aber …“, versuchte sie zu protestieren.

„Du hast zwei Sekunden, um zu tun, was ich von dir verlange“, sagte er. „Tust du es nicht, finde ich einen anderen Weg, dir Gehorsam beizubringen."

Gott, steh mir bei!

Das war das Heißeste, was ein Mann je zu ihr gesagt hatte.

Zögernd öffnete sie den Mund. Schon steckte er ihr die schwere Pfeffermühle, die in der Mitte schmal zusammenlief, zwischen die Zähne. Anschließend packte er ihre Haare und zwang ihren Kopf in den Nacken.

„Wenn du es schaffst, die Mühle fünf Minuten im Mund zu behalten, bist du frei zu gehen, wohin du willst", sagte er mit einem anzüglichen Lächeln. „Hast du mich verstanden?"

Eigentlich hätte sie entsetzt sein müssen, wütend und weiß Gott was noch alles, doch im Moment beherrschte das lustvolle Pochen in ihrem Schoß ihr ganzes Denken. Sie nickte. Und keuchte, als seine Finger ihre Schamlippen teilten und in sie eindrangen. Ein warmer Atem strich über ihren Po.

„Und ich will keinen Ton aus deinem Mund hören!"

Wieder nickte sie und stöhnte laut auf, als er ihren Kopf losließ und seine Finger durch seine Zunge ersetzte. Ihr Herz flatterte. Die Pfeffermühle in ihrem Mund ebenfalls. Prompt krallten sich seine Nägel schmerzhaft in ihren nackten Po.

„Was habe ich gerade gesagt?"

Sie beugte den Kopf, um ihre Demut zu zeigen. Und spürte, wie die Feuchtigkeit aus ihr heraustrat.

„Also gut. Wo waren wir stehengeblieben? Ah, ja …"

Seine Zunge drang in rhythmischen Bewegungen in sie ein, während seine Finger um ihren Kitzler kreisten.

„Du triefst ja vor Geilheit, Felicity", sagte er mit rauer Stimme. „Wir beide werden viel Spaß miteinander haben."

Je intensiver er sie leckte, desto mehr breitete sich die Hitze in ihrem Unterleib aus. Wo war nur ihre Selbstachtung geblieben? Er hatte Recht gehabt. Sie war scharf auf ihn, und wie! Seit sie ihn im Hotelzimmer das erste Mal gerochen hatte, lechzte sie nach ihm. Eigentlich seit dem Vorfall im Treppenhaus in New York, wenn sie ehrlich war. Wollüstig schob sie ihm ihren Po entgegen. Während seine Zunge sie hemmungslos fickte, trieben seine Finger sie immer mehr auf den Höhepunkt zu. Von Sekunde zu Sekunde wurde die Mühle in ihrem Mund schwerer, drohte seitlich wegzukippen, doch sie hielt sie tapfer zwischen den Zähnen, sogar als er ihren Kitzler rieb. Ihr Kiefer tat weh, so sehr verkrampfte sie sich. Sie versuchte, an etwas anderes zu denken, doch das war schier unmöglich. Das hier war möglicherweise ihre Fahrkarte in die Freiheit, doch tief in ihrem Innern wusste sie bereits, dass es nur ein frommer Wunsch bleiben würde. Was, so pervers es auch klang, ihr Verlangen noch steigerte. Als er den Druck auf ihrer Lustperle verstärkte und gleichzeitig über ihren nassen Spalt leckte, begann sie am ganzen Körper zu zittern.

Dann nannte er sie eine geile Schlampe, und sie verlor die Kontrolle. Keuchend drückte sie den Rücken durch, ihre Beine zuckten, und sie öffnete den Mund. Zeitgleich mit ihrem Stöhnen fiel die Pfeffermühle polternd zu Boden. Seine Zunge zog sich zurück, und sie hörte sein dunkles Lachen in ihrem Rücken. Doch es war ihr gleich. Während er mit seinem Daumen ihren Kitzler rieb, um ihren Orgasmus in die Länge zu ziehen, gab sie sich ihren Zuckungen hin. Sie keuchte, stöhnte, presste sich ihm hemmungslos entgegen, bis ihr Höhepunkt abebbte. Ihr galoppierender Herzschlag beruhigte sich nur langsam, und sie ließ mit geschlossenen Augen den Kopf baumeln. Da umfasste seine Hand ihren Oberarm, um ihr sanft aufzuhelfen. Etwas zittrig hielt sie sich an ihm fest, ihre Beine fühlten sich wie Pudding an.

„Schwein“, stammelte sie heftig nach Luft ringend.

„Ich weiß, Baby.“ Seine Augen senkten sich träge. „Trotzdem bin ich noch nicht fertig mit dir. Ich werde dich jetzt ficken, bis du nur noch Sterne siehst.“

Und das war das Zweitheißeste, was ein Mann je zu ihr gesagt hatte.

Sie wehrte sich nicht, als er sie hochhob und sie auf dem Küchentresen platzierte. Die kalte Marmoroberfläche unter ihrem nackten Hintern ließ sie nach Luft schnappen. Schnell hatte er ihre Shorts und ihr Höschen von den Knöcheln gezogen. Ohne seinen brennenden Blick von ihrem Gesicht abzuwenden, spreizte er ihre Beine und öffnete seine Jeans, die ihm bis zu den Knien hinunterrutschte. Sein schwarzer Slip nahm den gleichen Weg. Breeze hatte einen prachtvollen Schwanz, groß und schwer, der Felicity einen trockenen Hals bescherte. Als sie ihn anfassen wollte, schob er ihre Hand zur Seite. Offenbar war er des Vorspiels müde. Er packte ihre Hüften und trieb mit einem kräftigen Stoß seine Härte in sie. Bevor sie etwas sagen konnte, senkten sich seine Lippen auf ihre. Sie schlang ihre Arme und Beine um ihn, während er sie hart fickte, krallte sich mit aller Macht an ihm fest. Es war beängstigend, wie heftig sie auf ihn reagierte. Berührte er sie, schaltete sich ihr Verstand vollständig aus. Was höchst bedenklich war, schließlich war der Mann ein gesuchter Verbrecher. Ein *von ihr* gesuchter Verbrecher! Darüber galt es nachzudenken, ernsthaft nachzudenken, aber nicht jetzt. Später vielleicht.

„Breeze ...“, hauchte sie.

Kurz hielt er inne, suchte ihren Blick.

„Kyle“, murmelte er, dann nahm er seine Stöße wieder auf. „Ich heiße Kyle.“

Kyle.

Aus einem unerfindlichen Grund musste sie lächeln. Der Name passte zu ihm. Schon hob er sie vom Tresen und schob sie noch tiefer auf seine Härte, auf und ab, während sie glaubte, zu explodieren. Sie war noch nie auf diese Weise genommen worden. Sein hechelnder Atem kitzelte ihre Stirn. Warm und abgehackt. Die nächste Welle der Lust, die über sie hineinbrach, riss ihn mit. Sein Körper versteifte sich und wurde hart, dann erbebte auch er unter einem gewaltigen Orgasmus. Während er sich stöhnend in ihr entlud, hielt er sie fest wie in einem

Schraubstock. Ungeachtet der Tatsache, dass ihre Beine vor Anstrengung zitterten, umschlang sie ihn, den Kopf in seiner Halsbeuge geborgen, bis seine Lust langsam abflaute. Schließlich zog er sich mit einem leisen Seufzen aus ihr heraus und setzte sie wieder auf den Tresen. Sein Sperma sickerte aus ihr, besudelte die Granitplatte seiner sündhaft teuren Küche, was ihn kein bisschen zu stören schien.

„Ich hoffe, du wirst nicht noch einmal so etwas Dummes anstellen", keuchte er.

Sanft fuhr sie über die verkrustete Wunde an seiner Schläfe, bevor sie die Hände nach hinten stützte und ihm ihre Brüste herausfordernd entgegenstreckte. „Es wäre einen Versuch wert, finde ich", flüsterte sie und spreizte leicht die Beine.

Eine unbequeme Wahrheit

Später am Tag lockte der Duft von gebratenem Speck sie nach unten in die Küche. Viele Dinge waren ihr in den letzten Stunden durch den Kopf gegangen. Viele unbequeme Wahrheiten wie die Tatsache, dass der Sex mit ihm ein schlimmer Fehler gewesen war.

Es geschah in bester Absicht. Ich wollte ihn überlisten, und es ist aus dem Ruder gelaufen. Es war ein Unfall!

Auf der Treppe stockte sie mitten im Schritt. Kyle stand am Herd in einer lockeren schwarzen Hose und einem dunkelblauen, langärmeligen Shirt. Ihr Herz geriet bei seinem Anblick aus dem Takt, und sie ballte die Fäuste, spürte, wie sich ihre Fingernägel schmerzhaft in die Haut bohrten. Wem wollte sie etwas vormachen? Ein Unfall? Lächerlich! Sie musste dem Ganzen ein Ende setzen, und zwar sofort.

„Schön, dass du kommst", sagte er, bevor sie den Mund aufmachen konnte. „Wir essen gleich draußen auf der Terrasse. Ich hoffe, das ist für dich okay."

„Natürlich." Sie räusperte sich. „Was gibt es denn?"

„Käseomelett mit Speck und grünem Salat."

„Klingt gut."

Leicht verunsichert sah sie ihn an, doch weil er seine Augen weiter auf die Pfanne gerichtet hielt, verlor sie den Mut und wandte sich ab. Durch die Terrassentür sah sie, dass er den Tisch bereits gedeckt hatte, also wanderte sie unschlüssig im Wohnzimmer umher. Aus dem CD-Player unter dem Flachfernseher erklang „Like A Hobo" von Charlie Winston. Ein Song, den sie mochte. Auf der Kommode daneben entdeckte sie einige gerahmte Fotos und trat neugierig näher. Es waren die üblichen

Aufnahmen. Spielende Kinder im Garten, eine posierende Familie in Sonntagskleidung, weichgespülte Einzelporträts auf grauem Fond. Felicity suchte vergeblich nach einem Foto von Kyle. Das Bild eines lächelnden Paares um die Sechzig auf einem Waldweg erregte ihr Interesse.

„Sind das deine Eltern?“, rief sie.

„Was?“

Mit dem Foto in der Hand ging sie zu ihm. Er war gerade dabei, das Omelett auf zwei Tellern zu verteilen.

„Oh“, sagte er, nachdem er einen Blick darauf geworfen hatte. „Nein, ich weiß nicht, wer diese Leute sind. Die Fotos gehören zur Inneneinrichtung.“

Perplex schaute sie ihn an. „Das ist das Traurigste, was ich je gehört habe!“

„Glaube ich kaum“, entgegnete er ungerührt. „Komm, lass uns essen.“

Er nahm ihr das Foto weg und drückte ihr stattdessen eine Schüssel grünen Salat in die Hand. Felicity aß leidenschaftlich gern im Freien, und normalerweise hätte sie es genossen, doch die düstere Stimmung, die auf ihr lastete, färbte sich auf Kyle ab, und so aßen sie schweigend, jeglichen Blickkontakt vermeidend. Zu hören waren nur das Rauschen des Meeres und Charlie Winston, der im Hintergrund eine Ballade nach der anderen zum Besten gab. Irgendwann hielt Felicity das Schweigen nicht mehr aus und legte das Besteck sachte beiseite.

„Kyle?“

Er senkte seine Gabel. „Was ist?“

„Das zwischen uns heute war ein Fehler.“

„Ich weiß.“ Er brach ein Stück Baguette ab, das er neben seinen Teller legte. Dann schaute er auf. Seine blauen Augen blickten reserviert. Kaum vorstellbar, wie hungrig der Ausdruck darin noch vor wenigen Stunden gewesen war. „Ich weiß aber auch, dass es wieder passieren wird, solange du hier bist. Zwischen uns besteht eine starke sexuelle Anziehungskraft. Das ist lästig, aber leider nicht zu ändern. Wir sollten es akzeptieren.“

Lästig?

Sie ersparte sich die Mühe, ihrer Entrüstung Ausdruck zu verleihen. „In Ordnung." Dennoch fiel ihr Lächeln gequält aus. „Benehmen wir uns wie Erwachsene."

„Gut, dann sind wir uns ja einig. Wann wirst du in New York zurückerwartet?"

„In drei Tagen", murmelte sie.

„Das kriegen wir hin", antwortete er leichthin. „Ich schätze, in spätestens 24 Stunden höre ich von meinem Kontakt, und danach dauert es erfahrungsgemäß höchstens einen Tag, bis die Sache über die Bühne geht." Er warf ihr einen anzüglichen Blick zu. „Das Ficken wird uns die Wartezeit versüßen."

Jäh errötete sie. Nicht vor Scham, sondern vor Wut.

„Sicher", würgte sie heraus, während sie sich diverse Methoden ausmalte, wie sie ihm sein Herz möglichst qualvoll herausreißen konnte.

Wie durch ein Wunder überstand sie den Rest des Tages, ohne ihm die Augen auszukratzen. Entgegen allen Erwartungen verlief dieser sogar relativ harmonisch. Sie hatte sich aus seiner umfangreichen Bibliothek einen dicken Wälzer von Ken Follett herausgepickt und verbrachte den Nachmittag lesend in der Sonne, während er das kaputte Fenster am Eingang mit Holzbrettern notdürftig zunagelte, um sich anschließend an den Rechner zu setzen. Das Lesen war eine willkommene Ablenkung, die sie am Grübeln hinderte. Trotz ihres inneren Aufruhrs empfand sie die Ruhe in diesem abgelegenen Haus am Meer als wohltuend. Ihr letzter Urlaub lag zwei Jahre zurück, und sie konnte sich nicht erinnern, wann sie abgesehen von Thanksgiving und Weihnachten das letzte Mal den Tag mit Müßiggang verbracht hatte.

„Dein Haus ist wunderschön, aber es fehlt etwas", sagte sie, als er sich irgendwann zu ihr auf die Terrasse gesellte.

Er schnaubte. „Sag jetzt bloß nicht, eine weibliche Hand."

„Nein.“ Sie lächelte. „Ein Hund.“

Überrascht blickte er sie an. „Ein Hund?“

Sie nickte. „Er würde das Haus bewachen, du könntest mit ihm am Strand spazieren gehen, und balgen könntest du dich auch mit ihm.“

Dann wäre das Haus nicht so leer und einsam.

Statt einer Antwort warf er ihr einen unergründlichen Blick zu. Ihr Herzschlag beschleunigte sich, und sie blinzelte.

„Hattest du schon mal einen Hund?“, fragte sie hastig nach.

„Ich hätte gern einen gehabt, aber ...“

„Zu oft unterwegs?“

Sein Gesicht verzog sich zu einem Lächeln, das sie traurig stimmte. „So in etwa.“

„Schade“, antwortete sie, bevor sie die Nase schnell wieder in ihr Buch steckte.

Nach dem Abendessen, bei dem es Risotto gab, Kyles Gerichte waren allesamt einfach aber schmackhaft, wie sie widerwillig zugeben musste, zappten sie eine Weile durchs französische Fernsehprogramm. Einen fröhlichen Moment gab es tatsächlich, als sie gemeinsam eine Folge „CSI Miami“ schauten und wegen der katastrophalen französischen Synchronisation in lautes Lachen ausbrachen. Hinterher entschuldigte sie sich und ging fluchtartig nach oben. Er hielt sie nicht zurück.

Später lag sie im Bett und hörte, wie er zwei Türen weiter sein Schlafzimmer betrat. Obwohl sie ihre Tür wohlweislich abgeschlossen hatte, war sie enttäuscht, als er daran vorbeiging, ohne innezuhalten oder langsamer zu werden.

Sei froh, du dumme Nuss!

Sie lag noch lange wach, hörte, wie der Parkettboden knarzte, als er in seinem Schlafzimmer umherging. Eine Schranktür wurde geöffnet und wieder geschlossen. Wasser rauschte durch die Leitung. Vermutlich hatte er sich gerade bettfertig gemacht. Ob er nackt schlief? Felicity starrte wütend an die Decke. Herrgott, sie musste damit aufhören! Sie drehte sich auf die Seite und schaute aus dem Fenster. Unwillkürlich hatte sie das Bild vor Augen, wie sie auf den Knien gelegen hatte, während er sie nach aller Regel der Kunst verwöhnt hatte. Leise fluchend schaltete sie ihre Nachttischlampe wieder an und schnappte sich den Ken Follett. Sie würde die ganze Nacht durchlesen, wenn es sein musste!

Wer wagt, gewinnt

Tatsächlich gelang es ihr bis zum frühen Nachmittag des darauffolgenden Tages Kyle aus dem Weg zu gehen, zumal er keine Zeit gehabt hatte, mit ihr gemeinsam zu essen. Bis er plötzlich vor ihr stand. Ein gereizter Ausdruck lag auf seinem Gesicht.

„Lass uns einen Spaziergang machen", sagte er in einem Tonfall, der keinen Widerspruch zuließ.

Mit einem Seufzen legte sie den Ken Follett zur Seite. „Du hast noch keine Antwort", mutmaßte sie.

„Nein", antwortete er kurz angebunden.

Skeptisch blickte sie aufs Meer hinaus. Noch strahlte der Himmel über der Küste blau, doch am Horizont zogen von Westen her schwarze Wolkenschleier herauf. Offenbar braute sich dort ein Unwetter zusammen.

„Bist du sicher, dass jetzt der richtige Zeitpunkt für einen Spaziergang ist?", fragte sie.

„Bis der Sturm auf die Küste trifft, sind wir längst wieder zurück."

Sie blickte auf ihr leichtes Sommerkleid hinunter. „Vielleicht sollte ich mir etwas anderes anziehen."

„Unsinn."

Keine zehn Minuten später schlenderten sie nebeneinander am Strand entlang, in einträchtigem Schweigen und mit nur einer Handbreit Platz zwischen ihnen. Obwohl er sie nicht berührte, war sie sich jede Sekunde seiner Gegenwart bewusst. Er schien tief in Gedanken versunken, also verwickelte sie ihn nicht in ein Gespräch, sondern suchte vielmehr mit den Augen den Boden nach Muscheln ab. Ungeachtet seines amüsierten Blickes hob sie besonders hübsche Exemplare auf, wischte den Sand ab und betrachtete sie im Gegenlicht. Als sie eine große Muschel ans Ohr legte, um zu horchen, und er sie deswegen auslachte, streckte sie ihm die Zunge heraus.

Irgendwann setzten sie sich in den Sand und blickten auf Meer hinaus. Als sich ihre Hände zufällig berührten, zuckte sie verlegen zurück. Er sagte kein Wort. Dann erhob sich der Wind mit einem Schlag, und ehe sie sich versahen, wurde der letzte blaue Fetzen am Himmel von dunklen Wolken verschluckt. Blitzende Schlangen durchzuckten die Lüfte, begleitet von heftigen Donnerschlägen. Es gab einen kurzen Moment der Stille, dann öffnete der Himmel seine Schleusen. Dicke Tropfen strömten auf sie herab, und natürlich gab es nirgendwo eine Möglichkeit, sich unterzustellen. Wie selbstverständlich verschlang Kyle seine Finger mit ihren, wobei sie zu verblüfft war, um es zu verhindern. Die Muscheln flogen in alle Richtungen, als sie durch den prasselnden Regen rannten, so schnell es eben ging, wenn man sich durch den feuchten Sand kämpfen musste. Schon nach wenigen Metern klebte das Kleid an ihrem Körper, kurz danach war auch ihre Unterwäsche durchnässt. Zu allem Überfluss peitschte ihr der Wind das nasse Haar ins Gesicht. Die Temperaturen kühlten sich schnell ab, und bald konnten sie kaum die Hand vor den Augen sehen, so dicht war der Regen. Sie stolperte, doch Kyle zog sie unbarmherzig hinter sich her. Auch seine Sachen waren völlig durchnässt, und sie kam trotz der Situation nicht umhin, die Muskeln zu bewundern, die sich unter seinem Shirt abzeichneten.

Im Haus angekommen schüttelten sie sich wie zwei Hunde.

„Ab unter die Dusche!“, sagte er und zerrte sie nach oben in sein Schlafzimmer.

„Aber …“

„Keine Widerworte. Du willst dich doch nicht erkälten?“

Er stieß die Tür zum Badezimmer auf und begann sich

auszuziehen.

„Gemeinsam?“, quiekte Felicity.

„Warum nicht?“, antwortete er mit einem kleinen und, wie sie fand, hinterhältigen Lächeln.

„Hast du das eingefädelt?“

„Was eingefädelt?“

Schon hatte er sein Shirt ausgezogen.

„D… das Unwetter?“

Dann war seine Hose dran.

„Jetzt mach mal halb lang, Felicity. Bin ich vielleicht ein Wettergott?“

Schwups! Jetzt war es seine Unterhose, die quer durch den Raum flog.

Wie hypnotisiert starrte sie ihn an, verschlang ihn förmlich mit den Augen, schließlich war es das erste Mal, dass sie ihn nackt sah. Sein Körper war sehnig und muskulös, er hatte breite Schultern und Haarwuchs auf der Brust, wie sie es bei einem Mann mochte, einen harten Bauch und … Sie wandte abrupt den Blick ab. Erst da bemerkte sie das Tattoo auf seinem linken Oberarm.

„W… w…?“ Sie klapperte so heftig mit den Zähnen, dass sie ihre Frage nicht ausformulieren konnte.

Mit einem Schritt war er bei ihr. „Verdammt, Baby, zieh das nasse Teil aus! Du wirst dir noch den Tod holen.“

Wie praktisch!, dachte sie, ließ ihn dennoch gewähren, als er ihr aus dem Kleid half. Auch dann, als er den Verschluss ihres BHs öffnete und von der Haut streifte. Ihren Slip zog sie selbst aus. Zu spät fiel ihr auf, wie aufreizend die Pose wirken musste. Ihr leicht nach vorne gebeugter Körper, ihre baumelnden Brüste, ihr nach hinten gestreckter Po ... Als sie sich wieder aufrichtete, kreuzte sie seinen brennenden Blick, und die Zeit stand für einen kurzen Moment still. Das Unwetter befand sich jetzt genau über ihnen. Draußen brüllte und toste der Sturm, der Wind schmetterte die Wellen mit ungeheurer Wucht gegen die Felsen, und Felicity fühlte sich wie in einer viel zu engen Boje inmitten des entfesselten Ozeans. Im

Badezimmer wurde es schummrig, doch Kyle verzichtete darauf, das Licht einzuschalten, wofür ihm Felicity dankbar war. Ohne sie aus den Augen zu lassen, drehte er die Dusche auf, bis das Wasser die richtige Temperatur hatte, dann schob er sie in die Kabine. Als der breit gefächerte warme Strahl auf sie herunterprasselte, seufzte sie. Mit beiden Händen fuhr sie sich durch die Haare, vergaß für einen kurzen Moment alles um sich herum, genoss, wie das Wasser ihre Brüste und ihren Bauch herunterrann. Da spürte sie seine Hitze auf ihrer Haut, und in ihrem Unterleib flatterte es. Seine Hände seiften ihre Schultern ein, langsam und ausgiebig, wanderten ihren Rücken hinunter und packten ihren Hintern, um ihn sanft zu kneten.

„Kyle …“, protestierte sie halbherzig, als er sich an sie drängte.

Sein harter Schwanz rieb sich an ihr, während seine Hände nach vorne zu ihren Brüsten wanderten, um mit ihren Nippeln zu spielen. Sie spürte seine Zunge an ihrem Ohr und lehnte sich gegen seinen festen Körper.

„Ich bin zu klein“, flüsterte sie.

Er drehte sie herum, drückte sie gegen die geflieste Wand und hob sie auf seine Hüften.

„Nein“, sagte er und drang vorsichtig in sie ein. „Du bist genau richtig.“

Sie schlang ihre Beine um ihn, schloss die Augen, genoss wie er langsam vor und zurück glitt, mit seinen Händen an ihrem Hintern, um sie zu stützen. Das warme Wasser strömte über ihre dampfenden Leiber, hüllte sie in einen schützenden Kokon.

„Sieh mich an, Baby“, forderte er mit rauer Stimme.

Sie öffnete die Augen. Er umfasste sie nur noch mit einem Arm, mit dem anderen stützte er sich an den Fliesen ab. Mit jedem Stoß kam er tiefer, bis er ganz in ihr drin war, dann hielt er kurz inne, um sie anzuschauen. Während er ihren Blick mit seinen blauen Augen gefangen hielt, rann das Wasser in Bächen über sein Gesicht, ließ ihn wie eine Statue aussehen. Ihr Herz zog sich schmerzhaft zusammen.

„Unsere gemeinsame Zeit ist begrenzt“, sagte er leise. „Lass uns das Beste daraus machen.“ Er hatte ihre eigene Formulierung benutzt, nur dass sie diesmal ernst gemeint war.

„Ja, Kyle“, raunte sie.

Mit dem Gewicht seines Körpers presste er sie an die Wand und stieß härter zu. Felicity war wie berauscht vom Spiel seiner Muskeln unter ihren Händen und stellte sich vor, wie sich sein praller Hintern bei jeder Bewegung zusammenzog und wieder entspannte. Je heißer die Begierde durch ihre Adern schoss, desto schwerer wurde ihr Herz, und sie bekam keine Luft mehr.

Ich mag ihn.

Sogar sehr.

Als er sich mit einem Stöhnen entlud und sein Körper unter ihren Händen erbebte, weinte sie. Damit er es nicht sehen konnte, vergrub sie ihr Gesicht in seiner Schulter.

„Tut mir leid, Baby“, keuchte er. „Ich fürchte, du bist gerade etwas zu kurz gekommen.“

„Nein, bin ich nicht“, nuschelte sie und streifte seinen Nacken mit ihren Lippen. „Aber wenn wir noch länger hier bleiben, wachsen mir noch Kiemen, fürchte ich.“

Sein schiefes Grinsen zog ihr den Boden unter den Füßen weg, vielleicht lag es aber auch daran, dass Sex unter der Dusche körperlich anstrengend war. Als sie taumelte, packte er sie fest an der Hand und drehte das Wasser ab. Sachte zog er sie aus der Dusche, schlang ein Badetuch um sie und rieb sie trocken, anschließend zog er ihr einen Bademantel an. Benommen starrte sie ins Leere.

„Alles in Ordnung?“, fragte er besorgt.

Sie nickte.

Es ist nur Sex.

„Sicher?“ Er hauchte ihr einen Kuss auf die Stirn. „Habe ich dir wehgetan, Baby?“

„Nein, Kyle. Es war … schön.“

Versonnen ließ sie ihren Finger über sein Schlüsselbein wandern, beobachtete fasziniert, wie Gänsehaut seinen nackten Körper bedeckte. Sie atmete tief durch.

Nur Sex.

„Du solltest dich abtrocknen“, murmelte sie. „Sonst wirst du dich erkälten.“

Lächelnd strich er eine nasse Strähne ihres Haares hinter ihr Ohr. „Du hast Recht.“

Als er sich abwandte, fiel ihr Blick wieder auf das Tattoo auf seinem linken Oberarm: ein Dolch, der von zwei Flügeln getragen wurde, begleitet von der Inschrift *Who Dares Wins*. Wer wagt, gewinnt. Und darunter: Special Air Service Regiment.

„Du warst bei der australischen Spezialeinheit?“, hauchte sie.

„Ist lange her“, brummte er kurz angebunden und griff nach einem Handtuch.

Später lagen sie eng umschlungen auf seinem Bett. Noch immer trugen sie ihre Bademäntel. Viele Dinge gingen Felicity durch den Kopf, während sie fast zwanghaft mit den Fingerspitzen über seine weichen Brusthaare strich. Kyle hatte einmal zu den Guten gehört. Was war geschehen? Warum hatte er die Seiten gewechselt?

„Kyle, wegen …“

„Nein!“ Sein Tonfall war fest und unnachgiebig.

Sie richtete sich etwas auf, um ihm ins Gesicht zu sehen. „Aber du weißt gar nicht, was ich sagen wollte.“

„Ich denke, ich weiß genau, was du sagen wolltest, Felicity.“ Dann seufzte er. „Lass es gut sein. Du weißt eh schon viel zu viel.“

Weil er ganz offensichtlich nicht mit ihr reden wollte, blickte sie sich um. Der Raum strahlte männliche Eleganz aus, ansonsten war er ähnlich eingerichtet wie ihr Schlafzimmer, nur dass hier die Farben Blau und Schwarz vorherrschten. Und noch etwas war anders. Die Vitrine gegenüber seinem Bett, die beinahe die gesamte Wand einnahm, sowie die Objekte, die sich darin befanden. Felicity kniff irritiert die Augen zusammen.

Ist das nicht …?

Sachte löste sie sich aus Kyles Umarmung und schlüpfte aus dem Bett.

„Was ist los, Baby?“, wollte er wissen, doch sie antwortete nicht, war in ihrer Betrachtung vertieft.

Der athletische Frauenkörper, die stolze Kopfhaltung, der Langbogen … Felicity musste eingestehen, dass die *Nackte Diana* von Gaston Lavigne von ätherischer Schönheit war. Die Bronzefigur strahlte zugleich Kraft und Verletzlichkeit aus.

„Sie hat Ähnlichkeiten mit dir“, sagte Kyle plötzlich dicht hinter ihr.

Felicity, die ihn nicht hatte kommen hören, zuckte leicht zusammen.

„Findest du?“

„Ja. Es ist mir aufgefallen, als ich dich das erste Mal sah. Nur dass du oben herum etwas üppiger gebaut bist“, fügte er hinzu.

Sie sah sein Lächeln in der Scheibe und drehte sich um.

„Du bewahrst dein Diebesgut in einer Vitrine in deinem Schlafzimmer auf?“, stieß sie ungläubig hervor.

„Nur Teile davon.“

„Ist das nicht etwas leichtfertig? Was, wenn das hier jemand sieht?“

„Ich empfange hier selten Gäste“, sagte er leise und strich mit dem Handrücken zärtlich über ihre Wange.

„Außer du schleppst sie gegen ihren Willen hierher“, blaffte sie ihn an, um den Schmetterlingen die Flügel zu stutzen, die in ihrem Bauch wild zu flattern begonnen hatten.

Sie zeigte auf die anderen Bronzeskulpturen, die alle die gleiche Handschrift trugen. „Sind die auch gestohlen?“

Er nickte. „Es sind alles Werke von Gaston Lavigne“, antwortete er völlig unbekümmert. „Ich bin ein großer Fan!“

Schwermut überkam sie. „Oh, Kyle ..."

„Das ist mein Metier, schon vergessen?" Sein Tonfall war sanft.

Ihr Blick flog zu einem Objekt, das sich weit rechts befand.

„Und was ist das?", fragte sie und deutete auf den dunkelbraunen Holzphallus.

„Das wird dir gefallen", sagte er mit einem breiten Grinsen. „Es ist nicht gestohlen", fügte er schnell hinzu, als er ihren strafenden Blick auffing. „Ein Freund vom Stamm der Alyawarre hat es mir geschenkt."

„Alyawarre?"

„Ein australischer Aborigine-Stamm aus dem Northern Territory."

Er öffnete die Vitrine und holte den Gegenstand heraus, der gut 25 cm lang war und einen geschätzten Durchmesser von 6 cm hatte.

„Dieser Freund meinte, eines Tages wüsste ich, was ich damit machen soll." Er sah ihr in die Augen. Lange. „Ich denke, dieser Tag ist gekommen."

Mit einer Hand zog er am Knoten ihres Bademantels, mit der anderen ließ er den Holzphallus langsam über ihre Brüste wandern, liebkoste ihren Bauch und verharrte schließlich zwischen ihren Beinen.

Ihr entfuhr ein nervöses Kichern. „Kyle, das Teil ist riesig."

„Du musst es dir nicht bis zum Anschlag reindrücken, Baby", flüsterte er mit heiserer Stimme. Seine Worte entzündeten ein Feuer in ihrem Schoß. „Ich will nur sehen, wie du dich damit fickst."

Ihre Zehen kribbelten, als er den Phallus sanft in ihren Schoß presste. Das Holz fühlte sich erstaunlich warm an, fast lebendig.

„Die Vorstellung macht dich wohl ziemlich geil?"

„Du hast keine Ahnung, wie sehr", antwortete er, bevor sich seine Zunge in ihren Mund schob.

Oh doch, dachte sie, als sie unter dem aufklaffenden

Bademantel seinen steinharten Schwanz an ihrem Bauch spürte. In einer aufreizenden Geste rieb er den Phallus an ihren Schamlippen. Sie hielt die Luft an, drückte sich gegen das glatte Holz.

Er löste seine Lippen von ihren. „Unglaublich, wie schnell du feucht wirst“, sagte er, nachdem er einen Blick auf das schimmernde runde Ende des Phallus geworfen hatte. „Geht es dir mit anderen Kerlen auch so?“

„Nein“, flüsterte sie wahrheitsgemäß.

„Gut.“ Es klang zufrieden. „Und jetzt zeig es mir.“

Mit einer raschen Bewegung streifte er ihr den Bademantel von den Schultern, er selbst behielt seinen an, dann bugsierte er sie aufs Bett und drückte ihr den Phallus in die Hand. Anschließend stellte er sich ans Fußende.

Ihr stockte der Atem. „Du willst doch nicht da vorne stehenbleiben?“

„Und ob, Baby. Von hier aus habe ich die beste Sicht. Tu einfach so, als wäre ich gar nicht da.“

Sehr witzig!

Zögernd spreizte sie die Beine, nahm den Phallus in die rechte Hand und drückte ihn langsam gegen ihre Scham, während sein dunkler Blick auf ihrem glühenden Gesicht haftete, jede Regung darin auskostete. 185 cm geballte Männlichkeit, die auf sie herunterschauten, trieben ihr die Nässe schwallweise in den Schoß. Sie unterdrückte ein wollüstiges Zittern.

„Fass ihn mit beiden Händen an“, befahl er rau. „Damit deine Titten richtig zur Geltung kommen.“

Sie tat, was er wollte, spürte, wie ihre schweren Brüste gegeneinander gedrückt wurden und schob das glatte Holz Zentimeter für Zentimeter in sich hinein, genoss das Gefühl, gedehnt zu werden.

„So ist es gut, Baby, schön rein damit.“ Er räusperte sich. „So, und jetzt erzählst du mir etwas über deine Familie.“

„Äh … wie bitte?“ Sie erstarrte mitten in der Bewegung.

„Ich habe dir nicht erlaubt, aufzuhören, Felicity." Sein strenger Blick war wie ein Stromstoß in ihrem Unterleib. „Hast du Geschwister?"

„Ich … äh … also, ich habe einen Bruder." Der Phallus berührte einen Punkt in ihrem Inneren, der sie vor Wonne zucken ließ. „Er … heißt Ben, wohnt in Harrisburg. Ist verheiratet, zwei Kinder."

„Rede in ganzen Sätzen, Felicity. Wir sind hier nicht bei Twitter. Was macht er beruflich?"

„Er ist Po… Polizist wie ich." Ihr brach der Schweiß aus.

„Ich will, dass du deine Brüste streichelst. Warum ist er in Pennsylvania und nicht in New York?"

„Die Erinnerungen. Mein Vater war beim NYPD … er … er war spielsüchtig ... Als ich elf Jahre alt war …" Sie atmete tief durch.

„Weiter."

„… hat … hat mein Vater unser Bankkonto gepl...ündert und ist abgehauen. Da war Ben fünf Jahre alt. Es war sehr h… hart für ihn."

„In Ordnung, Baby, das machst du sehr gut." Sein Tonfall war sanft.

Mit leicht verschleiertem Blick beobachtete sie, wie er sich vom Fußende löste, langsam um das Bett herumkam, und sich rechts neben ihr auf die Matratze kniete. Kurz tauchte er mit den Fingerkuppen in ihren triefenden Schoß ein, bevor er ihre Nippel benetzte.

„Kyle", stöhnte sie.

Schon spürte sie, wie seine feuchte Zungenspitze kreisend über einen ihrer Warzenhöfe streifte, sein Mund den Nippel umschloss und er zu saugen begann. Der süße Schmerz zwischen ihren Beinen nahm zu, während er mit den Zähnen immer stärker an ihrem Nippel zog.

„Was ist das für eine Narbe?", fragte er und fuhr sachte mit der Fingerspitze über ihren linken Oberarm.

„M… mein Bruder. Hatte sich ein Messer ge… geschnitzt und mich aus Versehen erwischt, als wir Cow…

Cowboy und Indianer gespielt haben."

„Wer war der Indianer?"

„I… Ich natürlich!", stieß sie beleidigt hervor.

Sein Lachen jagte tausend Stromstöße durch ihren Körper. Kurz schloss sie die Augen, genoss die Hitze, die sich in ihrem Becken ansammelte. Als sie diese wieder öffnete, schleuderte sie der Anblick ihres roten, steil aufgerichteten Nippels in seinem Mund und des feucht schimmernden Holzphallus dahinter beinahe über die Kante. Weil er offenbar spürte, wie kurz sie davor stand, die Balance zu verlieren, löste er sich von ihr.

„Mit wem hattest du dein erstes Mal?", fragte er im Plauderton weiter. „Mit dem Nachbarjungen oder einem Schulkameraden auf der Rückbank eines Autos?"

„N… nein." Sie stieß ein keuchendes Lachen aus. „Er hieß Tony und hat in der Eisdiele um die Ecke gearbeitet. Er … w… war fünf Jahre älter und der Schwarm aller Mädchen in der Nachbarschaft." Das Sprechen fiel ihr schwer, weil seine Fingerspitzen ganz beiläufig ihre oberen Schamlippen streichelten.

„Wo habt ihr es getrieben, Baby? Sag es mir", raunte er in ihr Ohr.

„Im Schuppen hinter der Eisdiele."

Stirnrunzelnd sah er sie an, enthielt sich jedoch eines Kommentars.

„Und? Wie hat sich dieser Tony angestellt?"

Sie verzog das Gesicht.

„Idiot!", knurrte er, und dann: „Jetzt will ich, dass du für mich kommst, Felicity."

Ihre Augenlider flatterten, als sie den Phallus immer schneller und härter bewegte. Zwei Finger ihrer rechten Hand rieben ihren Kitzler, als würde ihr Leben davon abhängen. Ihr Herzschlag dröhnte ihr in den Ohren.

Kyle!

Dann war sie endlich da, die erlösende Berührung. Felicity spann sich an, grub ihre Fersen in die Matratze und stürzte im freien Fall in die Tiefe. Ihre Beine zitterten, als sie nach Atem ringend ihre Lust herausstöhnte. Seine Hände rissen ihren Kopf nach hinten, um ihr in die Augen zu sehen. Hinterher zog sie erschöpft und zufrieden den Phallus aus ihrem feuchten Schoß und führte ihn an die Lippen. Mit weit herausgestreckter Zunge leckte sie das Holz sauber, labte sich an ihrem eigenen Geschmack. Gleichzeitig bewegte sie die Fingerspitzen ihrer rechten Hand, die immer noch zwischen ihren Schenkeln lag, und massierte ihren überempfindlichen Kitzler. Sie spürte, wie eine neue Welle auf sie zurollte. Wieder verlor die Welt an Schärfe, dennoch entging ihr nicht, dass Kyle inzwischen seinen Schwanz mit der Faust umschloss und hart rieb. Der Anblick machte sie schwindelig, steigerte ihr Verlangen. Unter dem dichten Vorhang ihrer Wimpern beobachtete sie, wie er sich mit kraftvollen, rhythmischen Bewegungen Lust verschaffte. Ihr Hals wurde trocken. Dann zogen sich die Bauchmuskeln unter seiner Haut zusammen, und er kam mit einem befreiten Stöhnen. Zuckend spritzte er eine Fontäne heißer Lust auf ihren Bauch, während sie sich ihm entgegenräkelte, ihre Brüste massierte, ihn zu mehr anstachelte.

„Kleine Schlampe", keuchte er, als sich ihre Augen über die Distanz hinweg trafen.

Noch mehr milchige Tropfen schossen durch die Luft und landeten auf ihrer nackten Haut. Als er schnaufend neben ihr zusammenbrach, kam sie noch einmal leise japsend. Er erstickte ihren halboffenen Mund mit einem Kuss, umschlang sie mit einem muskulösen Bein und zog sie an seine Brust. Die feuchten Nachwehen ihrer Ekstase vermischten sich wie auch das wilde Hämmern ihrer Herzen.

„Danke, Baby", hauchte er in ihr Ohr.

Im Kugelhagel

Zwei Tage vergingen.

Zwei Tage, an denen sie ihre Mahlzeiten auf der Terrasse einnahmen, sich englischsprachige Filme auf Bluray ansahen und beim Liebesspiel nicht nur sich, sondern auch für einen flüchtigen Moment ihr Inneres entblößten. Zwei Tage, an denen Kyles Nervenkostüm zusehends dünner wurde.

Irgendwann riss er die Schublade der Kommode im Wohnzimmer auf und holte ein Handy hervor, das er ihr zuwarf.

„Es hat eine Prepaid-Karte", erklärte er gereizt. „Ruf deinen Leutnant an. Nenn ihr irgendeinen Grund, warum du länger in Frankreich bleiben musst."

Verunsichert starrte sie aufs Handy.

„Und keine Dummheiten!", ermahnte er sie.

„Wie könnte ich?", murmelte sie. „Das Video? Du erinnerst dich?"

Sie wählte die Zentrale des 23. Reviers in New York und ließ sich verbinden. Während Kyle sie mit Argusaugen beobachtete, führte sie ein erstaunlich kurzes Gespräch mit Olivia Kwan, in dem sie ihr etwas von unbezahltem Urlaub erzählte, die sie bitter nötig hätte, nachdem ihre Mission in Paris gescheitert war. Nachdem sie ihr wahrheitsgemäß die Situation erläutert hatte, zumindest, was den Diebstahl des Fabergé-Eis betraf, stieß sie auf buchstäblich offene Ohren.

„Tut mir leid, zu hören, Detective, aber nehmen Sie es sich bitte nicht zu Herzen! So ist das in unserem Job. Mal gewinnen wir, mal verlieren wir. Das mit dem Urlaub ist eine gute Idee. Seit zwei Jahren beknie ich Sie, sich endlich eine Auszeit zu nehmen. Das wird Ihnen guttun! Aber nicht mehr als zwei Wochen, wir brauchen Sie zurück! Um Ihren Partner brauchen Sie sich keine Sorgen zu machen. Der kommt klar. Van Buren und er sind ein gutes Gespann. Sie waren keine drei Tage weg, als die beiden den Horowitz-Fall gelöst haben." *Na, toll!* „Ach, und von unbezahltem Urlaub kann keine Rede sein. Ihnen stehen eh noch vier Wochen zu. Ich deichsle das schon, Detective!"

„Äh, danke, Leutnant."

Leicht verblüfft beendete Felicity das Gespräch und blickte zu Kyle hinüber, der mit den Händen in den Taschen am Küchentresen gelehnt war und sie mit finsterer Miene musterte.

„Das war ja einfach", murmelte sie.

„Wie lange kannst du bleiben?"

„Zwei Wochen theoretisch."

„Bis dahin wird die Sache hoffentlich durch sein." Er stieß sich ab, öffnete die Kühlschranktür und holte eine Milch heraus. „Ich weiß wirklich nicht, wie lang ich das hier noch ertragen kann!"

Blinzelnd starrte Felicity auf den Fußboden. „Dann lass mich gehen."

„Nein! Ich weiß, wie verbissen du sein kannst ... und clever. Nachher fällt dir doch noch eine Möglichkeit ein, mich in die Pfanne zu hauen! Ich will das Risiko nicht eingehen."

Felicity presste die Lippen aufeinander, versuchte sich nicht anmerken zu lassen, wie sehr seine Worte schmerzten. Für sie hatte sich die Situation in den letzten Tagen dramatisch verändert. Zu ihrem Leidwesen musste sie sich eingestehen, dass sie sich in Kyle verliebt hatte. Kyle, der in diesem Moment die dickbäuchige Plastikflasche ansetzte und in großen Schlucken trank, um sie ihr anschließend zu reichen. Als sie wortlos den Kopf schüttelte, zuckte er lediglich mit den Achseln.

„Wollen wir uns „Skyfall" ansehen?"

Sie warf ihm einen reservierten Blick zu. „Von mir aus."

„Danke übrigens", sagte er kurze Zeit später, als der Vorspann lief und Adele ihr Titellied trällerte.

Vielleicht war seine verschlossene Miene der Auslöser, vielleicht die übertrieben entspannte Haltung oder der überhebliche Tonfall, jedenfalls explodierte sie. Für sie ebenso unerwartet wie für ihn.

„Wofür diesmal? Dafür, dass ich meine Prinzipien über Bord werfe?", fauchte sie ihn an. „Dass ich mein Berufsethos mit Füßen trete oder dafür, dass ich mich von einem erpresserischen Arschloch, wie du einer bist, vögeln lasse, statt dich einzubuchten?"

Seine Kiefer mahlten. „Was erwartest du von mir?", fragte er gefährlich ruhig. „Soll ich mich stellen und bis zu meinem Lebensende in einer Gefängniszelle verrotten, nur damit du besser schlafen kannst?"

Sie sprang vom Sessel auf und verschränkte die Arme vor der Brust. „Endlich mal ein guter Vorschlag! Damit würdest du der Welt einen großen Dienst erweisen!"

Ein böses Funkeln erschien in seinen Augen. „Ich wusste, dass es ein Fehler war, eine Fotze mit Dienstmarke in mein Bett zu holen."

Sie wankte unter dem verbalen Schlag, nahm die Arme herunter und drehte sich wortlos um. Wie in Trance ging sie auf die Wendeltreppe zu. Ein eiserner Ring, der ihr das Atmen fast unmöglich machte, hatte sich um ihre Brust zusammengezogen. Da war er auch schon aufgesprungen und schlang von hinten seine Arme um sie.

„Es tut mir leid, Baby", flüsterte er in ihrem Haar. „Ich habe es nicht so gemeint."

Sie spürte seinen schnellen Herzschlag in ihrem Rücken, und ihre Wut verrauchte so schnell, wie sie aufgeflammt war. Zurück blieb nur tiefe Verzweiflung.

„Leck mich, Kyle", sagte sie leise, dann machte sie sich los und ging die schwarzen Metallstufen hinauf.

„Bitte, Felicity!"

Seine Stimme folgte ihr bis nach oben in ihr Zimmer, doch sie reagierte nicht, hatte sie doch genug damit zu tun, die aufkommenden Tränen zu unterdrücken. Kurz darauf klopfte er an ihrer Tür.

„Lass mich in Ruhe!"

Sein Seufzen drang von der anderen Seite zu ihr herein. „Hör zu, Baby, ich weiß, dass das Ganze nicht einfach ist. Irgendwie läuft nichts, wie es sollte. Ich ... Es tut mir leid, ehrlich."

„Geh einfach weg, okay?"

Kurz schien er zu zögern, dann entfernten sich seine Schritte. Als die dumpfe Beschallung durch den Fernseher wieder einsetzte, ließ sie ihren Tränen freien Lauf. Wie hatte sie nur in eine solche Situation geraten können?

Am anderen Morgen war sie früh auf den Beinen. Sie hatte schlecht geschlafen, sich hin und her gewälzt, bis sie irgendwann entnervt aufgestanden war. Lange hatte sie vor dem Fenster gesessen und beobachtet, wie es über dem Meer langsam dämmerte. Auch Kyle war früh aufgestanden, dennoch wagte sie sich erst Stunden später nach unten. Sie entdeckte ihn wie üblich vor seinem Laptop, einen Kaffee in der Hand. Er kann es wohl kaum abwarten, mich loszuwerden, dachte sie mit einem säuerlichen Geschmack im Mund. Du bist unfair, entgegnete die vernünftige Stimme in ihrem Kopf.

Ich weiß.

„Die Antwort ist da", vermeldete Kyle, kaum dass sie die letzte Stufe hinabgestiegen war.

Schwungvoll sprang er von seinem Drehstuhl auf und kam auf sie zu.

„Um 10:00 Uhr treffe ich mich mit dem Käufer. Ich muss sofort los! Wenn alles nach Plan läuft, bin ich gegen Mittag wieder zurück." *Er sieht verdammt glücklich aus!* „Der Alarm macht keinen Sinn, wenn ich nicht da bin. Er würde höchstens die Möwen aufschrecken. Ich schalte ihn aus. Dann kannst du in den Garten gehen oder am Strand spazieren, wenn du willst", sagte er und drückte kurz ihren Arm. „Morgen bist du ein freier Mensch. Versprochen."

Schick mich nicht weg!

„Ist das nicht sehr leichtsinnig?" Die Verbitterung in ihrer Stimme war nicht zu überhören. „Vielleicht lasse ich mir in der Zwischenzeit etwas einfallen, um dich in die Pfanne zu hauen!", griff sie seine Aussage vom Vortag auf.

Er steckte die Hände in die Tasche. „Ich vertraue dir."

„Woher der plötzliche Sinneswandel?"

In seinen Augen flackerte es nervös. „Was sollte ich sonst tun? Dich am Heizkörper festketten?", versuchte er zu scherzen. „Obwohl ich zugeben muss, dass die Vorstellung einen gewissen Reiz birgt."

Mit diesen Worten wandte er sich ab und ging nach oben, um letzte Vorbereitungen zu treffen. In Felicitys Augen brannte es verdächtig, als sie ihm nachsah.

„Ich werde hier sein, wenn du zurückkommst", flüsterte sie.

Kyle blickte selbstvergessen nach vorne, während die Kilometer an ihm vorbeizogen. Endlich war es so weit. Heute würde er ans Ziel seiner Wünsche gelangen, mit einer Million Dollar mehr auf dem Konto und einem riesigen, wenn auch unbestritten sexy Problem weniger.

Warum fühle ich mich dann so beschissen?

Er ließ seine erste persönliche Begegnung mit Felicity auf dem Dach des Rockefeller Plaza Revue passieren. War es wirklich erst drei Wochen her? Es kam ihm wie eine Ewigkeit vor. Seitdem war viel passiert. Der Sex mit ihr war nicht mit Worten zu beschreiben, als würde er zu den Sternen fliegen oder einen aktiven Vulkan durchqueren. Ihre Körper fügten sich perfekt ineinander, auf eine Weise, wie er es bisher mit keiner anderen Frau erlebt hatte. Nicht einmal mit Linda, seiner verstorbenen Ehefrau ...

Dennoch durfte er das Ganze nicht überbewerten. Schließlich war es nur Sex.

Seine Augen wanderten Richtung Navi. Noch 24

Kilometer.

Und doch war sein Herz bei ihrem Anblick mehr als einmal ins Stolpern geraten. An dem Tag zum Beispiel, als sie mit einem verträumten Lächeln die Muschel an ihr Ohr gehalten hatte, während der Wind hektisch an ihrem Kleid gezupft hatte, darauf bedacht, es ihr vom Körper zu reißen. Ihre langen Haare hatten ihr Gesicht umweht, dann hatten die ersten Regentropfen ihre geschlossenen Augenlider benetzt, und seine Brust wäre beinahe zersprungen, so unschuldig hatte sie ausgesehen ... und so verlockend. Später hatte er einen bittersüßen Eindruck davon bekommen, was es hieße, sie glücklich zu sehen, als sie sich gemeinsam diese alberne Komödie im Fernsehen angeschaut hatten – ihm war der Titel wieder entfallen – und sie in schallendes Gelächter ausgebrochen war. Mit einem lauten Fluch schaltete er das Radio an, dabei streifte sein Blick den Rucksack auf dem Beifahrersitz, in dem sich die einzige für ihn denkbare Zukunft befand.

Wenige Kilometer vor dem Ziel fuhr er von der Hauptstraße herunter, lenkte den schwarzen BMW in ein Geschäftsviertel, in dem die wenigen noch verbliebenen alten Häuser von mehrstöckigen Ungetümen aus Glas und Beton überragt wurden. Er steuerte das schneckenförmige Parkhaus an und fuhr wie vereinbart die Parkebene 2 an. Weil dort alle Plätze belegt waren, wie die roten Displays an der Decke unmissverständlich signalisierten, parkte er seinen Wagen eine Ebene tiefer. Um diese Uhrzeit saßen alle hinter ihren Schreibtischen, deshalb war das Parkhaus menschenleer. Kyle blickte auf die Uhr. 9:52 Uhr. In acht Minuten sollte er sich mit seinem Klienten treffen. Persönlich! Was an sich ungewöhnlich war. Andererseits konnte Kyle nachvollziehen, dass der Russe auf Nummer sicher gehen wollte, schließlich besaß die Grigori-Sammlung einen geschätzten Wert von 15 Millionen Dollar. Kyle stand zehn Prozent davon zu. Ein Drittel der Summe hatte er bereits erhalten. Der Rest, also eine Million, würde direkt an Ort und Stelle online auf sein

Konto überwiesen werden, erst dann würde er seine wertvolle Fracht aushändigen. Nachdem er aus dem Wagen gestiegen war und seinen Rucksack geschultert hatte, suchte er mit den Augen nach dem Treppensymbol. Wieder blickte er auf die Uhr.

9:54 Uhr. Noch sechs Minuten.

Er ging die Treppe nach oben, durchquerte den Gang und trat durch die Tür, um zur südlichen Gebäudewand zu gelangen. Anschließend begab er sich zum Treffpunkt. Einem rotblauen Kartenautomaten.

9:58 Uhr.

Kyles Augen suchten aufmerksam die Umgebung ab. Er schien weit und breit das einzige lebende Wesen zu sein. Er lauschte. Kein Motorengeräusch, keine Schritte. Er atmete tief durch, tastete unauffällig nach der Pistole, die unter seiner Jacke im Hosenbund steckte. Die Menschen, mit denen er gewöhnlich seine Geschäfte tätigte, waren in der Masse Sammler und Kunstliebhaber. Enthusiastisch bis fanatisch zwar, aber harmlos. Dennoch wäre es fahrlässig gewesen, unbewaffnet zu erscheinen. Die menschliche Natur war immer für eine Überraschung gut, wie Kyle wohl wusste.

10:03 Uhr

Der Russe verspätete sich. Obwohl es nicht mehr als ein Wimpernschlag war, wurde Kyle nervös. Als er unvermittelt einen Schritt nach rechts machte, erhaschte er aus dem Augenwinkel über ihm einen Schatten. Ein mulmiges Gefühl stieg in ihm hoch. Instinktiv suchte er Deckung hinter einer Trägersäule, was ihm vermutlich das Leben rettete. Ein lauter Knall durchbrach die Stille. Dann noch einer. Funken flogen, etwas Hartes, Tödliches durchschlug den Kartenautomaten, als wäre er aus Pappe. Wie ein gehetztes Tier sprang Kyle nach hinten, gleichzeitig zog er seine Waffe. Die Schüsse hatten innerhalb des Parkhauses ein vielfaches Echo ausgelöst, und in seinen Ohren dröhnte es. Unwillkürlich schüttelte er den Kopf, bevor er aus der Deckung heraus nach oben zur schneckenförmigen Auffahrt von Ebene 3 schielte, wo er den Schützen vermutete. Die Säule als Stütze für seine Waffenhand benutzend, ging er leicht in die Knie und wartete. Sein Zeigefinger lag ruhig am Abzug und verriet nichts von der Spannung, unter der er stand. Seine Atmung war vorbildlich. Er hatte die beste Ausbildung genossen. Sekundenlang passierte nichts, dann blitzte etwas auf. Metall und Glas.

Kyle dachte nicht lange nach und schoss. Ein erstickter Schrei erklang, und ein Mann geriet in sein Blickfeld. Kyle feuerte einen zweiten Schuss ab, traf seinen Gegner mitten in der Brust. Mit den Armen rudernd blieb dieser mit dem Fuß an der Betonkante der Auffahrt hängen, dann strauchelte er nach vorn und fiel mehrere Stockwerke tief. Als er unten aufschlug, gab es ein lautes, unschönes Geräusch.

Kyle verbot sich darüber zu grübeln, was vor sich ging. Davon ausgehend, dass ihm weitere unfreundliche Zeitgenossen nach dem Leben trachteten, musste er für seinen sicheren Rückzug sorgen. Mit der Waffe im Anschlag schlich er geduckt an der hinteren Wand der Stellplätze entlang und nutzte parkende Autos als Deckung. Er musste versuchen, nach unten zu seinem Wagen zu gelangen, bevor man ihn von mehreren Seiten einkesselte oder, was noch schlimmer wäre, die Bullen anrückten. Die normale Treppe zu nehmen, wäre zu riskant, also beschloss er, eine der beiden Fluchttreppen draußen zu benutzen, die er bei seiner Ankunft gesichtet hatte. Kurz orientierte er sich, dann setzte er sich in Bewegung.

„Colonel Everett“, ertönte es plötzlich in seinem Rücken.

Kyle wirbelte herum. Gut zehn Meter von ihm entfernt stand eine Gestalt. Von der gleißenden Sonne geblendet, die direkt hinter seinem Gegenüber stand, konnte Kyle nur Konturen erkennen, dennoch wusste er verdammt genau, wen er vor sich hatte. Diese Stimme hatte er das letzte Mal vor acht Jahren gehört.

„Thorne“, antwortete er, den Dienstgrad des Mannes, der sechs Jahre lang an seiner Seite gedient hatte, bewusst auslassend.

„Endlich treffen wir uns wieder“, sagte der Schatten und trat ein Stück zur Seite.

Die Sonne traf Kyle frontal, und er kniff die Augen zusammen, ohne jedoch seine Waffe herunterzunehmen.

„Hätte ich mir denken können, dass du andere die Drecksarbeit für dich machen lässt“, brummte er. Er versuchte, sich zu erinnern: Peter Thorne war Linkshänder. „Du warst es also, der mir die Rumänen auf den Hals gehetzt hat.“

Der andere stieß ein triumphierendes Lachen aus. „War gar nicht so einfach, dich zu finden, *Colonel*! Du hattest dich gut verkrochen. Wie eine Ratte! Am Ende habe ich dich aber doch gefunden und aus deinem Nest getrieben. Es hat Spaß gemacht, mit dir zu spielen.“

„Wie meinst du das?“

„Die Briefe an die Zeitung, der Tipp an deine Bullenschlampe … Ich habe dafür gesorgt, dass FBI und NYPD ganz schön sauer auf dich sind. Ich beobachte dich schon sehr lange, weißt du und …“

Kyle schoss. Genau in die linke Armbeuge seines Gegenübers, der nicht mehr dazu kam, zu reagieren. Dessen Waffe fiel klirrend auf den Boden. Obwohl Kyle, von der Sonne geblendet, nicht viel hatte erkennen können, hatte er ins Schwarze getroffen. Im Nu war er bei seinem Gegner und kickte dessen Pistole über den Rand des Parkhauses. Auf Nimmerwiedersehen. Ein grimmiges Lächeln lag auf seinem Gesicht, als er ausholte und Thorne einen Faustschlag verpasste. Dieser torkelte, hielt sich dennoch auf den Beinen und blickte hasserfüllt zurück, während Kyle ihn mit seiner Pistole wieder in Schar hielt. Sein ehemaliger SASR-Kamerad hatte sich kaum verändert. Immer noch das gleiche sommersprossige Gesicht mit den ausgewaschenen blauen Augen.

„Wie oft habe ich es dir eingebläut, Peter?“, sagte Kyle mit eiskalter Stimme. „Erst schießen, dann quatschen.“

„Du kannst mich mal“, keuchte der andere, seinen stark blutenden Arm nicht mehr Beachtung schenkend, als wenn er sich an einem Blatt Papier geschnitten hätte.

Auch er hatte eine ausgezeichnete Ausbildung genossen.

„Warum?“, fragte Kyle.

Ein fassungsloser Blick traf ihn. „Warum, fragst du? Du hast mein Leben zerstört, du Arschloch! Und jetzt zerstör ich deins.“ Er grinste, genoss seinen lang ersehnten Moment der Rache. „Einen russischen Milliardär hat es nie gegeben! Und jetzt sitzt du auf deinem Scheiß fest! Die Sachen sind so heiß, niemand wird sie dir abkaufen wollen. Früher oder später werden dich die Bullen bei den Eiern kriegen!“

„Das ist dein toller Plan?“, ätzte Kyle höhnisch. „Dafür hast du mir eine halbe Million Dollar Vorschuss in den Rachen geschoben? Du bist ja noch erbärmlicher als früher.“

„Ach, glaubst du? Ich gebe zu, der Plan, dich abzuknallen, ist misslungen, aber zum Glück habe ich ja immer noch Plan B! Zuerst wollte ich dir die Bullen ins Haus schicken, aber dann ist mir eine weitaus unterhaltsamere Alternative eingefallen.“ Er legte eine kurze Pause ein. „Die kleine grünäugige Fotze, die zu Hause auf dich wartet, wie ein braves Frauchen …“

Eine stählerne Faust presste Kyles Herz brutal zusammen.

Felicity.

„Ich muss dich enttäuschen, Peter.“ Nur mit Mühe hielt er seinen regungslosen Gesichtsausdruck aufrecht. „Was mit der Schlampe passiert, geht mir am Arsch vorbei. Ich bin froh, wenn ich sie endlich los bin!“

„Ach wirklich?“ Das niederträchtige Grinsen in Thornes Gesicht ließ Kyles Puls in die Höhe schießen. „Dann wird es dir sicher nichts ausmachen, wenn meine

Männer ein bisschen mit ihr spielen. Ich hoffe, sie ist nicht zu zimperlich! Die Typen, die ich zu ihr geschickt habe, kommen frisch aus dem Knast. Einer von denen hat sich vor ein paar Jahren mit seiner Nachbarin und deren Enkelin ein bisschen Spaß gegönnt. Das übliche Programm, du weißt schon, Vergewaltigung, Folter, solche Dinge eben. Am Ende waren die beiden nicht mehr als Menschen wiederzuerkennen“, sprach er im Plauderton weiter, ohne sein Gegenüber aus den Augen zu lassen, auf die kleinste Reaktion lauernd. „Ein echter Psychopath.“

Kyle zwang sich, gleichmäßig zu atmen.

„Du bluffst.“

„Meine Reflexe mögen zwar langsamer sein als deine, und ich bin auch redseliger, aber ich bluffe nie. Das solltest du wissen!“

Kyle packte eiskalte Mordlust. Mit ruhiger Hand hob er die Waffe, um damit auf Thornes Kopf zu zielen.

Der andere lachte ihn aus. „Das würde ich mir zweimal überlegen! Wenn ich mich in den nächsten zwanzig Minuten nicht bei meinen Männern melde, ist deine Freundin tot.“

Kyle wägte in seinem Kopf das Für und Wider ab, zu verlockend war die Vorstellung, Thorne eine Kugel zu verpassen, doch sein Herz hatte längst die Entscheidung für ihn getroffen. Ohne seinen Gegner aus den Augen zu lassen, bewegte er sich langsam rückwärts, dann als er meinte, einen sicheren Abstand erreicht zu haben, wirbelte er herum und sprintete, so schnell er konnte, zur Außentreppe.

„Du wirst nie rechtzeitig dort sein, Arschloch!“, brüllte ihm Thorne hinterher.

Die Unterarme auf das Geländer gestützt, schaute Felicity versonnen in die Ferne. Eine leichte Brise spielte mit ihrem offenen Haar, und sie seufzte. Ob es wohl etwas Schöneres gab als glitzerndes Wasser in der Sonne? Ja, Kyle, wenn er lächelte und sich die feine Haut um seine

Augen kräuselte. Gott, wie sie diese Fältchen liebte! Sie spürte, wie ihr Herz bereits wieder verdächtig schnell zu klopfen begann, nur weil sie an ihn dachte. Sie musste sich der bitteren Wahrheit stellen: Auch wenn es kein kompromittierendes Video von ihr gäbe, würde sie Kyle nicht verhaften. Nicht mehr. Es war nicht nur der Sex. Sicher, sie genoss das berauschende Gefühl der Ekstase in seinen Armen; das Gefühl, sich völlig fallen zu lassen und gleichzeitig die Welt auszublenden, als existierten nur noch sie beide. Vielmehr waren es die vielen kleinen Dinge, die ihr Herz in Ketten gelegt hatten. Wenn er sie zum Beispiel mit diesem intensiven Blick bedachte, der sie schwindeln ließ, als könnte er auf den Grund ihrer Seele schauen. Wenn er fünf Löffel Zucker in seinen Kaffee gab, nachdem er gerade einen fettarmen Joghurt gegessen hatte oder er mit regungsloser Miene Fernsehen schaute, während seine Füße hin und her wackelten und jäh innehielten, sobald etwas Spannendes passierte ...

Ein trauriges Lächeln huschte über ihr Gesicht, dann straffte sie die Schultern. Es wurde Zeit, sich fertig zu machen. Nachdem sie eine schnelle, aber erquickende Dusche genommen hatte, warf sie sich in ihre Lieblingsshorts und in ein enges buntes Top mit breiten Trägern, dann bürstete sie sich die Haare und band sie zu einem geflochtenen Zopf zusammen. Nachdenklich blickte sie in den Spiegel. Die Alarmanlage war ausgeschaltet, Kyle hatte die Eingangstür nicht abgeschlossen … Wollte er sie prüfen? Energisch stand sie auf und ging hinaus. Im Gang blieb sie stehen, ihr Blick flog zu seinem Zimmer. Die Tür stand offen, also ging sie hinein. Als ihre Augen am Holzphallus in der Vitrine haften blieben, errötete sie jäh, wandte sich ab. Zögernd ging sie zu seinem ungemachten Bett. Ohne lange zu überlegen, zog sie das Laken glatt, klopfte das Kopfkissen auf und schüttelte die Decke aus. Anschließend setzte sie sich aufs Bett und nahm in einer plötzlichen Anwandlung das Kissen, um ihr Gesicht hineindrücken. Gierig sog sie seinen süßherben Duft auf, und bevor sie es verhindern konnte, benetzten die ersten Tränen das Kissen. Selbst, wenn er mehr für sie empfand als nur sexuelle Begierde, gab es für sie beide keine Zukunft. Sie war ein Cop, er ein Dieb. Morgen würde sie aus seinem Leben verschwinden. Für immer. Ihre Schultern zuckten unkontrolliert, dicke Tränen strömten ihr übers Gesicht. Vielleicht wäre es ihr noch vergönnt, ein paar Tage mit ihm zu verbringen und die Erinnerung daran wie einen kostbaren Schatz in ihrem Herzen zu tragen. Ihr entfuhr ein lautes Schluchzen. Andererseits hatte er nicht gerade den Eindruck gemacht, als wollte er sie auch nur eine Sekunde länger als nötig in seiner Nähe haben. Zornig wischte sie sich übers Gesicht und stand auf. Das feuchte Kopfkissen legte sie zurück. Leise verließ sie sein Zimmer, ging den Gang entlang und nahm die Treppe nach unten. Eine Tasse Kakao würde sie hoffentlich etwas aufmuntern.

Plötzlich hörte sie ein Geräusch. Als würde jemand hektisch mit dem Fuß auf dem Boden klopfen. Felicitys Nackenhaare stellten sich auf.

„Kyle?“, rief sie, wobei sie versuchte, das Zittern in ihrer Stimme zu unterdrücken. „Hast du etwas vergessen?“

Sie erhielt keine Antwort. Alarmiert lenkte sie ihre Schritte zur Kaminwand, von wo das Geräusch zu kommen schien, und schielte um die Ecke. Nichts. Gerade wollte sie auf dem Absatz kehrtmachen, als kalte Finger in ihrem Nacken sie erstarren ließen.

Eine saubere Arbeit

Es passiert schon wieder!

Der Gefühlscocktail, der in Kyles Innern in Bewegung gesetzt wurde, verursachte ihm Übelkeit. Er drückte das Gaspedal durch, und der BMW schoss mit hundertdreißig Sachen über die Landstraße. Schluss mit dem Selbstbetrug! Was ihn mit Felicity verband, war mehr als nur Sex. Viel mehr! Warum hätte er sie sonst hierher geschleppt? Wenn sie in seiner Nähe war, schwiegen seine inneren Dämonen, eine friedliche Ruhe bemächtigte sich seiner. Ein Gefühl, das er sonst nur empfand, wenn ein Coup gelang und er die verbotene Frucht endlich in den Händen hielt. Nachdem sie in Paris die Rumänen losgeworden waren, hätte er sie ins nächste Flugzeug setzen müssen. Das Video als Druckmittel hätte vermutlich ausgereicht. Aber nein, stattdessen hatte er sich wie ein egoistisches Arschloch verhalten! Und jetzt befand sie sich wegen ihm in tödlicher Gefahr. Seine einzige Entschuldigung war vielleicht, dass er sich seiner wirklichen Motivation nicht bewusst gewesen war.

Doch wenn er darüber nachdachte …

Sie hatte ihn von Anfang an fasziniert. Auf der einen Seite war sie die couragierte Polizistin, die sich nicht von ihm hatte einschüchtern lassen. Auf der anderen Seite war sie das sanfte Wesen, das beim Anblick eines turtelnden Entenpaares feuchte Augen bekam. Und dieser Ausdruck in ihrem Blick, als sie das Fabergé-Ei im Büro des Direktors gesehen hatte. Er hatte darin Ehrfurcht und Leidenschaft gelesen, Emotionen, die ihm sehr vertraut waren. Es war anzunehmen, dass er sich bereits als Joe Bishop in sie verknallt hatte ... Kyle fluchte, als vor ihm ein

Traktor knatternd einen Feldweg verließ und auf die Hauptstraße bog. Ohne die Geschwindigkeit zu drosseln, beschrieb er einen Bogen und überholte die schwere Maschine. Im Rückspiegel sah er, wie der Bauer seine Mütze in den Nacken schob und ihm empört nachstarrte.

Die Autofahrt zum Haus schien kein Ende nehmen zu wollen. Inzwischen schwitzte Kyle aus allen Poren, in seinem Kopf malte er sich die schlimmsten Szenarien aus, gleichzeitig stellte er sich vor, was er mit Thorne anstellen würde, sollte Felicity etwas passieren.

Du wirst nie rechtzeitig dort sein, Arschloch!

Wovon auszugehen war.

Ein gequältes Stöhnen entfuhr seiner Kehle, als er in der Ferne das Dach seines Hauses sah. Was würde ihn dort erwarten? Noch einmal drückte er das Gaspedal durch, dann aber ermahnte er sich selbst. Nur weil ihm die Person, die in Gefahr schwebte, am Herzen lag, durfte er nicht kopflos handeln. Wie ein Berserker ins Haus zu stürmen, wäre unklug, also nahm er den Fuß vom Gaspedal und fuhr so langsam wie möglich weiter. Auch wenn die kribbelnden Nerven unter seiner Haut ihn dazu drängten, das genaue Gegenteil zu tun. Gut hundert Meter von der Villa entfernt stellte er das Auto ab und sprintete den Rest des Weges, wobei die körperliche Betätigung ihm dabei half, klarer zu denken. Geduckt schlich er zum Haus, sprang über die niedrige Mauer und durchquerte den Garten. Sein Herz sank ihm in die Hose. Die Eingangstür war aufgebrochen worden und stand ein Stück offen. Er hatte insgeheim die Hoffnung gehegt, dass Felicity einen Spaziergang machte und die Kerle sie nicht angetroffen hatten. Vorsichtig, die Waffe im Anschlag, betrat er das Haus. Als er die Tür aufstieß, knirschte es unheilvoll. Auf dem Boden lagen Tonscherben verstreut bis tief in den Raum hinein, wie Brotkrumen, die zum Ort einer Katastrophe führten. In diesem Moment stieg ihm dieser unverwechselbare Geruch in die Nase, den er nur zu gut kannte. Ihm wurde übel. Der metallische Geruch von Blut.

Er hatte schon einmal eine geliebte Frau durch den Tod verloren. Ein zweites Mal würde er es nicht überleben.

In seinen Ohren rauschte es, als er sich langsam vorantastete und auf Höhe der Bibliothek um die Ecke linste. Das Erste, was er sah, war eine große Blutlache auf dem Boden. Das Zweite war Felicity, die im Sessel saß und die Waffe auf ihn gerichtet hielt. Als sie ihn erblickte, ließ sie die Pistole sinken.

„Gibt es in diesem beschissenen Haus keine einzige Flasche Scotch?", murrte sie.

Vor Erleichterung zog es ihm beinahe den Boden unter den Füßen weg, und er musste sich kurz an der Wand abstützen. Indessen legte sie ihre Waffe auf den Tisch. Aus der Entfernung konnte er sehen, wie ihre Hände zitterten. Schon hatte er den Abstand zwischen ihnen überwunden und riss sie in seine Arme. Sie krallte sich an ihm fest wie eine Ertrinkende an einem Stück Treibholz.

„Schon gut, Baby, schon gut", murmelte er in ihrem Haar.

Es dauerte eine Weile, bis er sich von ihr lösen konnte.

„Wo gehst du hin?", flüsterte sie, als er sich abwandte.

„Ich gehe den Scotch holen", antwortete er mit einem kleinen Lächeln.

Während er aus der Küche die Flasche und zwei Gläser holte, saß sie wie betäubt in ihrem Sessel und starrte ins Leere.

„Hier." Er drückte ihr ein volles Glas in die Hand. „Austrinken."

Dann nahm er neben ihr auf dem anderen Sessel Platz.

„Was ist passiert?", fragte er sanft, nachdem er sich ebenfalls einen großen Schluck von der bernsteinfarbenen Flüssigkeit genehmigt hatte und die beruhigende Wärme genoss, die sich in ihm ausbreitete.

Darauf wartend, dass sie zu reden anfing, saugte er sich an ihrem unversehrten Anblick fest.

„Plötzlich waren da diese zwei Kerle!" Sie atmete tief

durch. „Die sind wie aus dem Nichts aufgetaucht. Mein Glück war, dass sie sich aufgeteilt haben. Als einer von denen mich von hinten packen wollte, habe ich seine Hand nach hinten gedrückt und ihm in einer schnellen Drehbewegung meinen Ellenbogen ins Gesicht gerammt." Sie blinzelte. „Damit hat er wohl nicht gerechnet. Als er in die Knie gegangen ist, habe ich ihm mit einem Tritt auf dem Solar Plexus den Rest gegeben."

Kyles Brust schwoll vor Stolz an. „Das ist mein Mädchen."

Sie vergalt es ihm mit einem kleinen, scheuen Lächeln, das sein Herz schneller schlagen ließ. „Kampfsportausbildung", antwortete sie knapp, bevor sie weiter erzählte. „Danach habe ich ihn gefilzt und seine Waffe an mich genommen. Als der andere Kerl um die Ecke bog, habe ich sofort geschossen und ihn am Bauch erwischt." Sie rieb sich in einer müden Geste übers Gesicht. „Ich habe sie aus dem Haus gejagt. Es gab keine Gegenwehr."

Dann nahm sie noch einen Schluck Scotch, blickte ihn mit ihren grünen Augen an, in die ein unergründlicher Ausdruck trat.

„Wie lang ist das her?", fragte er.

„Zwanzig Minuten vielleicht." Kurze Pause. „Du weißt, wer diese beiden Typen waren, nicht wahr?"

Er erzählte ihr von seiner Begegnung mit Thorne.

„Die Briefe an die Zeitung waren gar nicht von dir?", flüsterte sie.

„Nein."

Kurz starrte sie Löcher in die Luft. „Warum ist er sauer auf dich?", fragte sie schließlich.

Schnell überlegte er, wie viel er preisgeben konnte, dann entschied er sich für die Kurzvariante. „Er hat bei einem Einsatz den Kopf verloren und unschuldige Zivilisten getötet. Ich war Zeuge und habe gegen ihn ausgesagt. Daraufhin wurde er unehrenhaft entlassen. Das SASR war sein Leben. Für ihn gab es nichts anderes, entsprechend groß ist sein Hass auf mich."

„Gehörte der Rumäne, den ich umgebracht habe, zu ihm?", wollte sie wissen.

Er konnte die Traurigkeit in ihrem Blick sehen.

„Ja."

Weil die Schuldgefühle ihn zu überwältigen drohten, stand er abrupt auf.

„Wir müssen sofort von hier verschwinden, Felicity. Pack schnell deinen Kram zusammen!"

Ihre Antwort war ein mattes Nicken, und sie stand auf, um hinaufzugehen. Hilflos blickte er ihr nach. *Ich liebe dich. Alles wird gut,* wollte er ihr hinterherrufen, doch er brachte keinen Ton über die Lippen.

Felicity verschränkte ihre zitternden Hände ineinander. Kyle hatte Recht. Sie mussten sich schnellstens in Sicherheit bringen. Es war zu vermuten, dass sobald dieser Thorne erführe, dass sein Plan schief gelaufen war, er etwas Neues aushecken würde. Kleiderschrank und Schubladen waren rasch leer geräumt, die Koffer gepackt. Leicht benommen setzte sie sich aufs Bett. Weil die Gedanken in ihrem Kopf prompt wieder zu rotieren begannen, sprang sie auf und ging hinaus auf den Gang. Die Sehnsucht trieb sie zwei Türen weiter, wo Kyle seine Sachen packte. Als sie über die Schwelle trat, sah sie, wie er den Läufer neben seinem Bett aufrollte und unter den Nachttisch griff. Ein leises Klicken ertönte, dann öffnete sich der Boden beinahe geräuschlos. Zwei Klappen rutschten seitlich weg und gaben die Sicht auf eine Kuhle frei. Behutsam legte Kyle mehrere Gegenstände hinein, Felicity erkannte diverse Skulpturen von Gaston Lavigne, darunter die *Nackte Diana*, sowie das Fabergé-Ei und ein mit Rubin besetztes Diadem.

Kyles Rücken versteifte sich. „Noch etwas, das du nicht wissen solltest", murmelte er, ohne sich umzudrehen.

„Da wirst du mich wohl umbringen müssen."

„Das vertagen wir erst einmal." Er warf ihr über die

Schulter ein verschwörerisches Lächeln zu. „Willst du das Ei noch einmal sehen?"

Sie nickte, während sich ihr Herz schmerzhaft zusammenzog. Sie war hoffnungslos verloren.

Keine zehn Minuten später folgten sie im BMW der einsamen Küstenstraße. Felicity betrachtete den gelben Ginster und das rosafarbene Heidekraut. Das Fenster stand ein Stück offen, und ein zarter Kokosduft vermischt mit der salzigen Seeluft wehte hinein.

„Es ist wirklich wunderschön hier. Verrätst du mir jetzt, wo wir sind?", fragte sie, ohne ihren Blick von der blühenden Landschaft zu nehmen.

„Wir befinden uns westlich von Brest, an der bretonischen Küste."

Das *Hotel des Marins*, das Kyle für sie als vorläufigen Unterschlupf auserkoren hatte, entpuppte sich als zweistöckiges Natursteinhaus mit grauen Fensterläden vor den Toren eines mittelalterlichen Städtchens. Ihr Zimmer war recht schlicht gehalten. Das schmale Doppelbett war aus hellem Holz wie auch die beiden Nachttische und der dreitürige Kleiderschrank. Mit einem leisen Seufzen stellte Kyle die Koffer ab und blickte sich um. Plötzlich wirkte er so verloren, dass Felicity auf ihn zutrat und ihre Arme um seinen Hals legte. Sanft zog sie seinen Kopf zu sich herunter, knabberte an seiner Unterlippe und ließ ihre Zunge in seinen Mund gleiten. Gierig erwiderte er ihren Kuss. Sie spürte, wie ein Schauder seinen Körper ergriff.

„Ich hatte eine Scheißangst um dich, Baby", flüsterte er mit erstickter Stimme.

Ihre Finger glitten über seine Brust. Durch den Stoff seines Hemdes konnte sie seine warme Haut und den hämmernden Schlag seines Herzens spüren. Ohne ihre Augen von seinem Gesicht abzuwenden, fuhr sie mit der Fingerkuppe über seinen Hals, hinunter zum Schlüsselbein, bis die geschlossene Knopfleiste seines Hemdes sie am Weiterstreicheln hinderte. Ihre Hände zitterten leicht, als sie den ersten Knopf öffnete und dann den zweiten ... Bis nichts mehr zwischen ihr und seiner nackten Haut stand. Sie senkte den Kopf, um kleine Küsse auf seiner Brust zu hauchen. Ihre Lippen strichen andächtig über eine aufgerichtete Brustwarze, wanderten weiter zum harten Bauch bis hin zur Gürtelschnalle. Sie lächelte, als sich seine Muskeln zusammenzogen. Ihre Finger in seine Hose gekrallt setzte sie sich auf die Bettkante und zog ihn zu sich heran. Er leistete keinen Widerstand.

„Was tust du da?“, fragte er mit belegter Stimme, als sie mit der Rückseite ihrer Hand über die Beule in seiner Hose rieb.

Anstelle einer Antwort öffnete sie den Reißverschluss seiner Hose und holte seinen Schwanz heraus. Sie schloss die Augen, roch an der samtweichen Haut. Wie sie seinen Geruch liebte. Mit ihrer Zunge fuhr sie über die empfindliche Spitze, umkreiste sie, bevor sich ihr warmer Mund um seine Härte schloss. Sie hörte ihn flach ausatmen, während sein Schwanz in ihrem Mund weiter anschwoll. Ein faszinierendes Gefühl. Als sie zu lutschen begann, umfasste er ihren Kopf und krallte sich laut stöhnend in ihren Haaren fest. Ihre Lippen zogen sich enger um seinen Schwanz, saugten schneller und nachdrücklicher. Sie spürte, wie er in ihrem Mund pulsierte. Ihr Schoß floss über. Unbewusst spreizte sie die Beine, wünschte sich nichts sehnlicher, als sich von ihm das Hirn rausvögeln zu lassen. Die Vorfälle der letzten Stunden für einen kurzen Moment aus ihrem Kopf zu verbannen. Doch jetzt war er an der Reihe, zu vergessen. Seinen leisen Protest ignorierend, löste sie sich von ihm, um seine Eier zu lecken. Gemächlich mit langen Zungenschlägen. Wollüstig schob er ihr sein Becken entgegen, während sie an den zarten Bällen saugte und seinen Schwanz wieder in ihren warmen Mund aufnahm. Wieder legten sich seine Hände um ihren Kopf, doch diesmal war sein Griff fester, damit sein Schwanz noch tiefer in ihren Rachen eintauchen konnte. Sie spürte, wie er in ihrem Mund zuckte, und schaute zu ihm auf. Sein Gesicht war vor Lust verzerrt, sein Blick verschleiert. Sie zog die Muskeln zusammen, gleichzeitig bewegte sie ihren Kopf immer schneller. Seine Augenlider flatterten, und während aus seiner Kehle ein tiefer, knurrender Laut erklang, ergoss er sich in ihrem Mund. Sein Samen schoss heiß aus ihm heraus, und sie schluckte alles hinunter.

Als er fertig war und sich neben sie fallen ließ, blickte sie ihm direkt ins Gesicht, leckte einzelne Tropfen ab, die von ihren Lippen perlten. Der Ausdruck in seinem Blick veränderte sich. Vergeblich setzte er zum Sprechen an.

„Was ist?“, fragte sie leise und ließ sich rücklings auf dem Bett nieder.

Er nahm sie in den Arm, sah ihr fest in die Augen. „Meine Eltern sind bei einem Autounfall ums Leben gekommen, als ich elf Jahre alt war. Es waren gute, anständige Leute. Sie besaßen einen Schreibwarenladen in Brisbane.“ Er atmete tief durch, offenbar fiel es ihm schwer, sich anzuvertrauen. „Ich bin zu meiner einzigen noch lebenden Verwandten gebracht worden. Die Schwester meines Vaters war von etwas einfachem Gemüt und hatte leider die dumme Angewohnheit, sich mit den falschen Kerlen einzulassen. In der Zeit, in der ich bei ihr gelebt habe, war sie mit einem Typen zusammen, der sich mit Diebstahl und Drogenverkauf über Wasser gehalten hat. Er war ziemlich geschickt und hat mir ein paar Tricks beigebracht. Leider hat er mir nicht beigebracht, wie man sich nicht erwischen lässt, und ich bin ein paar Mal im Jugendknast gelandet. Mit 18 wurde ich vor die Wahl gestellt: entweder Army oder Erwachsenenknast, also bin ich zur Army gegangen. Klingt wie ein moderner Oliver Twist, hm?“, fügte er mit einem freudlosen Lächeln hinzu. „Das Militär war meine Rettung, zumindest dachte ich das damals. Nach ein paar Jahren beim SASR hatte ich genug. Noch heute werde ich die Bilder in meinem Kopf nicht los …“

„Was für Bilder?“, hakte Felicity sanft nach, die sich innerlich wappnete.

Die Antwort würde nicht angenehm ausfallen, das ahnte sie bereits, doch hatte sie das Gefühl, dass er darüber reden wollte.

„Bilder von Kindern mit toten Augen, die man unter Drogen gesetzt und gezwungen hatte, ihre Eltern abzuschlachten.“ Er schluckte hörbar. „Bilder von Müttern mit verstümmelten Brüsten, die ihre verhungerten Babys in den Armen hielten.“ Felicity spürte die Tränen in sich aufsteigen. „Aber wir waren nicht viel besser“, erklärte er weiter. „Ich habe im Namen der Demokratie Dinge getan, auf die ich nicht stolz bin. Deshalb habe ich eines Tages beschlossen, nie wieder Befehle zu befolgen und meine Fähigkeiten auf andere Weise einzusetzen.“

Sie wollte ihm tröstend übers Gesicht streichen, wagte es aber nicht, aus Angst, er könnte sie zurückstoßen.

„Warum bist du nicht zur Polizei gegangen?“, fragte sie stattdessen. „Leute mit deinem Background werden mit Handkuss genommen.“

Er schüttelte den Kopf. „Ich wollte mit der Verderbtheit der menschlichen Natur nichts mehr zu tun haben, sondern mich nur noch mit schönen, reinen Dingen umgeben. Ich liebe den Nervenkitzel, Felicity. Auf mich allein gestellt zu sein, immer wieder an Grenzen zu stoßen und meine Fantasie einzusetzen, um an mein Ziel zu gelangen. Das ist es, was mich antreibt.“ Er legte eine kurze Pause ein. „Obwohl ich eine Sache schon vermisse.“

„Was?“

„Mit den Kollegen ein Bier trinken zu gehen“, witzelte er.

„Aber was ist mit dem moralischen Verständnis von richtig und falsch, Kyle?“, fragte sie, ohne auf seinen Scherz einzugehen. „Du bestiehlst Menschen.“

„Ich sorge nur dafür, dass Besitz umverteilt wird. Das geschieht auf der Welt tagtäglich“, erwiderte er achselzuckend.

„Das ist kein Argument."

„Es ist genau so gut wie jedes andere." Sein Blick heischte um Verständnis. „Es klingt vielleicht seltsam, aber für mich ist es eine saubere Arbeit. Begreifst du das?"

„Ehrlich gesagt fällt es mir schwer, Kyle", entgegnete sie traurig.

Eine Nacht ohne Morgen

Sie lag warm und weich in seinen Armen. Zärtlich blickte er auf sie hinunter. Sie schlief. Ein leises Schnarchen entfuhr ihrem leicht geöffneten Mund, und ein Kloß bildete sich in seinem Hals. Als sie sich kurz zuvor geliebt hatten, nackte Haut an nackte Haut, die Augen fest ineinander verschlungen, war sie auf ihrem Höhepunkt geritten und hatte dabei wunderschön ausgesehen. Das Gesicht leicht gerötet, die Augenlider halb gesenkt. Der Kloß in seinem Hals entwickelte sich zu einem schier unüberwindbaren Hindernis. Unwillkürlich drückte er sie noch enger an sich. Hinterher hatte er in ihren grünen Augen den Ausdruck bedingungsloser Liebe gesehen. Es war lange her, dass ihn jemand auf diese Weise angesehen hatte, doch statt darüber glücklich zu sein, war er zu Tode erschrocken. Denn solange sie bei ihm war, befand sie sich in Gefahr. Sie setzte nicht nur ihre Karriere, sondern auch ihr Leben aufs Spiel. Allein die Vorstellung, sie könnte im Kugelhagel sterben, machte ihn wahnsinnig.

Davon abgesehen hatte ihre Liebe keine Zukunft. Sie beide lebten in gegnerischen Lagern. Beinahe hätte er bitter aufgelacht. Daraus ergab sich eine einzige Konsequenz. Bei dem Gedanken, was er bald tun würde, zog sich sein Herz schmerzhaft zusammen. Doch bis dahin, bis zum Ende der Nacht, gehörte sie ihm, und er würde ihre Nähe absorbieren, als gäbe es keinen Morgen. Was genau genommen auch stimmte.

„Alles in Ordnung, Baby", sagte er sanft, als sie mit einem Ruck aufwachte und mit weit aufgerissenen Augen um sich blickte.

Mit einem erleichterten Seufzer schmiegte sie sich an

ihn, schloss die Lider und war kurz danach wieder eingeschlafen. Er biss sich die Unterlippe blutig, um ein Schluchzen zu unterdrücken.

Er wachte über sie, bis es dämmerte.

Gegen 7 Uhr stand er auf, er fühlte sich wie ein alter Mann, und machte sich ans Werk. Eine halbe Stunde später weckte er sie. Etwas benommen, aber mit einem wunderschönen Lächeln auf den Lippen blickte sie zu ihm auf.

„Guten Morgen“, hauchte sie, dann streckte sie ihre kleine süße Stupsnase in die Luft. „Hmmm … Es riecht nach frischem Kaffee, wahrscheinlich bereiten sie unten das Frühstück vor.“

Er wandte den Blick ab, verbot seinem Herzen etwas zu fühlen. „Du musst aufstehen“, sagte er mit tonloser Stimme.

„Jetzt schon?“ Sie wirkte nur milde überrascht, räkelte sich verführerisch. „Ich würde so gern noch ein bisschen liegen bleiben …“

„Dafür ist keine Zeit“, erwiderte er grob und öffnete die Fensterläden. „Dein Taxi ist in einer halben Stunde da.“

„Mein Taxi?“ Jetzt war sie hellwach.

Er schluckte, blickte nach draußen auf die Straße. „Ja. Er bringt dich zum Flughafen von Brest.“

Verständnislos setzte sie sich auf. Eine steile Falte, die sich zwischen ihren Augen gebildet hatte, zeugte von ihrem aufkommenden Ärger.

„Warum sollte ich zum Flughafen fahren wollen?“

„Weil du den 11-Uhr-Flug nach Paris nehmen wirst, von da aus geht’s weiter nach New York. Das Ticket liegt am Schalter für dich bereit.“

„Aber ich will jetzt nicht weg!“

Noch lag Unmut auf ihrem Gesicht, doch er wusste, sehr bald schon würde er darin tiefen Schmerz lesen. Dafür würde er sorgen.

„Du hast keine Wahl“, sagte er mit fester Stimme. „Ich

habe dir ein paar frische Sachen herausgelegt. Deine Koffer sind gepackt. Und jetzt beweg deinen Hintern!“

Hilflos blickte sie ihn an, als ihr klar wurde, dass er es ernst meinte. „Aber Kyle … ich … ich dachte …“

Er sah, wie sie heftig nach Luft schnappte, und straffte sich zum Frontalangriff.

„Was, Felicity? Dass wir noch ein paar Tage einen auf heile Welt machen?“

Wie in Zeitlupe stieg sie aus dem Bett, ihr kurzes Nachthemd enthüllte im Gegenlicht mehr als es verbarg, und er trat wohlweislich einen Schritt zurück. Er wollte ihren Duft nicht einatmen, ihre Wärme nicht spüren. Noch hielt der dünne Wall, den er in der letzten Stunde notdürftig um sein Herz errichtet hatte.

„Ich weiß, dass unsere … Beziehung unter keinem günstigen Stern steht“, sagte sie und knetete nervös ihre Finger. Der Aufruhr in ihrem Innern spiegelte sich deutlich auf ihrem Gesicht wider. „Aber vielleicht finden wir gemeinsam eine Lösung.“

Auf keinen Fall durfte er sich auf solche Diskussionen einlassen! Schnell würden widersinnige Optionen in seinem Kopf Form annehmen, denen er vielleicht am Ende nachgeben würde. Nein, er musste jegliche Hoffnung im Keim ersticken. Ein gebrochenes Herz ließ sich kitten, ein von Kugeln durchsiebtes nicht.

„Nur weil wir ein paar Mal gefickt haben, heißt das nicht, dass wir eine Beziehung haben“, schleuderte er ihr entgegen. „Ich habe dich nur bei Laune gehalten, damit du keine Dummheiten machst, solange der Deal ansteht. Jetzt da er geplatzt ist, bist du für mich nur Ballast!“

Ihm wurde von seinen eigenen Worten schlecht, erst recht, als er sah, wie das Blut aus ihrem Gesicht wich und sie ihn mit entsetzt geweiteten Augen anstarrte. Sie blinzelte heftig bei dem Versuch, die Tränen zurückzuhalten.

„Du verlogener Dreckskerl!“

„Und komm nicht auf dumme Gedanken!“, fügte er

hinzu, um ihr endgültig den Todesstoß zu versetzen. „Ich habe immer noch das Video."

Was gelogen war. Er hatte es bereits vor Tagen gelöscht.

Wie versteinert blickte sie ihn an, bevor sie herumwirbelte und im Badezimmer verschwand. Das Geräusch der zuknallenden Tür hallte im ganzen Haus wider. Kyle schluckte. Als er hinuntersah, bemerkte er, dass seine Hände zitterten.

„Ich warte unten", rief er noch, dann griff er nach den beiden Koffern und verließ das Zimmer.

Während er in der Lobby stand, war das Einzige, was die Leere in seinem Herzen ausfüllte, das monotone Ticken der Standuhr. Nie zuvor hatte er sich so einsam gefühlt. Ungeachtet seiner Drohung mit dem Video war es ein Risiko, sie mit ihrem Wissen ziehen zu lassen, das wusste er. Frauen mit gebrochenem Herzen konnten sehr rachsüchtig sein, doch es war ihm egal. Ihr Wohlergehen ging vor.

Sie tauchte genau in dem Moment auf, als das Taxi vorfuhr. Frisch geduscht, die Haare offen, einzelne feuchte Strähnen kräuselten sich um ihren Kopf. Die Sehnsucht nach ihr ließ ihn schwindeln – jetzt schon. Am liebsten hätte er sie in seine Arme gerissen, um sie um Vergebung zu bitten. Doch er tat es nicht, sah sie nur an.

Bevor sie ihre Koffer nahm und durch die offene Tür trat – draußen schien die Sonne und die Vögel zwitscherten, alles hätte so wundervoll sein können –, drehte sie sich noch einmal um.

„Ich dachte, du hättest etwas für mich übrig", sagte sie mit ersterbender Stimme, bevor sie sich wieder abwandte.

Verzweifelt blickte er ihr nach, sog ihren Anblick ein letztes Mal in sich auf. Ihr langes schimmerndes Haar, die stolze Kopfhaltung, die kleine Narbe auf ihrem linken Oberarm …

Geh nicht!

„Die Wanze in deinem Apartment …", rief er

stattdessen. „Sie befindet sich an der Unterseite des Nierentischs."

Kurz stockte sie, dann ging sie wortlos weiter.

Als sie ins Taxi stieg, sie wirkte so klein und verloren, brannten seine Augen. Abrupt wandte er sich ab. Der Wall war eben in sich zusammengebrochen.

Kyle William Everett

Felicity fluchte leise, als ihr der Schlüsselbund aus den Händen glitt und zu Boden fiel. Sie hob ihn auf, dann schloss sie die Tür ihres Apartments auf. Wie immer in den letzten Wochen zögerte sie, bevor sie sie weit aufmachte. Sie wusste, dahinter lauerte die Hoffnungslosigkeit wie eine hungrige Raubkatze, bereit sie anzuspringen, sobald sie hineinging.

Vor genau einem Monat war sie nach New York zurückgekehrt, doch ihr war, als wäre es erst gestern gewesen, dass Kyle ihr das Herz aus der Brust gerissen hatte. Die ganze Taxifahrt über bis zum Flughafen von Brest hatte sie geweint. Wie feindselig sein Blick gewesen war, wie kalt seine Stimme! Sie ballte die Fäuste, wenn sie daran zurückdachte. Inzwischen waren die Tränen versiegt, dafür herrschten in ihr nur noch Leere und Bitterkeit. Die Wanze unter dem Sofatisch hatte sie direkt nach ihrer Ankunft entfernt und im Klo heruntergespült, auch wenn sie einen verrückten Moment lang mit dem Gedanken gespielt hatte, sie dort zu lassen. Als einzige noch bestehende Verbindung zu ihm.

Glücklicherweise hatte ihr Versagen in Paris kaum Auswirkungen auf ihren Job gehabt, von vereinzelten dummen Kommentaren seitens einiger Kollegen einmal abgesehen und einem Vieraugengespräch mit dem Chief, der ihre Professionalität gelobt hatte, seine Enttäuschung dennoch nur schlecht hatte verbergen können. Sie hatte schnell zu ihrer Routine zurückgefunden. Bobby, der froh gewesen war, van Buren wieder los zu sein, hatte ihre deprimierende Stimmung auf die Vorfälle im Louvre zurückgeführt. Sie hatte ihn nicht eines Besseren belehrt.

Zu seinem Leidwesen machte sie allerdings noch mehr Überstunden als vorher, denn die Arbeit hinderte sie am Grübeln.

Mit einem tiefen Seufzer betrat Felicity ihr Apartment. Noch bevor sie ihre Schuhe ausgezogen hatte, schaltete sie den Fernseher an. Das monotone Geplänkel wirkte sich beruhigend auf ihre Nerven aus. Nachdem sie sich etwas Bequemes angezogen hatte, ging sie in die Küche und holte ein Fertiggericht für die Mikrowelle aus dem Hängeschrank: Risotto 3-Käse-Paprika. *Risotto.* Noch so eine dumme, gefühlsduselige Anwandlung von ihr. Gerade als sie dabei war, die Plastikfolie mit der Gabel durchzustechen, hörte sie es. In ihrem Magen ballte sich ein dicker Klumpen zusammen. Langsam ging sie ins Wohnzimmer zurück, starrte wie betäubt auf den Fernseher.

Eine Blondine mit Betonfrisur und weißem Lächeln vor blaurot quietschendem Hintergrund verkündete die frohe Botschaft, während ein laufender Ticker unten am Bildschirm eingeblendet wurde.

++++ Top News! Breeze von französischer Polizei erschossen! ++++ Top News! Breeze von französischer Polizei erschossen! ++++

Felicity sackten die Beine weg, und sie plumpste auf ihr ungemachtes Bett. Das Rauschen in ihren Ohren hinderte sie daran, die Worte zu verstehen, die aus dem rotgeschminkten Mund der Blondine quollen. Entgeistert starrte sie auf die sich bewegenden Lippen, versuchte zu begreifen …

Nur langsam drangen die Worte durch das Grauen, das ihr Gehirn benebelte.

„Wie wir gerade erfahren haben, wurde der berüchtigte Kunstdieb, der unter dem Namen Breeze bekannt ist, heute Morgen 6 Uhr MEZ in der Bretagne von einer französischen Sondereinheit der Polizei erschossen. Er hatte sich in dieser Villa verschanzt.“ Ein Bild des Hauses, das Felicity nur zu gut kannte, wurde eingeblendet. „Zwei

Polizisten wurden leicht verletzt, während Breeze durch einen gezielten Kopfschuss getötet wurde. Im Haus wurde Diebesgut im Wert von über 20 Millionen Dollar sichergestellt, darunter die berühmte Grigori-Sammlung aus der Zarenzeit. Inzwischen ist die Identität des Mannes bekannt, der jahrelang die Kunstwelt in Angst und Schrecken versetzt hat. Um die Ermittlungen nicht zu gefährden, halten die französischen Behörden den Namen noch zurück, doch wie wir aus einer nicht bestätigten Quelle erfahren haben, war Breeze bis 2005 Mitglied der australischen Spezialeinheit SASR. Wir haben den jetzigen Kommandeur Lieutnant Colonel Charles Pratt vergeblich um eine Stellungnahme gebeten …“

Felicitys Herz zersprang in tausend Splitter. Sie krümmte sich vor Schmerz, ein Schrei entfuhr ihrer Kehle wie das eines verwundeten Tieres. Als Kyle sie fortgeschickt hatte, war ihre Verzweiflung kaum zu ertragen gewesen, doch harmlos verglichen mit der Qual, die sie jetzt durchlitt. Ihre Augen brannten, jeder Atemzug drohte, sie von innen heraus zu versengen. Sie hätte nicht sagen können, wie lange sie vor dem Fernseher hockte, unfähig, auch nur einen Muskel zu rühren, während eine News die andere jagte. Allein der Ticker blieb unverändert, brannte sich in ihrem Gehirn ein.

Irgendwann bewegte sie ihren Arm, der sich anfühlte, als wäre er zentnerschwer, und griff nach der Fernbedienung, um den Fernseher auszuschalten. Eine Ewigkeit verging, in der sie nichts anderes tat, als auf dem schwarzen Bildschirm zu starren. Dann wickelte sie sich in ihre Lieblingsdecke, flammendrot und mit schwarzen Ponys verziert, die ihre Großmutter als junges Mädchen gewoben hatte, und streckte sich auf ihrem Schlafsofa aus.

Kyle war tot.

Das Telefon klingelte. Sie hob nicht einmal den Kopf. Während die Schatten in ihrem Zimmer immer länger wurden, schwebte sie zwischen Traum und Wachzustand. Es wurde Nacht, Stimmen gelangten an ihr Ohr, wie von einem Streit unter Nachbarn, doch nichts davon drang in ihr Bewusstsein vor. Immer wieder klingelte das Telefon, bis sie in einem unglaublichen Kraftakt mit dem Fuß das Gerät vom Tisch pfefferte. Die Stille kehrte zurück. Sie träumte von einem Haus am Meer und blutenden Wänden, von Muscheln und tiefblauen Augen. Die Morgendämmerung brach an, und ein grauer Schleier schob sich vor ihr Fenster. Irgendwann erschallte das schrille Geräusch der Türklingel durch ihr Apartment. Blinzelnd starrte sie an die Decke. Das alles ging sie nichts an. Auch nicht, als jemand zunächst zaghaft, und dann immer stärker an ihre Tür klopfte. Sie schlug die Decke über ihren Kopf, während noch mehr Tränen das Kissen benetzten, und spürte, wie sie erneut ins Land des Vergessens abdriftete ...

Ein leises Geräusch gelangte an ihr Ohr, wie ein Scharren.

„Felicity", sagte eine sanfte Stimme in ihrem Traum.

Sie reagierte nicht.

„Baby."

Wieder die gleiche Stimme. Eine Stimme, die sie einmal geliebt hatte. Tränen quollen unter ihren geschlossenen Augenlidern hervor. Etwas Sanftes berührte ihr Haar. Sie blinzelte, richtete sich etwas auf. Nur langsam lichtete sich der Nebel, und sie blickte in die Farbe von Veilchen im Regen, dunkelblau mit hellen Sprenkeln. Es waren wunderschöne Augen. Augen, die zu allem fähig waren; sie sowohl auf den höchsten Gipfel zu erheben als auch sie ins größte Elend zu stürzen.

Seine Augen.

Sie gab einen erstickten Laut von sich. Ihr verwirrter Geist spielte ihr offensichtlich einen Streich! Sie kniff die Augen zusammen, zwang ihr Gehirn zur Mitarbeit, und langsam wurde das Bild klarer. Es war ein Mann. Er kniete vor ihr auf dem Boden. In *ihrem* Wohnzimmer.

„Ich bin's", sagte er.

Ein zärtliches Lächeln stahl sich auf sein Gesicht.

Kyle ... *Kyle!*

Ohne nachzudenken, verpasste sie ihm mit der flachen Hand eine Ohrfeige, dann warf sie sich schluchzend in seine Arme. Genoss das Gefühl seiner Wärme, nach der sie sich so verzweifelt gesehnt hatte.

„Ich freue mich auch, dich zu sehen“, sagte er mit einem Kratzen in der Stimme.

„Ich … ich … dachte, du wärst tot“, stammelte sie.

„Ich weiß, und es tut mir leid“, antwortete er und drückte sie fester an sein Herz. „So unendlich leid. Heutzutage sind die Medien leider schneller als eine Boeing 747.“

Sie krallte sich an ihm fest, während er sie sanft streichelte und ihr süße Worte ins Ohr flüsterte.

„Warum glaubt alle Welt, dass du tot bist, Kyle?“, murmelte sie etwas später.

Er legte seine Stirn zärtlich gegen ihre. „Ich habe Thorne in mein Haus gelockt und den Bullen einen Tipp gegeben“, erklärte er. „Die sind mit einer paramilitärischen Einheit angerückt. Ich habe aus der Ferne eine Granate gezündet und für eine Verschärfung der Situation gesorgt. Thorne hatte keine Chance.“

„Ich verstehe ... Eine ziemlich linke Nummer.“

Er zog eine Augenbraue hoch. „Wäre es dir lieber, ich wäre statt seiner tot?“

„Verdient hättest du es!“, schleuderte sie ihm entgegen, gleichzeitig schmiegte sie sich an ihn. „Du hast mich weggeschickt.“

Er umfasste ihr Gesicht, hauchte einen sanften Kuss auf ihre Lippen. „Es war, um dich zu schützen. Ich wusste, dass Thorne nicht aufgeben würde. Ich schätze, er ahnte, wie viel du mir bedeutest.“

Felicity wurde schwindelig vor Glück. Also hatte er doch Gefühle für sie.

„Wäre dir etwas passiert, hätte ich es nicht ertragen. Nicht schon wieder“, fügte er leise hinzu.

„Wie meinst du das?“

„Ich war schon einmal verheiratet."

„Wirklich?" Sie verspürte einen leichten Stich der Eifersucht.

„Ja, ihr Name war Linda. Sie war Kriegsjournalistin und wurde in Somalia von einem Warlord als Geisel festgehalten. Meine Einheit hatte den Auftrag, sie zu befreien. So haben wir uns kennengelernt. Nach nur einem Jahr haben wir geheiratet." Er lächelte. „Sie war ein wenig wie du. Draufgängerisch und sehr dickköpfig."

Ein trauriger Ausdruck huschte über sein Gesicht.

„Was ist passiert?", fragte Felicity sanft.

„Ein Angriff der Taliban in Afghanistan. Sie war zur falschen Zeit am falschen Ort." Er legte eine kurze Pause ein, suchte offenbar nach den richtigen Worten. „Nach Lindas Tod wollte ich einen Schlussstrich unter mein Leben ziehen, einen Neuanfang wagen. Doch jetzt weiß ich, dass ich in den letzten Jahren nicht richtig gelebt habe." Sein Blick war nachdenklich. „Ich habe mich von den Menschen abgewandt, habe mich verkrochen. Ich hatte gerahmte Fotos fremder Leute in meinem Haus stehen, verdammt!" In einer verzweifelten Geste fuhr er sich durchs Haar. „Mir ist inzwischen bewusst geworden, dass ein Neuanfang nur mit dir möglich ist, und deshalb ..." Er atmete tief durch. „... will ich für dich ein ehrbarer Mensch werden."

Ihr Herz zog sich vor Liebe zusammen. „Wirklich?", hauchte sie. „Aber du hängst doch daran! Du weißt schon, die ganze Sache mit der sauberen Arbeit ..."

„Ja, nur musste ich in den letzten Wochen die schmerzhafte Erfahrung machen, dass das Leben ohne dich keinen Spaß macht. Ich habe sogar den Geschmack an meiner Tätigkeit verloren." Er grinste. „Vorerst jedenfalls."

Sie boxte ihn unsanft in die Seite. „Untersteh dich!"

„Ja, Detective." Sein Kuss war kurz, aber leidenschaftlich.

„Was ist mit deinem Haus?", fragte sie etwas atemlos.

„Das kann ich jetzt wohl vergessen."

„Das schöne Haus ...", seufzte sie.

Er lächelte sanft. „Es ist nur ein Haus, Baby."

Sie rieb sich an ihm, knabberte an seiner Unterlippe. „Dass du auf dein Diebesgut verzichtet hast, macht mich sehr glücklich", murmelte sie.

Sein Blick flackerte.

„Hast du doch?" Sie stutzte. „„Oder etwa nicht?" Als er ihrem Blick auswich, fiel der Groschen. „Du hast die *Nackte Diana* noch, richtig?"

„Hm."

Streng blickte sie ihn an. „Du musst sie zurückgegeben."

Plötzlich schien ihr rechtes Ohrläppchen eine große Faszination auf ihn auszuüben.

„Kyle, du musst sie zurückgeben!", wiederholte sie eindringlich. „Auch wenn du die Diana liebst. Das tust du, nicht wahr?"

Sein Blick berührte ihr Herz. „Ja."

„Vielleicht kannst du sie eines Tages bei *Christie's* ersteigern."

„Ersteigern? Das ist ja mal ein revolutionärer Gedanke!", entgegnete er mit mildem Spott. „Also gut." Er seufzte theatralisch. „Ich bringe sie zurück."

„Nein!", stieß sie hervor. „Keine Fassadenkletterei und keine zerbrochenen Fensterscheiben mehr. *Ich* bringe sie zurück!"

„Ich habe nie Fensterscheiben zerbrochen!", widersprach er erbost. „Das war's du."

Sie grinste, spürte, wie ihr Herz von Minute zu Minute leichter wurde. „Ich weiß."

„Mein vollständiger Name lautet übrigens Kyle William Everett", bekannte er feierlich, während er sie auf die Füße zog.

„Nun, Kyle William Everett, ich weiß nicht, ob ich es gut finden soll, dass du bei alldem straffrei ausgehst", sagte sie und zog ihm das T-Shirt über den Kopf.

Sein Blick wurde dunkel wie auch seine Stimme. „Was schwebt dir denn vor?"

„Lass dich überraschen."

Aufreizend rieb sie sich an ihm, während sie an seiner Jeans nestelte.

„Ich habe dich vermisst", murmelte er.

„Das ist nicht zu übersehen."

Sie öffnete den Knopf seiner Hose, strich über die beachtliche Wölbung zwischen seinen Beinen und machte sich daran, seinen Schwanz aus seinem engen Gefängnis zu befreien.

„Ich habe dich auch vermisst", flüsterte sie, die Lippen nur wenige Zentimeter von der Eichel entfernt.

„Wen jetzt?"

Sie schenkte ihm ein kokettes Lächeln. „Such's dir aus!"

Grob zog er sie hoch, riss ihr das Top vom Körper und öffnete ihren BH.

„Dreh dich um!", forderte er mit rauer Stimme.

Felicity genoss dieses Kippen der Stimmung, das kribbelnde Gefühl, ihm und seiner Lust unterworfen zu sein. Wie sehr sie sich danach verzehrt hatte!

„Und jetzt klettere auf das Bett."

Sie tat, was er verlangte, und wackelte mit dem Hintern, um ihn zu reizen. Sie spürte, dass seine Hände zitterten, als er ihr Hose und Slip auszog. Dann kniete er sich hinter sie. Ihr Herz schlug schneller, und Nässe überschwemmte ihren Schoß, während sie darauf wartete, was er tun würde. Seine Zunge auf ihrem pochenden Spalt traf sie überraschend, ließ sie unwillkürlich zusammenzucken. Genüsslich leckte er sie, berührte ihre Perle mit dem Daumen, was ihr ein Wimmern entlockte, dann verteilte er ihre Feuchtigkeit auf ihrer Rosette. Wollüstig streckte sie sich ihm entgegen. Als er die Finger spreizte und ihre beiden Ausgänge gleichzeitig ausfüllte, stockte ihr der Atem.

„Magst du das?", wollte er wissen und bewegte seine Finger vorsichtig hin und zurück.

„Ja", keuchte sie. „Ja."

„Gut." Seine Zunge schnellte über ihren Kitzler.

Oh, Gott!

„Trotzdem wirst du jetzt nicht kommen." Das Grinsen in seiner Stimme war unüberhörbar.

„Aber …"

Seine Finger zogen sich zurück, was ihr ein enttäuschtes Seufzen entlockte. Mit einer Hand griff er von hinten an ihre rechte Brust, zog den Nippel lang und zwickte ihn, mit der anderen Hand strich er über ihr Rückgrat. Wie eine rollige Katze schnurrte sie, machte dabei einen einladenden Buckel. Schon packte er ihre Hüften und versenkte seinen Schwanz mit nur einem Stoß komplett in ihr. Gleichzeitig drückte seine Hand zwischen ihren Schulterblättern sie weiter nach unten. Während er sie hart fickte, verbarg sie ihren Kopf im Laken, um ihre lustvollen Schreie zu dämpfen. Es dauerte nicht lange, bis er seinen Höhepunkt erreichte. Seine Lenden zuckten, seine Hoden zogen sich zusammen, und mit einem befreiten Stöhnen ergoss er sich in ihr.

„Ich liebe dich, Felicity", keuchte er.

Obwohl ihr Herz vor Glück aus der Brust springen wollte, schnaubte sie. „Pah! Unter diesen Umständen würde das jeder sagen."

Sein Lachen klang etwas zittrig. „Ich liebe alles an dir. Ganz besonders liebe ich deine kleine niedliche Nase."

„Das hässliche Ding", murmelte sie.

Anstelle einer Antwort rieb er seinen Unterleib gegen ihren Hintern, und sie spürte, wie er in ihr drin erneut hart wurde. Bedächtig bewegte er sich vor und zurück, bis er zu seiner vollen Größe zurückgefunden hatte. Sie keuchte, als er in einer besitzergreifenden Geste ihre Kehle umfasste, um sie in eine aufrechte Position zu zwingen. Dann beschleunigte er seine Stoßbewegungen, trieb ihr den Schweiß aus den Poren. Der Wechsel von langsam zu schnell und wieder zurück brachte sie fast um den Verstand. Ihr Puls unter seinen Fingern hämmerte wild, als er sie mit dem anderen Arm umschlang und sich ihren Brüsten intensiv widmete.

„Ich will, dass du dir die Seele aus dem Leib schreist, Baby", raunte er ihr ins Ohr.

„D... das kannst du gern haben."

Ohne ihre Kehle loszulassen, bewegte er die andere Hand, die eben noch ihre Nippel unbarmherzig gezwirbelt hatte, tiefer, um ihren Kitzler zu reiben. Kyle trieb sie mit seinen Fingern immer weiter an, bis sich ihre inneren Muskeln um seinen Schwanz zusammenzogen und sie mit einem lauten Stöhnen kam. Zuckend ließ sie sich von ihrem Höhepunkt davontragen, und da geschah es. Als wäre ein Damm gebrochen, rannen ihr die Tränen übers Gesicht. Sie weinte und weinte, konnte nicht mehr aufhören. Seine Arme schlossen sich um sie, hielten sie gegen seinen warmen Körper gedrückt, bis die Flut versiegt war. Ihre Beine zitterten, als er sie zu sich umdrehte. Zärtlich lächelnd hielt er ihr ein Papiertaschentuch hin, das er aus einer Packung genommen hatte, die auf dem Sofatisch lag, und sie schnäuzte sich.

„Ich bin so froh, dass du noch lebst", stammelte sie.

Er drückte ihr einen Kuss auf die Stirn. „Ich auch, Baby."

Als sie einen Schauer unterdrückte, griff er nach der Decke ihrer Großmutter und schlang diese um ihre beiden Körper.

„Ich werde den Dienst quittieren", sagte sie unvermittelt.

Er hob ihr Kinn an, um ihr in die Augen zu sehen. „Warum sagst du das?"

„Weil beides nicht miteinander vereinbar ist. Ich kann nicht Cop sein und gleichzeitig mit einem gesuchten Verbrecher zusammen sein."

„Aber du liebst deinen Job!"

Sie lächelte. „Es ist nur ein Job, Liebster."

Alles drehte sich, als er sie küsste. Sie wusste, sie

handelte unmoralisch. Sie wusste, sie hätte ihre Kollegen unverzüglich darüber informieren müssen, dass Breeze noch lebte und auf freiem Fuß war. Aber sie liebte ihn mit jeder Faser ihres Herzens, und die Liebe war selten vernünftig. Nachdem sie sich von ihm gelöst hatte, zupfte sie selbstvergessen an einem seiner Brusthaare.

„Armer Bobby", flüsterte sie. „Es wird ihm das Herz brechen."

„Bobby?", grollte Kyle. Eine tiefe Furche hatte sich zwischen seinen Augenbrauen gebildet. „Welcher Bobby?"

„Mein Partner."

„Soso."

„Ein lieber Kerl."

„Wirklich?" Er begann, sie am Bauch zu kitzeln. „Wie lieb denn?"

„Bitte, Kyle, lass das!", rief sie quiekend, während sie sich wand, um seiner süßen Folter zu entkommen. „Kein Grund sich aufzuregen, er ist verheiratet."

Ihr Atem stockte, als sie spürte, dass Kyle von ihrem Gezappel wieder hart geworden war. Seine warme Hand schob sich zwischen ihre Körper, brachte seinen halb erigierten Schwanz an die richtige Stelle, dann bewegte er erneut das Becken, langsam, genüsslich, ohne seine Augen von ihrem Gesicht abzuwenden. Felicity seufzte, als das Pochen in ihrem Schoß wieder einsetzte.

„Ein Haus am Meer wäre schön", murmelte sie.

„Ich dachte, du bist eine waschechte New Yorkerin?"

Sie zuckte mit den Achseln. „Wir können ja nach Long Island ziehen. Und ich will einen Hund!"

„Ein Hund könnte mir gefallen." Er lächelte. „Du stellst ganz schön viele Forderungen, Baby. Ein Glück, dass ich über gewisse ... äh ... Rücklagen verfüge."

„Was meinst du mit Rücklagen? Etwa Geld aus kriminellen Machenschaften?", ereiferte sie sich. „Das kann ich unmöglich tolerieren!"

Sie zuckte lustvoll zusammen, als er sie maßregelte, indem er sie hart von unten stieß.

„Vielleicht gründe ich mit dem Geld eine Sicherheitsfirma“, sagte er in einem herausfordernden Tonfall.

Sie keuchte, ob vor Verlangen oder Empörung hätte sie selbst nicht sagen können. „Sicherheitsfirma? Du? Das ist doch wohl ein schlechter W…“

Er packte ihren Kopf und erstickte ihren Protest mit seinen Lippen. „Hör auf zu meckern“, grollte er zwischen zwei Küssen. „Du bist ja schlimmer als eine Ehefrau!“ Dann sah er sie mit einem zärtlichen Lächeln an. „Lass uns einfach sehen, was passiert, okay?“

„Okay“, hauchte sie und presste ihr Gesicht in seine Nackenkuhle. Ihre Augen schimmerten feucht. „Kyle?“

„Ja?“

„Was ist mit dem Video?“, fragte sie, obwohl ihr Herz die Antwort bereits kannte.

„Das Video ist schon lange Geschichte, Baby.“ Er gab ihr einen kleinen Nasenstupser. „Verabscheust du das rote Kleid aus der Pariser Boutique eigentlich immer noch?“

„Es war nicht das Kleid, das ich verabscheut habe.“

Er wurde tatsächlich rot!

„Okay, ein Punkt für dich“, murmelte er. „Also, wie sieht’s aus?“

Felicity horchte in sich hinein, was sich als nicht einfach erwies, zumal Kyle in diesem Moment seine Stoßbewegungen beschleunigte. „W... wenn ich ehrlich bin, war es ganz schön d... dämlich von mir, das Kleid im Hotel zurückzulassen ... und die coolen Stilettos.“

Der Schweiß rann ihren Rücken hinunter, sie biss sich auf die Lippen, um nicht laut zu stöhnen.

„Zusammen mit der sündhaft teuren Reizwäsche von La Perla, die ich dir gekauft habe.“

„Die war von dir?“

„Natürlich.“ Er wirkte beinahe beleidigt. „Dachtest du etwa von Alain?“

„Klar. Geschmack hat er ja.“

Zur Strafe biss er ihr sanft ins Ohr, während eine Welle

der Lust langsam von ihren Fußspitzen aus nach oben brandete.

„Wenn du willst, gehören diese Sachen bald wieder dir“, flüsterte er. „Ich habe sie in deinem Namen aus dem Hotel holen lassen. Zum Glück hatten sie sie noch.“

„Wirklich?“ Felicity blickte ihn freudestrahlend an. Schließlich hatten Kleid und Schuhe ein Vermögen gekostet, und sie hatte darin verdammt heiß ausgesehen! „Ich liebe dich, Kyle William Everett.“

Seine blauen Augen flackerten. „Pah!“, murmelte er und drückte sie an sein Herz. „Unter diesen Umständen würde das jeder sagen.“

Liebe Leserin, lieber Leser,

dieser Roman ist in Eigenregie entstanden. Es bedeutet, dass kein Verlag und damit auch keine große Werbemaschinerie dahintersteht. Umso wichtiger sind Ihre Empfehlungen. Sollte Ihnen der Roman gefallen haben, würde ich mich über eine kurze Rezension bei amazon sehr freuen.

Ich danke Ihnen.

Herzlichst,

Ihre Amélie Duval

ameliedual66@gmail.com

Sie finden mich auch auf Twitter und Facebook.

AMÉLIE DUVAL Französische Autorin, 1972 in Dijon geboren, schreibt seit vielen Jahren Romane im Bereich Romance und Fantasy. Seit kurzem verfasst sie auch Geschichten, in denen große Gefühle mit einer ordentlichen Portion Erotik gewürzt werden. Weil die Mischung für ihren Verlag zu scharf ist, hat sie beschlossen, sie unter dem Pseudonym Amélie Duval (Amélie ist der Name ihrer verstorbenen Großmutter) in Eigenregie zu veröffentlichen.

Heute lebt sie mit ihrem Mann und ihren zwei Kindern in Wiesbaden, in einem Haus aus der Jahrhundertwende mit Garten und einer Laube, wo sie am liebsten sitzt und schreibt. Nach fast zwanzig Jahren Ehe ist Amélie Duval immer noch in ihren Mann verliebt – und in die Liebe. Denn sie ist es, die uns stark macht.

Weitere Bücher von Amélie Duval:

WUNDES HERZ

Frankreich, 1765: Sie ist eine junge Witwe, die mit ihrem kleinen Sohn vor den Häschern des Königs flüchtet. Er ist ein an Leib und Seele gezeichneter Kriegsheld, der mit dem Schicksal hadert.

Als Claire de Beaufort von Wegelagerern überfallen wird, bewahrt ein unheimlicher Fremder sie vor dem Schlimmsten. Ihre Erleichterung währt allerdings nicht lange, denn ihr Retter ist Julien, Marquis de Sauvigny, ein treuer Gefolgsmann Ludwig XV. und einer der gefürchtetsten Männer Frankreichs. Also verschweigt sie ihm ihre wahre Identität. Als er sie verführt, erfährt sie in seinen Armen eine noch nie dagewesene Ekstase. Doch Julien de Sauvigny ist ein unbarmherziger Mann. Nachdem er ihre Lüge durchschaut hat, stellt er sie vor die Wahl: Entweder gibt sie sich ihm bedingungslos hin, wann immer er es verlangt, oder er liefert sie dem König aus ...

„Bittersüß und prickelnd."

Taschenbuch: 192 Seiten, EUR 7,99
ISBN: 978-1507737958
Erscheinungsdatum: Februar 2015
eBook: EUR 2,99
Exklusiv bei amazon!

REIZENDE ISABELLE

Frankreich, 1740: Roy Flannigan, Captain der *Southern Star*, hält nicht viel von Frauen, von Liebe noch weniger. Als er mit seinen Piraten eine Brigg mit Passagieren entert, lässt er die Männer auf hoher See aussetzen. Die Frauen nimmt er gefangen, um sie auf dem Sklavenmarkt von Tanger zu verkaufen. Während eines heftigen Sturms fällt sein Blick zufällig auf die eher unscheinbare Isabelle. Obwohl er sich dagegen wehrt, giert sein Körper danach, sie zu besitzen. Als er seinem Verlangen nachgibt und sie als seine Beute beansprucht, wird die junge Frau in einen gefährlichen Strudel aus Lust und Leidenschaft gerissen. Denn während er sie zu seiner Hure macht, setzt sie ihr Herz aufs Spiel ...

„Prickelnde Erotik, bei der die Romantik nicht zu kurz kommt."

Taschenbuch: 264 Seiten, EUR 9,90
Erscheinungsdatum: September 2014
ISBN: 978-1505435092
Exklusiv bei amazon!

eBook: EUR 3,99
Überall erhältlich!

Amélie Duval

Wundes Herz
(Leseprobe)

Der Teufel persönlich

Je tiefer sie in den Wald eindrangen, desto leiser wurden die Stimmen hinter ihnen. Claires Unterlippe blutete, doch das war ihr gleich. Ihr ganzes Denken drehte sich um Henry. Was würden sie mit ihm machen? Sie hatte von schlimmen Dingen gehört, die erwachsene Männer mit Kindern anstellten, um sie hinterher im Müll zu entsorgen. Sie kämpfte mit der Übelkeit.

„Bitte“, wimmerte sie. „Bitte, tut meinem Jungen nicht weh. Ich werde keine Schwierigkeiten machen und alles tun, was Ihr wollt, das verspreche ich.“

Sie hörte, wie der Räuber den Rotz durch die Nase zog und auf den Boden spuckte. „Aber vielleicht will ich ja, dass du Schwierigkeiten machst, Täubchen. Ich mag meine Frauen wild und widerspenstig!“

Claire rauschte das Blut in den Ohren. Die Schändung halte ich aus, dachte sie, aber bitte Gott, bitte, verschone meinen Jungen und Madeleine! Ihr entfuhr ein lautes Schluchzen. Noch nie hatte sie eine solche Angst verspürt! Schon drückte sich der Widerling an sie, seine schmutzigen Pranken waren überall, kneteten ihre Brüste, schoben sich grob zwischen ihre Beine.

„Ich habe noch nie eine so vornehme Dame wie dich gefickt!“, keuchte er. Der Sabber glänzte in seinen Mundwinkeln. „Obwohl du einen Balg hast, bist du sicher nicht so ausgeleiert wie die Weiber aus dem Dorf mit ihren dutzenden von Bastarden.“

Als er versuchte, sie zu küssen und ihr sein fauliger Geruch in die Nase stieg, musste sie würgen. Philippe konnte man vieles nachsagen, doch er war reinlich gewesen, hatte immer gebadet, bevor er in ihr Bett gekommen war. Als Claire die Härte des Mannes an ihrem

Bauch spürte, verlor sie die Beherrschung.

„Hilfe!", schrie sie aus Leibeskräften. „Hilfe!"

Ein dreckiges Lachen war die Antwort. „Hier kann dich niemand hören, Täubchen", sagte der Mann, während er kurz von ihr abließ, um seine Hose zu öffnen. „Höchstens der Teufel persönlich."

Wie aufs Stichwort veränderte sich plötzlich etwas. Ein Rauschen verfing sich in den Bäumen, im Unterholz knackte es. Dann ging alles sehr schnell. Ein tiefes Knurren schwoll an, etwas Dunkles flog durch die Luft und prallte gegen den Banditen. Entsetzt taumelte Claire einige Schritte zurück. Schon blitzten scharfe Zähne auf und gruben sich tief in den Oberschenkel des Mannes, der laut aufheulte.

Ein Hund. Ein riesiger Hund. Mit zotteligen Haaren und funkelnden Augen.

Wie gelähmt starrte Claire auf das Opfer, das sich vor Schmerzen auf dem Boden wand und laut stöhnte, während Unmengen von Blut aus seinem Bein sickerte. Gerade, als der Hund erneut zum Sprung ansetzte, ertönte ein langer Pfiff. Der Zerberus spitzte die Ohren, warf seiner Beute einen letzten vermeintlich drohenden Blick zu, dann verschwand er so schnell, wie er gekommen war. Benommen versuchte der verletzte Räuber sich aufzurappeln, indessen rotierten Claires Gedanken, und sie machte einen weiteren Schritt nach hinten.

Jetzt oder nie!

Schon wollte sie sich abwenden, um die Beine in die Hand zu nehmen, als es einen lauten Knall gab und der Schädel des Mannes vor ihren Augen brach. Blut und Knochensplitter spritzten durch die Luft, verfehlten sie nur um Haaresbreite. Ein Schrei stahl sich aus Claires Kehle, und ihr wurde schwarz vor Augen.

Pferdegetrappel … Nur langsam pflanzte sich das Geräusch bis zu ihrem Ohr fort. Verwirrt schüttelte sie den Kopf, versuchte, sich auf den Beinen zu halten, doch sie vermochte es nicht. Bevor sie auf dem Boden aufschlagen konnte, wurde sie hochgehoben und bäuchlings über den Rücken eines Pferdes geworfen. Die Welt stand plötzlich Kopf, schwankte, ein lautes Schnaufen und Stampfen dröhnte in ihren Ohren, begleitet von einem hämmernden Trap-Trap. Wie aus weiter Ferne fühlte sie die Wärme eines menschlichen Körpers, kräftige Hände umfassten sie, während der Waldboden unter ihr hinweg raste. Claire spürte, wie die Bewusstlosigkeit sie endgültig zu überwältigen drohte.

Irgendwann stand die Welt wieder still, und sie glitt sanft hinab. Einen Augenblick später prallte ein kleiner Körper gegen sie, und weiche Arme legten sich um ihren Hals.

„Mama!"

Henry.

Claire blinzelte, bis ihr Blick klarer wurde. Ihr kleiner Sohn kauerte neben ihr, die blauen Augen aufgerissen, den Mund leicht geöffnet, und ihr Herz zog sich vor Liebe zusammen. „Mein Baby", schluchzte sie. „Mein Baby." Sie küsste ihn, tastete ihn ab. „Ist alles in Ordnung? Bist du unverletzt?"

Henry nickte tapfer, dennoch war er sehr blass um die Nase. Wahrscheinlich bot sie einen ähnlichen Anblick.

„Gott sei gedankt!", flüsterte sie und drückte ihn wieder an sich, dann schaute sie über Henrys Kopf hinweg und entdeckte Madeleine, die gegen einen Baum gelehnt auf dem Boden saß.

Ihre ehemalige Gouvernante hatte eine klaffende Wunde an der Stirn, ansonsten schien sie wohlauf zu sein. Von den Banditen war weit und breit nichts zu sehen.

„Was ist mit Eugène?", fragte Claire. „Lebt er noch?"

„Ja. Aber er hat viel Blut verloren", antwortete eine tiefe Stimme hinter ihr.

Erschrocken drehte sie den Kopf herum und starrte auf den breitschultrigen Fremden, der gestiefelt und gespornt auf einem schwarzen Pferd saß. Er war in einem Reitmantel mit lederbesetztem Kragen gehüllt und trug einen breitkrempigen Hut, der sein halbes Gesicht verdeckte. Sie konnte seine Züge nicht erkennen, zumal er den Kopf abgewandt hielt. Ein riesiger Hund saß zu seinen Füßen und blickte Claire neugierig an.

„Wer seid Ihr?“, fragte sie in leicht zittrigem Tonfall.

„Euer Kutscher muss schnellstmöglich verarztet werden“, erwiderte der Fremde statt einer Antwort. „Sonst wird er sterben.“

Er stieg vom Pferd ab, und Claire japste unwillkürlich. Der Mann war riesig. Vielleicht kam es ihr aber nur so vor, weil sie auf dem Boden kauerte. Als wäre Eugène leicht wie eine Feder, hob er ihn hoch und verfrachtete ihn in die Kutsche. Dann stieg er von der anderen Seite auf den Bock und ergriff die Zügel.

„Steigt in die Kutsche!“, forderte er barsch.

„Monsieur!“ Claire rappelte sich hoch und ordnete ihr Haar, so gut es ging, um wenigstens ein Mindestmaß an Anstand zu wahren. „Bitte sagt mir, wem wir unsere Rettung zu verdanken haben.“

Sie ging einige Schritte auf den Fremden zu, als seine Antwort sie mitten in der Bewegung stocken ließ.

„Julien de Sauvigny. Zu Euren Diensten, Madame“, antwortete er, ohne sich umzudrehen.

Ein eiserner Ring legte sich um ihre Brust.

Der Teufel von Menorca!

Sie warf Madeleine, die mit Henry hastig in die Kutsche stieg, einen panischen Blick zu. Julien, Marquis de Sauvigny, ehemaliger Marschall von Frankreich, war ein Heerführer des Königs, dem der Ruf vorauseilte, Feinden gegenüber erbarmungslos zu sein. Er würde sie sofort in Ketten legen lassen, sollte er ihre wahre Identität erfahren.

„Und mit wem habe ich die Ehre, Madame?“, riss seine Stimme sie aus ihren düsteren Gedanken.

„Claire de Mérival“, antwortete sie schnell und konnte nur mit Mühe verhindern, dass sie mit den Zähnen klapperte. Mérival war der Familienname einer Freundin aus Kindertagen und das Erste, was ihr auf Anhieb einfiel.

„Das hier sind mein Sohn Henry und seine Gouvernante. Wir sind auf dem Weg nach Menton, um meine Schwester zu besuchen."

„Eine weite Reise, Madame", bemerkte er. „Und jetzt steigt ein, bevor Euer Kutscher uns noch wegstirbt. Während der Fahrt solltet Ihr etwas auf seine Wunde pressen, damit er nicht verblutet."

Wie zum Beweis erfüllte Eugènes qualvolles Stöhnen das Innere der Kutsche, als Claire einstieg. Madeleine, die eine Frau von klarem Verstand war, hatte bereits Teile ihres Unterrocks zerrissen und hielt diese nun fest auf den Bauch des verletzten Mannes gedrückt. Gleichzeitig murmelte sie tröstende Worte. Als sich die Kutsche in Bewegung setzte, suchte Henry Schutz in den Armen seiner Mutter. Aus dem Augenwinkel sah Claire, dass Pferd und Hund ihres vermeintlichen Retters brav neben der Kutsche trotteten. Sie begann, wie Espenlaub zu zittern, rief sich dann aber streng zur Ordnung. Jetzt galt es, nicht die Nerven zu verlieren. Sie musste stark sein. Für Henry. Und solange sie sich für jemand anderen ausgab, drohte ihnen keine Gefahr. Ganz bestimmt nicht. Sie schenkte Madeleine ein kleines, und wie sie hoffte, zuversichtliches Lächeln, dann lehnte sie sich aus dem Fenster.

„Wo fahren wir hin, Monsieur?"

Sie erhielt keine Antwort.

13252896R00122

Printed in Poland
by Amazon Fulfillment
Poland Sp. z o.o., Wrocław